講談社文庫

二度泣いた少女

警視庁犯罪被害者支援課3

堂場瞬一

講談社

目次

二度泣いた少女

警視庁犯罪被害者支援課3

第一部　八年目の事件

1

午後六時。今日はもう店じまいだ。

私はＩＤカードを首から外した。警視庁の庁舎から出る時に、ついぶら下げたままにしてしまうことがあるので、自席を立つ時に外すよう、自分でルールを作っている。カードケースが随分古くなった……「村野《むらの》秋生《あきお》」の名前がくすんで見える。

今日はジムへ行く予定だ。古傷の残る左膝のリハビリで、下半身を苛《いじ》め抜く。いつもやっていることとはいえ、痛みを伴うリハビリは考えただけで気が重い。しかしこれは、医者から厳命されていることだった。あまり気の合わない主治医の長井《ながい》にはつい反発してしまうのだが、このリハビリに関してだけは、きっちり指示を守っている。いつか、薬の力を借りずとも痛みを乗り越えられるのではないか、と希望を持ちながら。

「今日はジム？」隣に座る同期の松木《まつき》優里《ゆり》が声をかけてきた。

「ああ」まだいたのか、と驚いた。彼女は何もない限り、必ず定時に退庁する。夫も東京都の公務員、優里が忙しい時には子どもの面倒も積極的に見てくれるそうだが、それは本当の非常時だけだ。普段の優里は、庁舎を出た瞬間に母親の顔になる。「今日はずいぶん遅いんだな」

「書類仕事でさんざん唸《うな》ってたの、気づかなかった？」優里が驚いたように目を見開く。

「悪い。自分の仕事に集中しててね」

「そう……私ももう出るけど、そこまで一緒に行く？」

「そうだな」

「そこまで」というのは、地下鉄の霞《かすみ》ケ関《せき》駅だ。別の沿線に住んでいるので、一緒に帰るわけではない。

ジムへ行く日の常で、トレーニングウエアやシューズ、タオルが入って、私のバッグは普段の二倍に膨れ上がっている。重いバッグを持って立ち上がったところで、自席の電話が鳴った。まだ座っていた優里が手を伸ばそうとしたが、私は目線で彼女を制して受話器を摑んだ。

「はい、総務部犯罪被害者支援課――」

「本郷《ほんごう》署刑事課の山井《やまい》です」面識のある相手だった。疲れたしわがれ声だが、実際は私よりもずっと若い二十八歳である。

「どうも、村野です」

「ああ、村野さん」山井がほっとした声を出した。「まだいらっしゃいましたか」

「ちょうど帰ろうかと思ってたんだけど、何か？」

優里が素早く事件の気配を嗅ぎつけたようだ。座り直し、手を伸ばして、私が話している電話をスピーカーフォンに切り替える。次いで手帳を広げ、メモの用意を整えた。そこまでわずか三秒。

「殺しです」山井の声がスピーカーから流れ出した。

「聞いてないな」私は思わず顔をしかめた。情報の途絶——支援課がいつも頭を悩ませていることである。後から聞かされて、出遅れを憤《いきどお》ることも少なくない。現場からすると、支援課の存在感などごく軽いもので、連絡は後回しになりがちだ。

「一時間ほど前に通報がありまして。今、うちの刑事課が現場に向かったんですが、遺族が……」

「誰だ？」

「妻と娘——十五歳の娘さんが第一発見者なんです」

「娘さん？　まずいな」私は思わず眉をしかめた。ちらりと優里を見ると、やはり眉《み》間《けん》に皺《しわ》を寄せている。

「いや、娘さんはまだ落ち着いているんですが、奥さんの方がパニック状態で」

「分かった。すぐに現場に行く――署の方がいいかな？」

「そうですね。今は二人とも現場にいるんですけど、間もなく署に来てもらうことになっているので」

「被害者の名前は？」私も背広の内ポケットから手帳を取り出した。

「青木《あおき》哲也《てつや》さん、四十二歳です。住所は文京区根津《ねづ》一丁目……」

頭の中で都内の地図を広げる。千代田《ちよだ》線の根津駅近く、根津神社や東大の東側というところか。細い道路が入り組み、比較的古い、小さな家が建ち並んでいる住宅街のはずである。

「それから、奥さんと娘さんの名前も……子どもは一人？」

「ええ。奥さんは直美《なおみ》さん、四十四歳。娘さんは那奈《なな》ちゃんです。さっきも言ったように、十五歳で――」

突然、がたりと音がした。慌てて横を見ると、優里が椅子を蹴倒す勢いで立ち上がったところだった。握り締めたボールペンがしなっているようにも見える。顔面は蒼白で、唇が震えていた。

「どうした」私は小声で訊ねた。いつも冷静沈着な彼女にしては珍しい。

何も言わず、優里が身を乗り出して、私の電話機のマイクに顔を近づける。こういうのも珍しい――というより、こんなに慌てる優里は初めて見た。

「青木那奈ちゃん……間違いない？」

「はい？」スピーカーフォンから山井の戸惑った声が流れ出した。いきなり通話相手が女性に変わり、しかも名乗らない――困惑するのも当然だ。

優里の手がだらりと垂れた。困ったような山井の声が、スピーカーフォンから漏れ出す。

「もしもし？　村野さん？」

私も困惑を抱えたまま、マイクに向って話した。優里は特に抵抗もせず、呆然と立ち尽くしている。

「ああ、申し訳ない」すぐに山井に謝り、さらに詳しく状況を聴く。

一一〇番通報があったのは午後五時過ぎで、「家で父親が死んでいる」という内容だった。署員が現場に急行して確認すると、仕事場のデスクに突っ伏した状態で、中年の男が死んでいるのが発見された。後頭部に激しい殴打《おうだ》の跡。血痕が飛び散り、額《ひたい》にも激しい打撲痕《だぼくこん》があった――どうやらこちらは、後頭部を殴られた衝撃でデスクにぶつけたものらしい。その上、背中を何か所も刺されていた。

　凶器は発見されていない。

　通報してきた青木那奈は、中学三年生。一一〇番通報してからすぐに、職場にいた母親に電話をかけて家に呼び戻した。母親が帰って来た時には、既に署員が現場を封鎖して調べ始めており、その状況を見た母親は卒倒したという。混乱に対処しかねた所轄の初期支援員・山井が、慌てて支援課に電話して援助を求めた、という流れだった。

　大まかに状況を把握して、私は電話を切った。優里はまだその場に立ち尽くしている。

「松木？　どうした？」私は彼女の顔の前で、掌《てのひら》を上下させた。

「あ……ごめん」急に目を覚ましたように、優里がはっと目を見開く。

「どうしたんだ？　らしくないよ」

「青木那奈ちゃん、よね」

「知ってるのか？」

　優里がうなずく。説明したくないと無言で表明するように唇を引き結んでいたが、ほどなくゆっくりと口を開いた。いつも報告書を読み上げるようにはきはきと話す彼女らしくなく、言葉は重く、歯切れが悪い。

「二度目なのよ」

「二度目？」

「彼女が親を殺されたのは、これが二度目なの。もしかしたら、彼女も死んでしまうかもしれない」

2

私は、機能不全に陥った優里を現場に出さないことにした。普段の優里は、一番頼りになるパートナーなのだが、今日は使い物になりそうにない。代わりに、外回りから戻って来たばかりの安藤梓《あんどうあずさ》を連れて現場に向かう。支援課課長の本橋怜治《もとはしれいじ》は既に退庁していたので、指示を仰がず勝手に判断した。

優里が使い物にならない理由は、話を聞いてすぐに分かった。これは致し方ない……警察官も人間なのだ。しかし事情を知らない梓は納得いかないようで、本郷署へ向かう地下鉄の中で質問を切り出した。

「松木さん、どうしたんですか？　らしくないですよね」

私は小声で事情を説明した。梓の顔から血の気が引く。

「そんな偶然、あるんですか？　同じ被害者家族と二度も関わるなんて……」

「もちろん、どんな偶然だってあり得るだろうけど……もしかしたら今回の件は、八年前の事件と関係していたりして」

「うーん……どうでしょう」

梓が腕組みをして黙りこむ。丸ノ内線は、大手町《おおてまち》駅に滑りこんだところ。ちょうど帰宅ラッシュの時間帯で、サラリーマンがどっと乗りこんで来て、互いの体が密着するぐらいの混み具合になった。こうなるともう、事件の話はできない。

大手町から本郷三丁目まで三駅、六分。乗客は増える一方で、ますます話がしにくくなる。そもそも小柄な梓は、人ごみの中に完全に埋もれてしまい、息をするのも大変な様子だった。本郷三丁目でホームに出た時には、一瞬立ち止まって深呼吸する。

「君の場合、通勤も大変そうだな」私は思わず同情して言った。

「慣れますよ」さらりと言って、梓が笑みを浮かべる。この邪気のない笑みが、支援課スタッフとしての梓の武器だ。関係者の緊張感を解き、信頼関係を築く礎《いしずえ》になる。「いい運動です」

「確かにあれだけ体力を使ったら、他に運動する必要はないな。今日は、一日分の運動が終わった」もちろん、ジムで体を動かすほどのカロリーは消費していないが、満員電車の中でバランスを取って立ち続けると、意外と膝に負担がかかる。これもリハビリのうちだ。

「でも、本当にこんな偶然、あるんですかね」梓はまだ懐疑的《かいぎてき》だった。

「八年前に、青木那奈ちゃんは父親を殺された。その時、気を失うぐらい号泣して、大変だったそうだ。その後のフォローも大変で……だから松木は、今日も心配しているんだ」私は押し殺した声で答えた。解決した事件とはいえ、「殺された」という言葉をオープンスペースで口にするには、やはりそれなりの勇気が必要になる。

「要するに、二度目の犯罪被害なんですよね」梓が念押しで確認した。

「ああ。しかも八年前は、父親が殺されて半年後に、母親が病気で亡くなっている」

「そんなひどいこと……」ちらりと横を見ると、梓の顔は蒼醒《あおざ》めていた。

「父親が殺される前から、母親は闘病生活を送っていた。癌《がん》だったそうだ」

梓がゆっくりと首を横に振る。七歳の子どもを立て続けに襲ったショック——それを自分のことのように考えてしまうのが、梓という女性である。

「二回も被害に遭うって、やっぱり偶然じゃないんじゃないですかね」

「そうかもしれないけど、それを考えるのは俺たちの仕事じゃないよ」仕事はあくまで被害者家族の支援。捜査は許可されていない――そもそも支援課は、捜査を担当する刑事部ではなく総務部の一部門なのだ。「俺はむしろ、松木が心配だ。那奈ちゃんを担当するのは二度目だから」

「ええ」

「事件が起きたのは、彼女が支援課に来てすぐの頃だ。まだ、支援課の運営方針もはっきり定まっていなくて、五里霧中《ごりむちゅう》での仕事だっただろうな。那奈ちゃんの場合、単に精神的なケアをすればよかった、というわけじゃなかっただろうし」

「父親が殺されて母親も亡くなったっていうことは、今のご両親は……」

「血のつながりで言えば、叔母夫婦なんだ。実の母親の妹さん夫婦――もちろん、今は正式に養子に入っている」

「松木さんが養子縁組の面倒も見たんですか？」

「それは、別の然《しか》るべき機関が担当した。ただ、松木はその後も、定期的に会ってフォローしていたそうだ」

「そこまでやるのは……支援課の仕事じゃないと思いますけど」梓がやんわりと批判した。「いつまでも面倒を見ていたら、きりがないですよね？　それに、長期的な支援は、支援センターの役割だと思います」

「普通はね」民間組織である東京被害者支援センターと警視庁の犯罪被害者支援課は連携して動くが、初期段階は警察が、その後のフォローアップは支援センターが行うのが基本だ。もちろん、状況によってパターンは柔軟に変わるのだが。「松木にとっては大事な事件だったんだろうな。それに、子どもが一人で取り残された事件だったから、気にかかってたんだろう」

「松木さんもお母さんですもんね」梓が溜息をつくように言った。

「母親の心情っていうのは、俺には理解できないけど……他人の子どもも、自分の子どものように思えるのかもしれないな」

駅から出て、一方通行の道路を北へ向かう。春日《かすが》通りに出て少し歩くと、すぐに本郷署……隣が消防署、裏が東大という立地だ。署員数は百六十人で、警視庁の所轄の中では小規模な方だが、キャリア官僚の「登竜門」として知られている。若いキャリア──それこそ二十代の人間が署長として赴任することがよくあるのだ。一説には、管内に東大があるからだとも言われている。出身校の面倒を見てこい、ということか。キャリアは東大出身者ばかりではないのだが。

とはいえ、そういう事情は私たちには関係ない。学生運動華やかなりし頃にはそれなりに忙しい署だったそうだが、今はそれほどざわつくこともない。殺しなど、滅多に起きないはずだ。私も何年も前、捜査一課にいた頃に、傷害致死事件の捜査で来たことがあるだけだった。

地味な雰囲気は、その頃と変わっていない。春日通りに建ち並ぶ小さな雑居ビル群に埋もれてしまいそうな、茶色いレンガ張りの四階建ての庁舎である。

「ここに来たことは？」私は梓に訊ねた。

「私は初めてです」

「小さいから、びっくりするなよ」

「大小はあまり関係ないと思います。大事なのは、事件の重さじゃないですか」

言い返すようになったな、と私は少しだけ嬉しくなった。所轄の初期支援員をしていた梓を支援課に引っ張り上げたのは、私と優里である。被害者遺族を自然にリラックスさせられる、希少な人材――自分たちの目に狂いはないと私たちは信じていたが、梓自身は最初は、支援課の仕事に対して腰が引けていた。それはそうだ。悲しみ、苦しむ被害者遺族の面倒を見る仕事など、誰もやりたくない。恨みを晴らすために犯人を追って靴底をすり減らすなら、刑事はいくらでも我慢できるが、裸の悲しみや苦しみと相対するのは、どんなベテランでも辛い。まだ二十代の梓ならなおさらである。異動してきてしばらくの間は悩んでいたのだが、徐々に慣れてきたようだ。支援課にも支援センターにも、頼りになる女性スタッフが多いせいもあるだろう。最近はしっかりと自分の意見を口にしたり、平然と反論することも珍しくない。「安藤梓」の頭文字から、私と優里は陰で彼女を「ダブルA」と呼んでいるのだが、最近は「そろそろトリプルAに昇格させてもいいのでは」と冗談を交わしている。もっともその上、メジャーリーグへはさらに遥《はる》けき道のりだが。私自身も、メジャーにいるかどうかは分からない。

まず、刑事課に顔を出す。私は連絡してきた支援員の山井を探した。今年の春に、所轄の初期支援員に指名された山井とは、その後研修で顔を合わせる機会があった。

山井はすぐに見つかった。というより、声で分かった。刑事課の隅にあるデスク——本来の自分の席だろう——で、立ったまま、大声を張り上げて電話で話している。怒っているわけではないようで、電話の相手は耳の悪い人ではないか、と私は訝《いぶか》った。

「はい、はい。大丈夫です。何かあったらまた連絡して下さい。よろしくお願いします」

受話器を置いた山井が椅子にへたりこみ、さらにデスクに突っ伏してしまう。そんなに大変な電話だったのかと同情したが、回復を待っている暇はない。私は梓を従えて、彼の席に向かった。他の刑事たちは現場に出ているのか、刑事課には他に人がいない。

「山井君」

声をかけると、山井が弾かれたように顔を上げた。私の顔を確認すると、のろのろと立ち上がる。弱々しい笑みが浮かんでいた。

「ああ、村野さん……どうも」

「そんなに大変だったのか？」

「え？」

「今の電話」

「ああ、これは違います」山井が苦笑した。「ちょっと認知症が入ったおじいちゃんからで……時々、刑事課に電話してくるんですよ」

「ああ、それは大変だ」

「いいんですけどね……慣れてますから」

山井が顔を擦《こす》る。ひょろりとした長身で、いかにも最近の若者らしく、物腰は柔らかく軽い。初期支援員の仕事をありがたく思っていないことは、研修の時に話してすぐに分かった。所属は本郷署刑事課……所轄の初期支援員は、交通課か刑事課から指名されることが多く、彼もその一人——本来の所属は刑事課だ。もちろん所轄の初期支援員は、手に負えないと判断したら、すぐに本部の支援課に助けを求めることができるわけで、今回がまさにそのケースだった。

「ご家族は？」

「それが、結局こっちに来てないんです」

「まさか、まだ現場なのか？」私は一瞬で頭に血が昇るのを感じた。一刻も早く状況を把握するために、家族を現場で引き回して、さらにショックを与える——捜査優先の方針は分からないでもないが、そういう状況は絶対に避けねばならない。家族が警察に不信感を抱くばかりである。

「いや、病院です」

「病院？」

「奥さんが倒れたままで……貧血だと思うんですけど、念のために病院に搬送しました。今、娘さんがつき添っています」

「娘さんの様子は？」

「こっちが驚くぐらい、頑張っているというか……今時、あんなしっかりした子もいないと思いますよ。まだ中学生なのに」

「娘さんとは話ができそうかな」

「大丈夫だと思いますけど、これからやるんですか？」山井が目を見開く。「やっぱり、今日は避けた方がいいんじゃないですか」

「いや、きちんと話をするかどうかはともかく、顔合わせだけはしておきたい。こちらで手を出す必要がないと判断すれば、もう会わないし……そういうのは、直接顔を見て話してみないと分からないから」

「じゃあ、病院に行きますか？」山井が腰を上げた。いかにも面倒臭そうで、動きがのろのろしている。

「何だよ」私は、彼の肩を平手で叩いた。「年寄りみたいじゃないか」

「実際、関節が痛いんですよ」山井が体を折り曲げ、左膝を摩《さす》った。「柔道で、受け身を失敗して……半月板《はんげつばん》でもやっちゃったかもしれません」

「半月板を痛めたら、普通に歩くだけでも大変だよ」自分の経験からも断言できる。「歩けるんだったら、そんなに重傷じゃない。どうしても痛いようだったら、医者を紹介する」

「村野さん、専門の医者に知り合いがいるんですか？」

「ああ、まあ……」私は口を濁《にご》した。自分が巻きこまれた事故——そのせいで今に続く膝の痛みを抱えこみ、捜査一課から支援課に異動してきた——について、何も知らない若い刑事に説明するのは面倒だ。「とにかく、まず病院に行こう。君はもう、二人に会ったんだよな？」

「ええ」

「君の感触でいいんだけど、母親からは話が聴けそうか？」

「無理ですね」山井が即座に断言した。「相当取り乱してましたし、そもそも今日会えるかどうかも分かりません。病院に止められるかもしれませんよ。娘さんとは、話せると思いますけど」

「娘さんが第一発見者なんだよな？」私は念押しして訊ねた。

「ええ。だからうちの刑事課長も、できるだけ早く話を聴きたいと言ってるんですけど……」山井が口を濁す。

「まさか、病院に張りついてるんじゃないだろうな」嫌な予感がして、私は思わず強い口調で山井に詰め寄った。

「いや、あの……」私の勢いに驚いたのか、山井が一歩引く。足が椅子にぶつかり、がたん、と鈍い音が響いた。「そりゃ、いますよ。いるのが普通でしょう。捜査優先なんですから――」

「君はどうしてここにいるんだ？」私はさらに厳しく追及した。こいつは、初期支援員の仕事をまったく理解していない。支援課で定期的に行っている研修も無駄だったのか、と情けない気分にもなった。

「あの、ちょっとこっちに用事があって……」

「張りついてないと駄目なんだ！」私は思わず声を張り上げてしまった。「相手は中学生の女の子だぞ？　一人きりにして、刑事たちに取り囲ませたら駄目だ。病院は？」

「文京中央病院ですけど……」不満気に山井が言った。

私は振り返り、背後に控えた梓に向かってうなずきかけた。私も相当むっとしたが、梓の顔にも怒りの表情が浮かんでいる。

「行くぞ」

「はい」

「ちょっと、俺は――」

慌てる山井を残して、私たちは駆け出した。基本が分かっていない人間を連れて行くわけにはいかない。一から支援員の仕事を説明している余裕などないのだ。

ドアの手前で急ブレーキをかけ、振り返る。梓が、私の背中にぶつかりそうになった。手を伸ばし、山井に向かって人差し指を突きつける。距離は開いているが、直接胸元を突く気分だった。

「この件は、支援課で正式に引き取る。君はもう一度、研修を最初からやり直しだ」

3

文京中央病院は、本郷署の最寄駅である都営大江戸《おおえど》線で本郷三丁目駅から一駅しか離れていない、春日駅の近くにある。しかし、本郷三丁目駅まで歩くロスを計算して、私は署を出てすぐにタクシーを拾った。後部座席に滑りこみ、車が走り出した後も、まだ気持ちが落ち着かない。どうして所轄の連中はことごとく、被害者支援を軽く見ているのだろう。

「何だか、ムカつきますね」梓が先に切り出した。

「少なくとも君は、所轄の支援員だった時にも、ああいうことはなかったな」

「やり方は、全然分かってなかったと思いますけど」

「でも、被害者家族に対する気持ちは持っていただろう？」

「それは……最近思うんですけど、被害者支援の気持ちって、警察官であることとは関係ないかもしれませんね」梓が低い声で言った。「普通の人なら、家族のことを考えて悲しんだり、同情したりするでしょう。警察官になると、そういう感覚が失われるのかもしれません」

私も昔はそうだった、と思い出す。捜査一課にいる頃は、一刻も早く犯人を逮捕して事件を解決することこそが、刑事としての唯一の仕事だと思っていた。そして、被害者家族に感謝された時の誇らしい気持ち……ただし、被害者家族の気持ちは、単純なものではない。特に事件が起きた初期段階では、犯人を逮捕しようと頑張る警察官の存在さえ、疎《うと》ましくなってしまう。

しかも今回、相手は十五歳の中学三年生である。どんなにしっかりしていても、まともに対応できるはずがないし、ましてや那奈にとっては二度目の事件なのだ。前回の事件の時にはまだ七歳……記憶の奥底に隠れていた事件が、新たな事件のせいでさらに深い傷になって蘇《よみがえ》っているかもしれない。山井は「しっかりしている」と言ったが、それはあくまで現段階での話である。程なく心が折れ、まったく話ができなくなってしまう可能性もあるのだ。

「やっぱり、松木さんを呼んだ方がいいんじゃないでしょうか」

「そうだな……」私は顎《あご》を撫《な》で、梓の提案を検討した。顔見知りの優里の方が那奈を上手く扱えるかもしれないが、そもそも優里自身の精神状態が心配だ。「まず、様子を見てからにしよう。今日一日で終わりじゃないんだし、明日から入ってもらってもかまわない」

「ええ」

「まずは君がしっかり様子を観察して、話をしてくれ。中学生の相手は得意か？」

「そんなのが得意な人なんか、いないでしょう」梓が苦笑した。「一番扱いにくい年代じゃないですか」

「君は若く見えるから、中学生も上手く扱えるかと思っていた」

「そんなことないですよ」

今日はやけに饒舌《じょうぜつ》だな、と思った。事件の重みが、彼女に影響を与えているのかもしれない。きつい事件に向き合う時、人は徹底して無口になるか、普段よりお喋《しゃべ》りになるか、どちらかだ。常に平常心で臨める警察官など、ほとんどいない。

所詮、警察官も人間なのだ。

タクシーはすぐに本郷通りを渡り、西へ進んだ。白山《はくさん》通りを通り過ぎる頃には、すっかり暗くなった空に浮き上がるように、文京区役所の巨大な庁舎が見えてくる。上層部の展望スペースが大きくはみ出しているところなど、お堅い役所のイメージからは程遠い。しかし、そもそもそんなに人口が多くない文京区に、こんな高層の庁舎が必要なのだろうか……バブルの頃に計画されたものかもしれない。

区役所を通り過ぎたところでちらりと左を見ると、建物の隙間から東京ドームがかすかに見えた。野球シーズンももう終わりか、とふいに寂しくなる。私にとって、野球と言えばプロ野球ではなく大リーグなのだが……ワールドシリーズもとうに終わり、今はほとんど冬眠しているような気分である。ストーブリーグの話題はネットで追っているが、とにかく来年の春が待ち遠しい。仕事の合間に試合結果をチェックし、録画しておいた試合を深夜にゆっくり楽しむ――それができない今の季節は、自分も冬眠しているようなものだと思う。

この事件で幸いなのは、まだマスコミが動き出していないことだった。当然所轄から本部の広報課には連絡が回っているはずだが、マスコミへの情報提供は多少遅れる。いずれ病院にもマスコミが押しかけてくるだろうが、そうならないうちに何とかしたかった。

文京中央病院はかなり大きな病院で、那奈たちを摑まえるのに少し時間がかかった。結局、七階にある病室の前にいるのを見つけたのだが、時すでに遅し、だった。

ベンチに腰かけている那奈を、数人の刑事たちが取り囲んでいる。中心になっているのは、彼女の前にしゃがみこんだベテランの刑事。那奈の父親……よりも少し年上だろう。しかしやり方がなっていない。目線を同じ高さに合わせればいいってわけじゃないんだ、と私はむかついた。実際、那奈は緊張しきっているではないか。

それでも、いきなり声はかけなかった。まずは状況を見極めないと。

那奈は、中学三年生にしては大人っぽい感じがした。座っているから実際の身長は分からないが、梓よりも背は高いかもしれない。長身の優里ほどではないが、いずれは彼女に追いつくぐらいになるのではないだろうか。ブレザー型の制服姿で、スカートから覗《のぞ》く足はほっそりしている。足元はスニーカー。髪は襟足《えりあし》にかからないぐらいに短く揃えている。横顔しか見えていないが、きゅっと上を向いた鼻が可愛らしい感じだった。薄い唇をきつく引き結び、バッグを抱えこんでいる。学校から帰って来てそのまま、ということだろう。

「何人もで取り囲んで、あれじゃ、尋問じゃないですか」梓がいきりたって言った。

「そうだな」

「ちょっと警告してきていいですか？」

「一人でやってみるか？」

「やります」

梓はこのところ急に、支援課の仕事に対してやる気を出している。頼もしい限りだと思いながら、私は梓を刑事たちの集団に送り出した。

「すみません」

梓が、輪になった刑事たちの後ろから声をかけた。あれじゃ駄目だ……と私は思わず顔をしかめた。それでなくても小柄で目立たないのだから、無視されてしまう。無理にでも、輪の中に入りこまないと。

「すみません！」梓が思い切り声を張り上げる。

それが合図になったように、刑事たちが一斉に振り向く。梓は腰に両手を当て、胸を反《そ》らして、小さい体を精一杯大きく見せようとしていた。もっとも、大した効果はなかったようで、刑事たちはすぐに梓に背を向けてしまう。

「すみません、支援課です！」梓が再度大声を上げたが、刑事たちは動かない。

まだまだダブルＡのままか……男だろうが女だろうが関係なく、相手の動きを止める迫力を身につけるのは、容易ではない。それを言えば、私もまだまだ力不足だが、このまま梓に任せておくわけにもいかない。両手でメガフォンを作って呼びかける。

「ちょっと申し訳ない。本部の支援課です」

ざわついた雰囲気が薄れる。梓はここを間違えたのだ。「本部の」という一言をつけ加えると、所轄の人間はいきなり身構える。所轄は所轄で独立した存在ではあるのだが、やはり「本部」という言葉は重みを持っているのだ。

那奈の前にしゃがみこんでいた男が、ゆっくりと立ち上がる。那奈の父親よりも少し年上と見たのは間違いで、実際には祖父であってもおかしくないような年齢だった。髪が豊かで真っ黒——染めているかもしれない——なせいで、若く見てしまったのだ。実際には顔の筋肉は垂れ始め、皺も目立つ。しかしとにかく、この男がこの場の「ボス」だろうと見当をつけた。

「本部の支援課の村野です」

「ああ」

男が輪から抜けて近づいて来る。その隙に梓が交代するように輪の中に入り、那奈の横にちょこんと座った。それまでうつむいていた那奈が顔を上げ、梓の顔をちらりと見る。梓は穏やかな笑みを浮かべてうなずきかけた。那奈がゆっくりと息を吐くのが分かる。梓の特有の能力——何故か初対面の相手をリラックスさせてしまう——がここでも発揮された。梓がすかさず、自分のバッグからペットボトルを取り出して押しつける。最初、那奈は戸惑っていたが、結局は受け取った。ミネラルウォーター……どんなに精神的に参っている時にも、人は水を必要とする。それに、飲めばそれなりに落ち着くのだ。この辺も梓の気遣いだ。いつもバッグに水を入れている。

私は、ナースセンターの方へ向かって顎をしゃくった。男が一瞬、むっとした表情を浮かべたが、無視して歩き出す。結局男も、遅れてついて来た。本部の威光には逆らえないということか、あるいは自分でも分からないだけで、私もいつの間にか迫力を身につけたのか。

「支援課の村野です」敢えてもう一度名乗った。相手に「お名前は？」と訊ねるのも馬鹿らしい。

「ああ……本郷署刑事課の黒川《くろかわ》だ」

係長だろうか、と私は想像した。叩き上げの警部補で、定年間際になっても現場にこだわり続けているタイプ、とか。

「事情聴取はちょっと待ってもらえますか？」すぐに本題を切り出す。

「いや、それはできない」黒川が気色ばんだ。「事件はまだ熱いんだ。今のうちに、できるだけの情報を引き出しておかないと」

「現場でも事情聴取したんでしょう？」

「ああ」むっとした表情で認め、黒川が腕を組んだ。

「だったら、今日のところはここまでにして下さい」

「何だ、支援課はこっちのやり方に口を出すのか」黒川の目が細くなる。

「お願いです」私はさっと頭を下げた。「相手は中学生ですよ？　父親が亡くなったばかりで、ショックを受けていないわけがない」

「普通に話せるぞ。強い子みたいだ」

「それは表面だけです」私は断じた。「事件が起きた直後はショックが大き過ぎて、麻痺《まひ》してしまっている。泣くことも忘れるんです」

「そうは見えないがな。俺も、被害者はたくさん見てるんだ」

その経験が当てになるとは限らない。いくら長い間刑事をやっていても、観察眼が磨かれないタイプもいるのだ。黒川がいつもこんな風に自信満々だったとしたら、被害者やその家族はさんざん迷惑を被《こうむ》ってきたのではないか、と私は想像した。

「とにかく、今日はやめておいて下さい。一日置いて明日にでも……だいたい、奥さんが倒れたんでしょう？　その面倒を見る人もいないんじゃないですか」

「中学生に面倒を見させるわけにはいかないだろう」

これは正論だ——しかし、那奈を事情聴取から遠ざけるために、私は屁理屈《へりくつ》をひねり出した。

「お母さんの近くにいる方が、彼女も安心できるはずです。病院に泊まりこんでもらってもいい。頼めば、準備してくれるはずです。だいたい、今日は家に帰すことはできませんよ。まだ鑑識が作業中なんでしょう?」

「始まったばかりだよ」

「そんなところへ一人で帰って寝るわけにはいかないでしょう。今日は病院で母親の近くにいてもらって……詳しい事情聴取ができるかどうかは、明日の朝判断すればいいじゃないですか」

「事件は動いているんだ」黒川も引かなかった。単に長年経験を積んでいるだけではなく、強情なのも間違いない。自分が正しいと信じたことは、絶対に譲らないタイプのようだ。

「それは分かります。私も捜査一課にいましたから、素早い動きが大事なことは重々承知しています。でも、相手は中学生ですよ? しかも父親を殺されたばかりです。大事を取って下さい」

「犯人を捕まえることが、一番家族のためになるんだぞ」

これまで何十回となく繰り返されてきたやり取り……現場の刑事たちの意識を変えるのは、容易なことではない。もちろん、両手を上げて諦《あきら》めるつもりは毛頭なかったが。

「それは分かります。でも彼女は……」私はちらりと那奈を見て声を潜めた。十分距離は開いていて、ここでの話が聞こえるとは思えないが、用心するに越したことはない。「八年前にも事件に巻きこまれています。父親を殺されたんです」

「何だと？」

黒川の声が少しだけ大きくなった。私は思わず、唇の前で人差し指を立てた。事情が事情だけに、黒川も声を低く抑える。

「そんな話は初耳だ」

「話してくれる人がいなかっただけでしょう。支援課では把握していました。だから、慌ててここへ来たんです。これは異常事態ですよ？　那奈ちゃんの精神状態が、本当に心配なんです」

「そうは言ってもな……」

「もしも、どうしても事情聴取したいというなら、我々も立ち会いますから」

「ああ？」黒川が目を見開く。「事情聴取はそっちの仕事じゃないだろう」

「立ち会うだけです。我々が話を聴くわけじゃない」

「余計なことを吹きこまれると困るんだが」

「基本的には何も言いません。あの子が——那奈ちゃんが大丈夫な限りは、そちらで自由にやってもらって構いません。でも、何か問題が起きたら、すぐにストップをかけます」

「あんたらに、そんな権限があるのか」

「本来なら、事情聴取を担当する人が自覚してコントロールしなければいけないことです。でも、必ずしもそうできるとは限りませんから。我々がストッパーになります」

「その条件を呑まないと、どうなる」

「捜査一課に話をするだけです。話というか、報告かな。その後どうなるかは、私には分かりませんけどね」下手な脅し文句だったが、黒川にはある程度の影響を及ぼしたようだった。

「呑むしかない条件のようだな……だったら、これからすぐに事情聴取を始めるが、あんたらが同席する。それでいいな?」

「やるならここで、にして下さいよ」私は人差し指を下に向けて条件を追加した。「署に移動するより、ここで話した方が早い。それに那奈ちゃんも、母親の近くにいる方が安心できると思います」

「病院に部屋を貸してもらうか――その交渉ぐらいは、あんたたちがやってくれるんだろうな？」

「それは、事情聴取する人の責任だと思います」

しれっと言って、私は頭を下げた。顔を上げると、黒川の顔が薄《うっす》らと赤くなっている。本当は怒鳴り散らし、私を病院から蹴り出したいと思っているのだろう。だが、いくらケツを蹴飛ばされても私はここに居座る。やるべきことをやらないと。

自分の仕事が何なのかは、十分承知している。

4

結局、黒川が自分で病院と交渉し、会議室を借りた。既に病院も当直の時間帯になっているので少し時間がかかったが……とにもかくにも私たちは、二十人ぐらいが楽に入れる会議室に落ち着いた。

長テーブルがいくつか組み合わされ、部屋の中央で正方形の大きなテーブルになっている。梓がすかさず、那奈を出入り口に近い方の席に座らせた。これは賢明な判断だ、と私は嬉しくなった。この部屋は広いが、窓は少ない。奥の方のテーブルにつかせると、二方が壁になってしまい、那奈は追いこまれたと感じるかもしれない。

　那奈が、ずっと握っていたペットボトルをそっとテーブルに置く。梓が手を伸ばし、キャップを捻《ひね》り取った。何を言うでもなく、すっと那奈の前に置き直す。那奈も何も言わないが、すっと頭を下げた。ただし、ボトルに手を伸ばそうとはしない。

　一連の動きを見ているうちに、私は那奈の落ち着きをはっきりと感じた。泣き叫んだり、乱暴な言葉を吐き散らしたりしてもおかしくないのに、そういう気配はまったく見せない。それこそショックが大き過ぎて感覚が麻痺しているのかもしれないが……いや、そんな感じではない。むしろ状況をしっかり理解して、感情を押し殺している様子だ。これはもしかしたら、黒川の見方が正しいのかもしれない。彼女は極めて大人で、感情をコントロールする術《すべ》を知っている。

　そうだとしても、やはり無理はさせられない。

「本郷署刑事課強行班係長の黒川です」

　まず、黒川が正式に名乗りを上げる。引き続き、自らこの事情聴取を担当するつもりのようだったが、那奈がテーブルの角に座っているのを見て顔をしかめる。正面から向き合いたいのだろう、と私にはすぐに分かった。那奈がこの位置にいると、正面が遠いので、彼は斜めの場所に座らざるを得なくなる。事情聴取ではなく、雑談モードの座り位置だ。

だが、それこそが梓の狙いなのだ。厳しい雰囲気が出ないよう、わざと那奈をこの位置に座らせたのだ。そして自分は、那奈のガードを固めるように横に座る。なかなかやるな……顔に出すわけにはいかないが、私は心の中で小さなガッツポーズを作った。

どうやら黒川も諦めたようで、ゆっくりと椅子に腰を落ち着けた。手帳は広げているが、ペンは構えていない。記録係は、自分の背後に座った若い刑事に任せるようだ。

相手は二人……あまり大人数で部屋に入らないよう、私は黒川に頼みこんでいた。人が多ければ多いほど、那奈はプレッシャーを感じる。今、那奈はこの状況をどう考えているのだろう。梓を「味方」だと思ってくれているといいのだが……「二対二の戦いだ」と考えてくれればベストだ。

私は……この場ではアンパイアに徹しよう。ボール・ストライクの判定だけは間違えないようにしないと。

四人が固まっている角からは少し離れ、窓を背にした位置に座る。腰を下ろした瞬間、エアコンが入っていないことに気づいた。十一月頭にしては寒く、じっとしていたら手がかじかんでしまうだろう。立ち上がり、ドアの近くにあるエアコンのコントロールパネルを見つけて、温風が吹き出すようにした。

ドアが細く開いているのを確認し、一人うなずいた。これでいい。部屋を早く温めるためには閉めた方がいいのだが、那奈には、ここを「密室」だと考えて欲しくなかった。

私が改めて腰を下ろすと、それが試合開始のタイミングと判断したのか、黒川が口を開いた。

「同じ話を何度も聴いて申し訳ないんだが、家に戻った時のことから話して下さい」

一応、丁寧な口調を心がけているようだな、と私は安心した。那奈が無言でうなずく。両手を腿《もも》の下にさしこみ、かすかに体を前後に揺らしていた。何となく落ち着かない態度……支援センターの臨床心理士、長池玲子《ながいけれいこ》だったら、彼女の態度をどう解釈するだろう。

「今日、学校を出たのは何時？」

「三時半です」

「部活はやってないんだね」

「はい」

「それで家に戻ったのが五時……」

「はい」那奈の声は細い。

「家へ帰って来てから、まずどこへ行きましたか」

「あの……仕事場に……」

「お父さんの？」

「はい。玄関を入ってすぐ仕事場なので」

答えが短く切れ切れになるのは仕方ないだろう。いくら表向きは冷静に見えても、今の段階で論理的に、まとめて話をするのは難しいはずだ。私は手帳を広げ、要点だけをメモしていくことにした。あとは、那奈の表情と声の調子の観察に専念する。何か調子がおかしくなったら、即座にストップだ。

しかし、那奈の口調は一切変わらない。余計なことは言わず、短い返事をするだけ——想像していたよりもずっと冷静で、その口調は「きびきびしている」と言ってもよかった。とても、父親を亡くした直後とは思えない。

安心して事情聴取を進めて大丈夫なようだ。そう思って私は、メモ取りに意識を集中した。黒川の質問は的確で、那奈の証言にも揺らぎはない。

玄関を入ってすぐ仕事場か……どういう構造の家なのだろう……機会があれば直接

見てみよう、と私は心にメモした――いずれにせよ、那奈は家に入ってすぐに父親の遺体を発見したのだ。

最初は「眠っているかもしれない」と思ったという。一日中家にこもって仕事をしている父親――仕事はウエブデザイナーだった――は、時にエネルギーが切れて、デスクに突っ伏して寝てしまうこともある。今日もそうではないかと考えて足音を忍ばせたのだが、部屋を横切る時に、部屋に満ちた「鉄の臭い」に気づいた。しかも、足元に触れる濡れた感触。自分が、床に流れる血を踏んでしまったのだと気づき、悲鳴を上げてしまった。慌てて外に飛び出し、近所の人に声をかけられてようやく「はっと我に返って」、自分で一一〇番通報してきたのだという。隣の家の人と何を話したかは覚えていない……。

この時初めて、証言が曖昧《あいまい》になった。しかし、はっきり覚えている方がむしろ不自然だろう。父親が殺された現場に出くわした直後、冷静でいられるわけもなく、むしろこういうのが普通の反応だと言っていい。黒川もその辺は心得ているようで、曖昧な答えをすぐにパスして話を進める。

「昼間、お父さんはずっと一人ですか」

「家で、一人で仕事をしています」

「誰かが来るようなことは?」

「打ち合わせ……とか」自信なさ気だった。「よく分かりません」

「見たことはない?」

「昼間は学校ですから」

皮肉っぽい口調ではあったが、もちろんそんなつもりはないだろう。ちらりと見ると、顔は真面目そのもので、事実をただ淡々と告げているだけのようだった。そういえば、腿の下に置いていた手を、いつの間にか膝の上に乗せている。背筋もぴんと伸びて、剣道か弓道の選手という感じだ。正座しながら、試合前の精神集中でぴしりと背筋を伸ばしているような……。

今日の出来事——そこから先のことはよく覚えていない。気づいた時には家の外にいたのだが、靴も履いておらず、血に染まった靴下を見た瞬間に気を失いそうになった。隣の家の人が声をかけてくれたが、何を話したかは覚えていない。警察が来た時には、自宅の玄関脇で座りこんでいた。母親に電話をかけたことは覚えているが、何を話したか、いつ家に戻って来たかも分からない。

黒川が、ボールペンの尻でメモ帳を叩いた。苛《いら》ついている様子はなく、話を進めるためにリズムを取っているような感じだった。実際、表情にも変化はない。

黒川はなおも質問を続けた。父親の仕事の内容、交友関係……しかしこれは、那奈には答えられない内容で、口ごもることが多くなった。あまり突っこむなよ——私はメモから顔を上げ、黒川に厳しい視線を送った。しかし黒川は、私の視線に気づいた様子はない。いざとなったら介入だ——私は梓に視線を投げた。目が合うと、彼女が素早くうなずく。分かってますから任せて下さい、とでも言いたげだった。まだまだ全面的には任せられないが、敢えて口を挟まないのも「人を育てる」やり方だ。

那奈の背中が次第に丸まってきた。答えられない質問が増えて、集中力が途切れてきたのかもしれない。しかし黒川は、まだ手を緩めようとしなかった。

「最近、お父さんに何か変わった様子は？」

「よく分かりません」

「普段、あまり話してなかったのかな」

「はい……そんなには」

そういうことを聴く必要はないだろう、と私はかすかな怒りを覚えた。中学生の女子が父親と会話を楽しむなど、レアケースだろう。

しかし黒川は、そこで際どい話題から外れた。もっと一般的な質問——「誰か怪しい人間を見ませんでしたか」と訊ねる。

「特に見ませんでした」那奈が丁寧に答える。

「分かりました」黒川が後ろを振り向き、若い刑事に目配せした。何か追加質問は？

若い刑事が、疲れたように首を横に振る。あまりやる気のないタイプのようだ。

「お疲れ様でした。大変だったね」

「大丈夫です」黒川の労《ねぎら》いに、那奈が淡々とした口調で答える。

「今日どうするかは……他の人間が面倒を見るから」黒川が、梓に視線を投げた。硬い表情で梓がうなずく。

面倒なこと——被害者の娘のケアを自分たちでやるつもりはないわけか。一瞬むっとしたが、それでも構わない、と私は自分に言い聞かせた。それこそ、こちらの仕事なのだから。

「じゃあ」黒川が急いで立ち上がった。私の顔を凝視《ぎようし》して、「あとはよろしくな」と横柄に言い残して部屋を出る。

勝手なことを……那奈を見ると、しきりに目を瞬《しばたた》かせていた。さすがに疲れたのだろう。梓がすっと身を寄せる。慰めの言葉をかけるか、軽く背中に触って落ち着かせようとする——梓の次の行動は簡単に読めたが、那奈はいきなりすっと身を引くと、「大丈夫です」と短く答えた。

ちょっと神経質になっているな、と私は一人うなずいた。ショックのせいだろう。あるいは、もともと人との接触を嫌うタイプかもしれない。

最初に何と声をかけるか――大事なところだ。無難に行くべきなのだが、その言葉が見つからない。梓に任せるわけにもいかないし……悩み始めたところで、部屋を出て行く黒川たちとすれ違いに、優里が飛びこんで来た。いつも冷静沈着、絶対に慌てないのに、今夜ばかりはそうもいかないようだ。支援課で待機しているように頼んだのに、我慢しきれなくなったのだろう。息を切らして肩を上下させ、額には薄らと汗さえ浮かんでいる。

「那奈ちゃん！」叫ぶ声も、普段に比べて一オクターブ高い。

那奈は一瞬、きょとんとした。しばらく会っていなかったのかもしれず、優里が誰か、分からないのだろう……しかしすぐに立ち上がり、静かに頭を下げた。垂れた髪が顔を覆い、表情が隠れる。

優里は那奈の許《もと》へ駆け寄り、ぶつかる寸前で立ち止まった。抱き締めてやろうとしたのだろうが、躊躇《ちゆうちよ》している。そんな必要はない――那奈はそれほどひどいショックを受けていないと判断したのか。

「ご無沙汰しています」那奈がごく普通の調子で言って頭を下げる。

「那奈ちゃん、あなた――」

「大丈夫です」優里の言葉を遮《さえぎ》るように、那奈が低い声で言った。「私は、大丈夫です」

「無理しないでいいのよ」

「大丈夫です」那奈が繰り返す。

「今、事情聴取を受けてたんでしょう？　ひどいこと、言われなかった？」

「大丈夫です。普通に話しました」

助けを求めるように、優里が私の顔を見る。普段はあまり見せない表情――母親のそれだ、と私は判断した。優里がすぐに唇を引き結び、那奈の顔を真っ直ぐ見た。おずおずと――彼女らしくなく――右手を伸ばし、那奈の左肩にそっと置く。那奈は無反応だった。

私はゆっくりと二人に近づいた。やはり立ち上がっていた梓は少し引き気味にしている。私は彼女の横に並んで立ち、那奈と優里のやり取りを見守った。

「ごめんね、最近ご無沙汰しちゃって」

「いえ」

「大変だったわね」

「はい……でも、大丈夫です」

「本当に、無理しないでいいのよ」

「無理してません」

目を閉じて会話だけを聞いていたら、那奈が単にむきになっているだけだと思ったかもしれない。しかし彼女の表情は自然なままで、本当にまったくショックを受けていないように見える。肩に置いた優里の手が、するりと滑り落ちた。戸惑っている。本当に、こんな彼女を見るのは初めてかもしれない。

優里が、私に視線を向けた。

「今日は？」

「まだ決めてない。彼女の希望を聞かないと」

優里がうなずき、那奈に向かって「今夜はどうする？」と訊ねた。

そこで初めて、那奈の無表情な仮面にひび割れが入った——困惑。

「家には……」切り出した声も弱々しい。

「今夜帰るのは難しいと思うわ。警察がまだ調べているし、ああいう場所にいるのは……」

「どうしましょう」那奈が顎に指を当てる。

「病院に泊まる？　お母さんも、まだ病院にいるんでしょう？」

「はい」那奈の顔に焦りの表情が浮かぶ。「あの、ママは……」

「大丈夫よ」梓が声をかけた。那奈の「大丈夫」には余裕があるのだが、梓が言うと切羽《せっぱ》つまって聞こえる。「さっき病院に確認したけど、今は薬で眠っているだけだから。ショックが大きかったんで、貧血を起こしただけみたい。目が覚めれば元気になってると思うわ」

「どうする？」梓の言葉を受けて、優里が那奈に訊ねる。「今夜は病院にいる？　そうじゃなければ、うちに泊まってもらってもいいけど」

「松木、それは……」私は小声で忠告した。これはやり過ぎだ。被害者の身になって考え、世話を焼くのは私たちの仕事ではあるが、プライベートな空間を提供してはいけない。それをやり始めたらきりがなくなる。

「あの、病院にいてもいいですか？」遠慮がちに那奈が切り出す。

「もちろん」優里の首肯《しゅこう》はひどくぎこちなく、大リーグでお馴染《なじ》みのボブルヘッド人形のような動きになってしまった。

「安藤」私が声をかけると、梓が素早くうなずき、会議室を出て行った。泊まる手配――おそらく、母親が眠っている病室に簡易ベッドを運びこみ、そこで寝ることになるだろう。梓なら、病院を上手く説得できるはずだ。

「今日は、私が一緒にいるから」優里が宣言する。

「でも……それじゃ悪いですから」那奈が遠慮がちに言った。

「それが私たちの仕事でもあるの。一緒にいさせて」

「かまいませんけど……私、大丈夫ですから」

「自分でもショックが分からないこともあるのよ。だから、無理しないで」

「はい……」そう言ったものの、那奈は納得した様子ではなかった。

「それより、ご飯は？」優里が左手首をひっくり返した。「もう八時半じゃない。何か食べたの？　何も食べないで、今まで話を聴かれてたの？」

疑問をぶつけながら、優里が私に厳しい視線を向けてきた。これは失敗だった……事情聴取の前に、何か簡単なものでも食べさせておくべきだった。食欲があるかないかに関係なく、食べ物を準備しておくのは、支援課の基本中の基本である。人間はやはり食べないと、気力、体力が失われていくのだ。

「ちょっと遅くなったけど、今から何か食べる？」

「いいです」那奈が首を横に振った。「あまり食欲がありません」

「そう？　でも、食べたくなったらすぐに準備するから、言ってね。それと、明日、学校は休みにしましょう。私から連絡しておくから。家の方に必要なものは……それも、明日でいいわね。とにかく今日は、ゆっくり休んで」優里が勢いよく言葉を並べたてたが、那奈を気遣っているというより、焦っているようにしか見えない。

「私、ママの近くにいます」那奈が突然、きっぱりと言い切った。「ママの方が大変なんです。私が面倒を見ます」

「那奈ちゃん……」優里が困り切ったように表情を歪める。「無理しないで。こういう時のために私たちがいるのよ」

「分かりますけど、ママは私のママですから」

「分かった……あなたの気持ちはよく分かったけど、今夜は私が一緒にいるわ――少なくともしばらくは。いいわね？」

「ええ」

「泊まりの用意はできます」

梓が戻って来た。ずいぶん早いが、病院の方でも事情は分かっているのだろう。

「じゃあ、後は私が」優里が私、梓と順番に顔を見た。

「大丈夫なのか？」家の方は、という言葉を省略して訊ねる。

「大丈夫。ちゃんと確認した」優里がすばやくうなずいた。

優里の気持ちも分かるが、彼女だけに任せておいていいのだろうか……一瞬迷ったが、ここは彼女の判断に任せることにする。何より優里には、八年前にも那奈の面倒を見たという自負があるはずだ。彼女のことなら、誰よりも自分がよく知っている――私たちが余計な口出しをせずとも、優里ならきちんとやれるだろう。

「しばらく……どこかにいるから」

優里に声をかけ、私は梓に向かってうなずきかけて外に出た。ドアは細く開けたまま。

廊下に出ると、どっと疲れを感じた。ネクタイを緩めて、ゆっくりと歩き出す。廊下はあまり暖房が効いていないようで、晩秋の寒さが身に染みたが、むしろ心地好い。それだけ緊張していたのだと、改めて思い知った。

「私たちはどうしますか？」梓が小声で訊ねる。

「飯だよ、飯」私は意識して軽い口調で答えた。「夕飯抜きは避けたいからな。君も腹が減っただろう？」

「それはそうですけど……松木さんだけに任せておいていいんですか？」

「ああ」

「本当に？」

「心配ではあるけど」私は打ち明けた。「でも松木は、これを自分の案件だと思っている。プライド……みたいなものかな。それは大事にしてやらないと」

「今夜、ずっとつき添うんですかね？」

「そうかもしれないし、そうじゃないかもしれない。まあ、心配するな……何かあったら連絡がくるはずだ。俺たちはまず飯——その前に、課長に報告しよう」

「じゃあ、私は係長に報告します」梓がスマートフォンを取り出した。係長の芦田《あしだ》浩《こう》輔《すけ》の番号を呼び出したようだが、ふと手の動きを止める。「村野さん、今夜は待機するんですか？」

「ああ」

「いいんですか？」

「松木が困った時には、近くにいてやらないと。あいつがあんなに慌ててるのは初めて見たしね」

「……ですよね」

沈黙。二人とも、これが異常事態だということは十分承知している。

本来私たちは、他人のために心を砕く立場にある。それ故、自分自身は常にフラットな気持ちでいなければならない。怒りも焦りも悲しみも禁物。いつも同じ心持ちでいないと、被害者家族に「揺れ」が伝染する。

「どうだった」

いきなり野太い声で話しかけられ、はっと顔を上げて立ち止まる。いつの間にか、黒川が正面にいた。

「今、担当者が落ち着かせています」

「あんたらが担当者じゃないのか」

「八年前にも彼女を担当した人間がいますので、任せました」

「ああ、さっきのねえちゃんか」黒川が耳を掻《か》いた。「落ち着いたか？」

「……何とも」答えにくい質問だ。那奈は依然として、強い意志で感情を押し殺している感じもする。だが、いくら強く聞いても、本人はそれを認めないだろう。私の感触では、那奈はバリアを張り巡らせている。本音に迫るのはかなりの難題で、八年前に面倒を見た優里でも、那奈の心を解《ほぐ》せるかどうかは分からない。

この件が、那奈のみならず優里にもダメージを与えないように、と私は祈った。

「明日以降、また話を聴くことになる……明日は、奥さんの方が中心だな。今病院に確かめたんだが、明日の朝には話ができそうだ」

「無茶は禁物ですよ」私は釘を刺した。

「多少は無理しないと、犯人に近づけない」

この話はまた平行線を辿《たど》るのか……私は気を取り直して、本来黒川が得意であろう話題を持ち出した。

「それで犯人は？　どうなんですか？」

「今のところ何とも、な」黒川が右手で顔を擦った。「おかしな話だが、目撃者が誰もいない」

「現場は住宅地ですよね」

「ああ。家同士がくっついているような、ごちゃごちゃした場所だよ」

「犯行時刻は……」

朝から夕方までの間。那奈が登校、妻の直美も出勤してから、那奈が帰って来るまでだ。これだけでは範囲が広過ぎる。「死後どれぐらい経ってたんですか？」

「数時間」

「ずいぶん幅広いですね」

黒川が顔をしかめる。もう一度平手で顔を擦り、「解剖してみないと、はっきりしたことは分からないだろうが」と言い訳するように言った。

「しかし、目撃者——音を聞いた人もいないんですか？　あんな住宅密集地なのに、おかしいですよね」

「いや、あの辺は共働きの家が多いんじゃないかな。昼間は人が少ない街なんだ——今の東京はこんなもんだぜ」

「捜査は聞き込み中心ですか？」

「もちろん、被害者の交友関係の調査も進める。ただ、うちが勝手に方針を決められるわけじゃないからな」

「特捜になりますね」

「ああ。もう本部の捜査一課が入ってきている。我々は指揮下に入るだけですよ」皮肉っぽく言って、黒川が顎を掻いた。

「今後も、被害者家族の事情聴取には立ち会いますよ」

「まあまあ、それがあんたらの仕事なんだろうけど……こっちの邪魔はしないでくれよ」

「必要があれば邪魔しますよ——邪魔、は言葉が悪いな。事情聴取中断の勧告をします」

「えらく官僚的な専門用語だな」黒川が鼻を鳴らす。

「専門用語でも何でもありません」言い返しながら、私は不毛な疲労を感じていた。

こういうタイプの刑事は……諦めるしかないだろう。いくら私たちが力を入れて研修会を開き、被害者支援の大事さを訴えても、絶対に聞く耳を持たない。こちらとしては、彼の定年を待つだけだ。この手合いが一人でも減れば、全体の意識は変わるだろう。

黒川と私が話している間姿を消していた梓が、ちょうど話し終えたタイミングで戻って来る。

「係長に連絡したか？」

「ええ。課長にも報告しておいてくれるそうです」

「じゃあ、俺からは報告しなくてもいいか……とにかく飯にしようよ」私は思わず伸びをした。

背筋が固まってしまっている。

「そうですね。お腹が空きました」梓が胃の辺りに掌を当てる。

彼女もそれなりに図々しくなったということか。以前なら、きつい仕事に当たると食欲をなくし、顔色も悪くなっていたのに。

病院の近くには、食事ができそうな店は見当たらない。春日駅前まで歩かないと無理か……この辺にはあまり詳しくないので、どんな店があるのか分からない。

「白山通りの方に行けば、お店はたくさんありますよ」

「この辺、よく知ってるのか？」

「昔――学生時代に、近くでアルバイトしてたんです」

「何の？」

「印刷屋さんです」

「ああいうところのバイト、体力的にきつくないか？」力仕事だし、汚れるイメージもある。

「事務でしたから」梓が肩をすくめる。「お店、分かるかな……昔に比べると、ずいぶん変わっちゃったと思います」

「そんな昔の話じゃないだろう」

ぶらぶらと歩き出す。十一月、午後九時近く……さすがに冷えこむ。薄いコートだけでは、長時間は我慢できそうになかった。梓にとっては勝手知ったる街のようで、まったく足取りを緩めず歩き続け、ほどなく白山通りに出る。

「やってるかなあ……」ぶつぶつつぶやきながら、梓が周囲を見回す。すぐに「ああ、やってますね」と嬉しそうに告げた。

「何の店だ？」

「何というか……洋食レストラン？」自信なげな口調だった。

「単なる洋食屋じゃなくて？」洋食レストラン、という言い方は私の語彙《ごい》にはなかった。

「入ってもらえば、何となく雰囲気が分かります。遅くまでやってるんで、重宝してたんですよ」

目当ての店は、白山通りから一本裏に入った場所にあった。古い雑居ビルの一階。看板には確かに「洋食レストラン」の文字がある。窓にはカーテンがかかっているので、中の様子は窺えない。外にメニューの類はなく、開店中を示すのは、木製のドアにかかった「Ｎｏｗ Ｏｐｅｎ」の看板だけだった。どんな店なのか、手がかりはまったくない。

梓はまったく躊躇せず、ドアを押し開けた。私も続いて店内に入ったが、全体に照明が薄暗く、中の様子はすぐには把握できなかった。既に午後九時なのに、テーブル席は半分ほどが埋まっている。どうやらこの時間には、地元の人が呑み屋使いをしているようだ。

私たちは窓際のテーブルにつき、すぐにメニューを精査した。膨大……四ページに及ぶメニューは、文字で埋まっている。見ると、「和風ハンバーグ」「和風ドリア」「和風ステーキ」と、「和風」を謳《うた》った料理がたくさんある。これが「洋食屋」ではなく「洋食レストラン」と名乗る根拠なのだろうか。それぞれの料理には「お食事セット」があり、頼むとライスと味噌汁がつく。味噌汁もポイントかもしれない、と思った。いわゆる老舗の洋食屋は、味噌汁を出さないものだ。

「何がお勧めだ？」

「ハンバーグなら何でも大丈夫です。美味しいですよ」

「ハンバーグ、ね」この時間に食べるには、少しヘヴィな感じだ。しかし、よく通っていた人間のお勧めならば、ここは素直に従ってみよう。

私はオーソドックスに、無印のハンバーグにした。梓はチーズハンバーグ。それぞれ「お食事セット」をつけて千円前後である。梓は、バイト代が入った時などに、ここで少し贅沢していたのだろうか。

梓が勧める通り、ハンバーグは美味そうだった。焼けた鉄板に載っているせいで音も香りも激しく、テーブルに載る前から私の食欲は激しく刺激された。ハンバーグにはどろりとしたデミグラスソースがかかっているだけだが、このソースが何ともいいバランスの味わい——奥の方に酸味を感じ、それがまた食欲を刺激する。ハンバーグはかなり粗挽きのひき肉を使っており、嚙みしめると肉のしっかりした食感があった。しかもライスが美味い。米粒が立っている。何故か、やたらと柔らかかったり、だまになったりしたライスを出す店があるのだが、この店はきちんとしていた。それだけで私は、店に対する評価を一段階上げた。

食事を終えると、梓はようやく元気を取り戻したようだった。今夜はこの状態で家に帰そう。

「係長、何か言ってたか？」

「今後のことを相談したいから、明日の朝は本部へ来るように、と言ってました」

「じゃあ、それは君に任せる」

「私ですか？」梓が自分の鼻を指差した。「村野さんじゃなくていいんですか？」

「俺は、松木につき合うよ。彼女、たぶん明日も無理すると思う。今夜は徹夜かもしれないし」

「何か……松木さんと村野さん、愛《あい》さんの関係って不思議ですよね」

「何が？　ただの大学の同期だよ」私はぴしゃりと言った。実際にはもっと複雑——西原《にしはら》愛は私の「元恋人」であり、愛と優里は大学の同期という関係を超えた「親友」だが、その辺の話になると、確かに説明が面倒である。もっとも梓は、優里や愛とよく話しているから、私たちの関係も熟知しているはずだが……あえて私から聞き出そうとしているのだろうか。

うか」

「でも、単純な仕事仲間っていう感じじゃないですよね。もっと強い――同志っていうか」

「それは間違いない。仕事に対する理想は共通しているから」

「愛さんも」

「まあ……そうかな」この話が続くと面倒臭くなる。私は耳の裏を掻いて、話を誤魔《ごま》化《か》した。「とにかく、君は今日、帰ってくれ。それで明日の朝、支援課に出頭。芦田係長と本橋課長の指示を仰いでくれ」

「分かりました」

「俺はしばらく、この辺でうろうろしてるよ。松木からの連絡を待つ」

「やっぱり、普通の同期の関係じゃないですよね」

「君が何と思おうと自由だけど、俺の意識の中ではただの同期だから」

もっとも、私と優里、愛の関係はやはりどこか不自然だ。結婚も考えていた愛とは、暴走した車が歩道に突っこんできた事故に同時に巻きこまれたことがきっかけで別れた。実際あの事故は、私たちの人生を捻《ね》じ曲げてしまったと思う。私は膝を負傷して捜査一課を離れ、支援課でまったく別の仕事を始めた。愛は下半身の自由を奪われたが、自分の仕事に加え、支援センターでボランティアとして活動を始めた。事故に遭う前よりもエネルギッシュになった感じである。そして優里は、私たちをまたくっつけようと、無駄な努力を続けている……。

何だか奇妙な関係である。

しかし私は、自分が本音と向き合っていないのではないか、という疑いを消せずにいる。

5

あまり知らない街で時間潰し……まだ開いている喫茶店を探したのだが、見つからない。梓を帰し、しばらく街をぶらついた後で、仕方なく一軒のバーに足を運んだ。ここなら長い時間粘っても文句は言われないだろう。日付が変わる頃までちびちびと酒を呑み、その後で優里に連絡を取ろう、と考える。

午後十時。呑み過ぎないように気をつけること、と自分に言い聞かせながら、私はカウンターについた。先ほど食べたハンバーグが胃の中で落ち着かない感じだったので、多少なりともさっぱりしたものを呑もうと、ハイボールにする。つまみはミックスナッツ。

静かだった。他に客もいないバーで、低い音量で流れるジャズのＢＧＭに身を任せる。何もなければ、リラックスできる貴重な時間なのだが、那奈たちのことが頭に引っかかり、緊張感はまったく抜けなかった。ハイボールの酔いも回ってこない。こういう時には酒も助けにならないのだな、と実感した。

十時半。カウンターに置いたスマートフォンが鳴る。優里だった。外へ出て話すのが面倒臭い。私はカウンターの中でグラスを磨いているバーテンに向かって、スマートフォンを振って見せた。渋い表情だが、すぐにうなずいてくれる。他に客もいないから、電話で話していても迷惑にはならないだろう。

「大丈夫か？」私はまず訊ねた。

「那奈ちゃん、寝たわ。お母さんと一緒の部屋で」

「じゃあ、君も引き上げればいい。もう遅いよ」話は明日にしよう、と思った。優里は疲れているはずだ。

「あなた、どこにいるの？」

「ええと……」私はカウンターに置いてあったマッチを取り上げた。「春日駅の近くにある『ＢＪ』っていうバーだ」「ＢＪ」は何の意味だろう、とぼんやりと考える。

「まだそこにいる？　ちょっと話したいんだけど」

「俺は構わないけど、帰らなくていいのか？」

「家の方は旦那に任せてるから」

「君がいいなら、待ってるよ」

「店の場所は？」

私はマッチ箱をひっくり返し、住所を告げた。病院からだと、歩いて十分ほどだろうか。優里は異常に方向感覚が優れているから、すぐに来るだろう。

電話を切ってから、私は腕時計でカウントを始めた。九分三十秒後、バーのドアが開いて優里が顔を覗かせる。一目見ただけで、げっそりしているのが分かった。何か相談したいのだろうが、今の彼女に何より必要なのは睡眠である。

優里もカウンターにつこうとしたが、私は首を横に振って押し止めた。話をするなら、ここではなく奥のテーブル席がいい。バーテンに断り、私は自分のグラスを持って立ち上がった。奥のテーブル席は、カウンターとは十分距離が開いている。ここなら、小声で話せば情報漏れは心配しないでいいだろう。

「何呑んでるの？」腰を下ろしながら優里が訊ねる。

「ハイボール」グラスは半分ほどしか空になっていなかった。ハイボールは、もっとぐいぐい呑むべきだろうが……。

「じゃあ、私も同じもの。あと、何か食べていい？」

「食べてないのか？」

「おにぎり一つ」

「それはきついな」私はメニューを取り上げた。「腹に溜まりそうなものは、あまりないけど……フィッシュアンドチップスぐらいかな」

「それでいいわ。揚げ物の方がお腹が膨れるでしょう」

優里は手を上げて、ハイボールとフィッシュアンドチップスを頼んだ。さらにメニューをちらりと見て、ミックスナッツを追加する。酒が来るまで、優里は口を開かないつもりのようだった。椅子に背中を預け、額に手を当てて目を閉じる。こんなに疲れきり、ダメージを受けた優里を見るのは初めてだった。

酒とミックスナッツが運ばれて来ると、優里はまず、ハイボールをぐっと一息呑んだ。かなり背の高いグラスの三分の一が空いてしまう。乱暴にコースターに置くと、氷が冷たい音を立てた。彼女は普段、決してこういう雑な呑み方はしない。続いてミックスナッツの鉢に指先を突っこみ、中身をまとめて摑み上げると、そのまま掌を口に叩きつけるようにして放りこんでしまう。

「そういう食べ方をするの、アメリカ人だけだと思ってたよ」

「日本人は？」

「一個ずつ選り分けて食べるんじゃないか？」

私は、残り少なくなった自分の鉢から、ジャイアントコーンを取り上げた。続いてくるみ、カシューナッツ、アーモンドをつまみ上げ、テーブルに順番に置く。ジャイアントコーンを口に入れ、「こういう感じだろう？」と優里に確認した。

「何だかみみっちい感じだけど」

「ナッツそれぞれの味を純粋に楽しみたいんだ」

「一緒に食べるからミックスナッツなんじゃないの？」

優里が反論して、ハイボールを一口――今度はほんの少し呑んだ。他愛もないやり取りとアルコールの効果で、多少は気分が落ち着いたようである。

「何だか煙草でも吸いたい気分」

「煙草、嫌いじゃないか。それにここ、禁煙だぜ」マッチが置いてあるのは、煙草が吸えた時代の名残りだろうか。

「煙草を吸う人の気持ちが、少しだけ分かった感じ。ストレス解消にはなるんでしょうね」

「たぶんね」煙草を吸わない私は、曖昧に答えた。「それで、那奈ちゃんはどうだった？」

「気丈なのよ。気丈過ぎるぐらい」

「それは俺も感じた」

「最初の事件の時、気を失うぐらいの泣き方を思い出したら、信じられないぐらい。大人になったと言っても、まだ中学生よ？　涙を流さないのは理解できないわ。相当無理してると思う」

「後で反動がきそうだな」

「お母さんのことを心配してるんだと思うけど……ちょっと気が張り詰め過ぎてるわ」

「同じ病室で寝てるのか？」

「そう。しばらくは顔を拭いてあげたりして世話を焼いてたんだけど……最後は疲れきって寝ちゃった」

「話したのか？」

「きちんとした会話にはならなかった」優里が肩をすくめる。「今までのフォローがなってなかったのね」

「永遠にフォローし続けることはできないさ。最後に会ったのは？」

「那奈ちゃんが四年生の時。ご両親——今のご両親も含めて会ったのよ。那奈ちゃんとは、事件のことは話さなかったけど」

「確かに、それは必要なかったな」

うなずき、優里がまたハイボールを一口啜《すす》る。ミックスナッツの鉢に手を伸ばそうとして引っこめた。

「その時は、心配いらないと思ったの。ご両親がすごくしっかりしていて、那奈ちゃんも完全に、青木家の子として馴染んでいたから。小さい頃からよく知っていたのがよかったんでしょうね。今は、本当の親子よりも仲がいいと思う」

「だから母親のことを心配してるんだな……でもこれ、前とほとんど同じ状況じゃないか」

厳しい顔つきになり、優里がうなずく。細長い指先で、テーブルを二度、三度と叩いた。私は、彼女の指先を見つめながら続けた。

「あの時も父親が殺されて、後から母親が亡くなった」

「今回は、お母さんが亡くなるようなことはないだろうけど」

「体は大丈夫なのか？」

「ショックを受けているから、精神的なダメージがきついと思うけど……明日からちやんとフォローアップするわ。支援センターにも連絡する」

「まだ連絡してない？」

「あそこは民間の組織だから」優里が肩をすくめる。「五時になれば、誰もいなくなるでしょう」

「西原はいそうだけどな」

「彼女は今日、午前中の出番の日だったから」

「ローテーションまで把握してるのか？」私は目を見開いた。

「当たり前じゃない」

「明日以降、どうする？　母親への事情聴取も始まるよ」

「ちゃんとくっついて、無理がないようにする――それが一番ね」

「那奈ちゃんが心配だ。無理に頑張っていると、本当に後で反動がくるんじゃないか？」

「それは私も心配してるわ」優里がうなずく。「個人的な感情を入れるべきじゃないと思うけど、私にとって、那奈ちゃんは特別な存在だから」

「実質、君が支援課で初めて面倒を見た相手みたいなものだからね」

「うん……」優里が物憂げに髪をかき上げる。八年前の記憶が一気に蘇ってきたのだろう。支援担当としてもまだ経験が浅く、支援課としてのノウハウも確立されていなかった時期。「私の原点みたいな事案だから」

「原点としては、ハードルが高かったんじゃないかな」

「そうだけど——こういう時、きついわ。ある意味、知り合いが被害者になったわけだし……こっちも、冷静ではいられないものね」

「ああ」

「でも、絶対に失敗はできない。那奈ちゃん、二度目なのよ？　二度も父親を殺されるような経験、まずないでしょう」

「確率としてはゼロに近いと思う」

「ね……だからこれは、私たちにとっても、今までに経験したことのない仕事になるのよ」

「分かるけど、今から心配しても仕方がない。俺たちの仕事は、あらかじめ決められたルートに乗ってこなすようなものじゃないだろう？」

百人の被害者には、百の事情がある。優里が中心になってまとめたマニュアルはあるのだが、それに従っているだけでは上手くいかない……結局毎回、知恵を絞るしかないのだ。

「食べたら引き上げろよ。少なくとも明日の朝、頭はクリアにしておかないと」

「分かってるけど、お酒に逃げたい感じもあるわよね」

「駄目だ。一杯だけ呑んで、食べたら帰る。何だったら送って行くけど」

「大丈夫」

優里が首を横に振った。いつもの強気な口調だが……私から見ても、明らかに大丈夫ではなかった。そう言えば、那奈は盛んに――口癖のように「大丈夫」と言っていた。彼女が大丈夫だとしても、今度は優里のケアをしなくてはいけない。

この件では、自分は精神状態を常にフラットに保っておかないと――私は自分に言い聞かせた。


とりあえず、優里も大丈夫だろう、と判断した。出てきたフィッシュアンドチップスは超特大――二十センチ級の白身魚のフライが二つに、皿からはみ出さんばかりの大量のフライドポテト――だったのだが、一人でぺろりと平らげてしまったのだ。二食分ぐらいのカロリーがありそうだったが、全く平然として、脂を洗い流すようにハイボールを呑み干し、遅い夕食を終える。

駅で別れ、私はそのまま中目黒《なかめぐろ》の自宅へ向かった。三田《みた》線から日比谷《ひびや》線に乗り換えて、三十分ほどの道のり。駅へ着くと、十一時半になっていた。明日は朝一番で文京中央病院に向かう予定だが、朝食を食べている時間があるかどうか……私は絶対に朝食を抜かない。これは揺らぐことのない原則だが、家で食べることはまずなかった。少し早めに家を出て、出勤前にどこかで腹に詰めこむのが毎朝のパターンである。問題は、東京には美味い朝食を食べさせる店が少ないことだ。必然的に、ファストフード店で、脂っこいサンドウィッチとコーヒーという組み合わせになることが多い。朝飯を抜くのが体に悪いことは分かっているが、かといってこういう不健康な食事を続けているのはいいのだろうか。

とにかく明日は、自宅で朝食を済ませることにした。とはいえ、自分で料理を作ることはまずないので、コンビニエンスストアでサンドウィッチと野菜ジュースを買いこんで帰宅する。

部屋は寒々としていた。エアコンを入れても、部屋はなかなか暖まらない。愛とつき合っていた頃のことを、ふと思い出す。私が帰宅する前に彼女が家に来ていることもあり、そういう時の部屋の暖かさは、心が溶けそうなほどありがたいものだった。

——と過去の想い出に浸っていたからではないが、愛に電話しよう、とふいに思い立った。ずいぶん遅い時間だが、彼女は基本的に宵《よい》っ張《ぱ》りである。今夜も、呼び出し音が二回鳴っただけで電話に出た。

「遅い時間に申し訳ない」

「どうかした？」愛は平然としていた。

私は、今日の事件の概要を説明した。優里と那奈の関係も。この件は、愛が支援センターで働くようになる前の話だったが、彼女は事情を知っていた。おそらく、優里から話を聞いていたのだろう。

しかし愛が引っかかったのは、那奈のことではなく、被害者の青木哲也についてだった。

「ちょっと……待ってくれる？」

「ああ」

彼女の「ちょっと」は一分以上かかった。まあ、いつものことで……何かやっているのだろう。彼女は二つのことを同時にこなせない。

「ごめん、やっと見つかった」

「何が？」

「古いメール」

「メールって……」私は混乱した。「何の話だ？」

「青木さんのメール」

「君、青木さんと知り合いなのか？」私は思わず声を張り上げた。

「仕事でね。でも、直接会ったことはないわ」

「どういうことだ？」

「青木さんって、この業界では古手なのよ。レジェンドって言っていいかも。インターネットが普及し始めた頃からウエブデザイナーの仕事をしていて、今でも売れっ子だから」

「そうなんだ……」那奈のことを心配するあまり、事件の概要――被害者の人となりについて把握するのを忘れていた。もちろん、私たちが捜査をするわけではないが、被害者支援にもつながる話である。

「私が会社を始めた頃に、仕事をお願いしようと思ってたの」愛は、大学卒業後にウエブ系の制作会社を興している。今も続くその会社が、彼女の経済的自立の基盤だ。

「それで？」

「結局、折り合わなかったんだけどね……高い人なのよ」

「そうなのか？」

「こっちが予想していた金額――相場の三割増しだったの。だから結局、契約が成立しなかったのよ」

「そうなんだ」

「何だったらそのメール、転送しておこうか？　何か参考になる？」

「そうだな……」何年も前の話が役に立つとも思えなかったが、ないよりはあった方がいい。転送を頼んでから、愛自身の青木に対する「印象」を訊ねる。

「メールと、電話で話しただけだけど、普通の人としか言いようがないわね。変にいばったところもないし、ちゃんとビジネスの話ができる人だったわ。丁寧で話も早かった……だから、外注で頼む人が多かったと思うんだけど、とにかくちょっと高かったのよ」

「そうか……その後、接触は？」

「その時だけね。その直後に、うちでも優秀なデザイナーを確保できたから」

「山崎《やまさき》君だね」

「ええ」

私は、愛の会社のスタッフとは全員顔見知りである。山崎は、身長百八十五センチに体重六十八キロという、細長い棒のような男で、会う度に違う眼鏡をかけている。ある日気づいて「何個持っているんだ」と訊ねると、答えは「十五個」だった。奇妙な趣味……。

「今や、うちの会社の頭脳で心臓だから。センスはあるし、勉強熱心だし」

ウエブデザイナーという仕事が、具体的にどんなことをするのか、私は知らない。だが「デザイナー」というからには絵心は当然必要だろうし、パソコンやネットの知識に詳しくないとついていけないであろうことは容易に想像できる。

「青木さんだけど、何かトラブルに巻きこまれるようなこと、考えられるかな」

「まさか。穏やかな業界なのよ」愛が声を上げて笑った。「もちろんお金のトラブルなんかはあるけど、そういうのは基本的にお金で解決できる問題でしょう？　人が傷ついたりするような話は、聞いたこともないわよ」

「そうか……何かトラブルがあれば、噂になったりするかな」

「それはあると思うわ」愛があっさりと認めた。「噂が流れやすい業界だし。ちょっと調べてみようか？　少なくとも最近、青木さんがどんな仕事をしていたかぐらい、分かると思うわ」

「彼のサイトやフェイスブックなんかはどうだろう？　どんな仕事をしているかは、その辺で分かるんじゃないかな」

「フェイスブックをやってたかどうか、私は知らないけど、それぐらい、あなたでも調べられるでしょう」

「まあね」

「そういうところに載っていない情報があったら教えるから……それより、松木のフォロー、しっかりお願いね」

「松木は、頭を殴られたような気分じゃないかなあ」私は後頭部を掌で撫でつけた。「ショックで意識が朦朧《もうろう》としてる感じだ。責任を感じてるのかもしれないし」

「それは松木らしい話だけど……実際には私たちも、永遠に被害者家族と関わり合うわけにはいかないでしょう」

「残念だけど、確かにどうしようもないな」私は同意した。「いつまで被害者家族のフォローを続ければいいのか……そもそも今回の件は、それとは関係ないと思うけどね」

「そうね、事件は事件で、私たちの仕事とはまったく別のことでしょう」

「とはいっても、何だか納得できない……松木がショックを受けるのも分かるよ」

「だから、一番近くにいるあなたが、ちゃんとフォローしないと」

「一番近くにいるのは旦那だろう」

「でもご主人は、仕事のことではあてにならないから」

「まあ、そうだね……」

電話を切って、思わず苦笑してしまった。仕事では被害者やその家族に気を遣い、優里や愛にも気を遣い……自分の人生は、こういう風に終わってしまうのではないだろうか。

こういう生き方もあるのだろうが、何だか釈然としない。

6

翌朝、私は午前八時過ぎに文京中央病院に入った。病院らしからぬ、ざわざわとした雰囲気……刑事たちがうろついているせいだ。普通にスーツ姿でも、刑事たちはその場の空気を悪くする。

私はすぐに黒川を見つけ、挨拶した。黒川は不機嫌で、私をちらりと見てうなずくだけだった。支援課はあくまでよそ者、ということか……こういう扱いには慣れている。私はめげずに質問をぶつけた。

「まず、奥さんに事情聴取ですか？」

「ああ。今朝は普通に目が覚めたようだ。一応、話はできる状況らしい」

「だったら、そんなにむっとすることないでしょう。何でそんなに不機嫌なんですか？」

「娘さんがな……」

「那奈ちゃん？」

「事情聴取に立ち会うと言ってるんだ」

「それは……」私は思わず口をつぐんだ。これは異例だ。親が子どもの事情聴取に同席するのはよくある話で、警察側もそれを推奨する。だが逆パターンというのは、私は聞いたことがなかった。

「ちょっと、おたくで何とかしてくれないかな」黒川が渋い表情で言った。「いくら何でも、子どもを母親の事情聴取に立ち会わせるわけにはいかない。子どもには聞かせたくない話もあるしな」

「それはそうですね」

「娘さんにもまだ話を聴かなくちゃいけない。でもそれは、母親とは別に、だ」

「ええ」

「だから、ちょっと説得してくれよ。それがあんたらの仕事だろう」

黒川の口調は乱暴だったが、かなり切羽つまっているのは分かった。おそらく、那奈が強硬に言い張っているのだろう。一晩経って、何か状況が変わったのか……那奈にとっては昨夜と同じだろう。「ママの方が大変なんです。私が面倒を見ます」という台詞《せりふ》を思い出す。あくまでその決心を貫き通すつもりではないだろうか。

「昨夜のねえちゃんが担当なんだろう」

「そのねえちゃんですが、何か?」

背後から声をかけられ、黒川がびくりと身を震わせた。優里が立っている。特に怒っている様子でもなく、無表情なまま、相手の下らないジョークに話を合わせているような雰囲気だったが、声は冷たい。

「かまいません。那奈ちゃんも同席させて、事情聴取して下さい」

「だから、それはできないんだよ。そんなの、前例がない」振り返った黒川が、むっとした口調で反論する。

「悪しき前例主義ですね」優里が平然と批判した。「私たちも同席します。今は、那奈ちゃんに変な衝撃を与えない方がいいですよ。しっかりしていると言っても、まだ中学生なんですから。警察の方で対応を間違ったら、トラウマになりますよ」

「……しょうがねえな」黒川が吐き捨てる。「こういうのは、これっきりにしてくれないか」

「被害者家族が希望するなら、なるべくそれに応えるようにします。それが支援課の仕事です」

「冗談じゃねえぞ、まったく……」ぶつぶつ文句を言いながら、黒川が大股で去って行った。

「ちょっとやり過ぎた？」近づいて来た優里が肩をすくめる。

「間違いなくやり過ぎだよ」私も肩をすくめた。「何も、黒川さんを脅かさなくても……捜査もうまく動き出してないんだし」

その情報は、課長の本橋から早朝に聞いていた。本橋は本橋で、あちこちに電話をかけまくって捜査の進展具合を確認していたようである。

「それぐらい、ちゃんとやってもらわないと。プロなんだから」

「まあまあ……じゃあ、俺たちも事情聴取に立ち会うということで。それと、直接関係ないんだけど、西原が昔、青木さんと仕事をしようとしたことがあったらしい」

「そうなの？」

「結局、その商談はまとまらなかったそうだけど……以前にやり取りしたメールを転送してもらった。それを読んだ限りでは、極めて真っ当な人だね。メールの内容も丁寧で常識的だった」

「それ、一応特捜本部に教えてあげたら？」

「そのつもりだ」私はうなずいた。「参考になるかどうかは分からないけど、黒川係長を懐柔《かいじゅう》する役には立つかもしれないね」

「じゃあ……戦闘開始ね」

やはり優里は、まだ自分を取り戻していないようだった。普段の彼女は、こんな過激な台詞を吐かない。だいたいこれは、戦いではないのだ。


直美は、げっそりと疲れた様子だった。襟ぐりの大きく開いたベージュのカットソーに紺色のカーディガン、ジーンズという軽装だが、服はどれもサイズが大き過ぎるように見える。まさか、一晩で何キロも痩せてしまったわけではないだろうが……顎が尖った逆三角形の顔に化粧っ気はなく、蒼白い。椅子に深く腰かけ、背中を丸めていた。膝に置いたハンドバッグのハンドルを、両手できつく握っている。

那奈は直美のすぐ横に座り、少し体を傾けて身を寄せている。励ますようにぽんぽんと背中を叩く姿を見ていると、どちらが親なのか分からなくなった。

座り位置は昨日と同じ……那奈が座っていた場所に直美、梓の椅子には那奈がいる。黒川も昨夜と同じ、斜め位置に陣取っていた。私と優里は、彼らから少し離れた窓際の席――これも昨日と同じだ――に腰を下ろした。

「体調はどうですか」黒川が慎重に切り出す。

「はい、あの……」直美の声は消え入りそうだった。「何とか……大丈夫です」

「では、無理のない範囲で始めたいと思います。きつかったら、いつでも言って下さい」

「……はい」

直美ががっくりとうなだれる。まだ話ができる状態にはなっていないのだと思い、私は腰を浮かしかけた。しかし優里が、さっと腕を伸ばして私の動きを制する。何なんだ？　顔を見ても、何も言わずに首を横に振るだけだった。

「では……」

黒川はまず、人定《じんてい》から始めた。既に分かりきった情報を改めて確かめる必要はないのだが、これは黒川なりのテクニックだろう。名前や住所、職業――こういうことなら、何も考えずにほぼ自動的に答えられる。そうやって地均《じなら》しをした後で、核心に近い質問をぶつけていくわけだ。

直美は、ぽつぽつとしか話さなかった。声が小さい……大きな声を出すのさえ辛いのでは、と私は想像した。近くに座っている黒川でも聞き取り辛いようで、時折身を乗り出して質問を繰り返す。

「――では、お勤めは区立図書館でよろしいですね？」

「はい」

「つまり、公務員ですね」

「そうです」

「昨日は何時から何時までの勤務だったんですか？」

「朝九時から午後五時までです」直美の背中に力が入り、肩が盛り上がるのが分かった。緊張が高まっている。

「まだお勤め先でしたか？」

「ええ」

「娘さんから連絡を受けて、急いで戻られたんですね」

「……はい」うなずいたが、急に顔色が悪くなっている。そろそろ力尽きたのかもしれない。

「昨日の朝ですが……何か変わった様子はなかったですか？」

「特に何も……普通です」

「ご主人、お仕事はいつも家でやられているんですよね？」

「ええ」

「来客はあるんですか？」

「たまには……いえ、あまりありません」

「そうですか？　打ち合わせとかもあるでしょう」

「あの……」

言葉を切り、直美が咳払いした。が、すぐに咳きこんでしまい、慌てて立ち上がった那奈が背中を撫でた。直美が振り向き、咳をしながらも、「大丈夫」というように何度かうなずいて見せる。話が中断した黒川は、腕組みして、むっとした表情で二人の様子を見守っている。

「……すみません」顔を赤くした直美が頭を下げた。「もう大丈夫です」

那奈がすかさず、テーブルに置かれたペットボトルに手を伸ばした。キャップを捻り取ると、プラスティックのコップに注いで差し出す。直美がうなずいてコップを受け取り、一口だけ水を飲んだ。それでようやく落ち着いたようで、コップをゆっくりとテーブルに置く。

「……大丈夫です」繰り返し、黒川に対して言った。

「来客はあまりない、という話でしたよね？　仕事の打ち合わせなんかはどうしてたんですか？」

「基本的にはメールと電話で。どうしても相手に会わなくてはいけない時は、主人が外に出ることが多かったです。いつも家に籠《こも》りきりなので、気分転換になるって」

「昨日はどうだったんですか」

「出ていません」

元気のなさと裏腹に、直美がきっぱりと言い切った。

「断言できますか？」黒川は疑わしげだった。

「はい。主人のスケジュールは全部把握しています。昨日はちょっと追いこみの仕事があって、一日外へ出られないと聞いていました。だから昼食用に、サンドウィッチを用意していったんです」

黒川が素早く振り返り、背後に控えた刑事に向かってうなずきかけた。事情を察した刑事が、すかさず部屋を飛び出して行く。サンドウィッチがキーワードだな、と私はすぐに察した。冷蔵庫に乾いたサンドウィッチが残っていれば、青木は昼食を摂る前——午前中に殺されたことになる。解剖結果と照らし合わせれば、さらにはっきりするだろう。

事情聴取が止まった間に、直美がまた水を飲んだ。喉が渇いていたのか、コップに残っていた水を一気に飲み干す。那奈が水を注ぎ足そうとしたが、首を横に振って断り、自分でボトルを傾けた。

若い刑事がすぐに戻って来て、黒川に耳打ちした。まさか、もう冷蔵庫の中身が分かったわけではないだろうから、確認するよう指示を終えた、とでも話しているのだろう。黒川がうなずき、直美に視線を据えた。一つ咳払いして、事情聴取を再開する。

「失礼しました……普段から、家に人が来ることはまったくないんですか？」

「まったく、ということはないです。でも、約束なしでは来ません」直美が断言した。「自分では何もできない人なので、お客さん用のお茶やお菓子も、私があらかじめ用意しておくんです」

「それ以外には？　仕事以外で、遊びに来たりする人はいなかったんですか？」

「いない……いないと思います」

直美の声が揺らぐ。自信がないのだ、と私にはすぐに分かった。共働きで、夫は終始在宅、妻は外へ働きに出ている――互いに昼間何をしているか、完全に把握できているはずもない。しかし今の質問は、直美に打撃を与えたようだった。妻の責任として、夫の行動パターンを知らないのはまずい……とでも思っているのかもしれない。

「昼間はご自宅――自宅にある仕事場に一人きりなんですよね」

「ええ。一人でできる仕事なので」

「だったら、誰かが訪ねて来ても、奥さんには分からないんじゃないですか」

「どういうことですか？」直美の声が震える。彼女が何を想像しているかはすぐに分かった――女。

黒川が、遠慮なく追及を続ける。

「例えば女性とか――女性が訪ねて来るようなことはなかったですか？」

「やめて下さい！」いきなり那奈が声を張り上げ、立ち上がる。直美の背後を回りこみ、黒川の前に立った――まるで自分が防御壁になろうとするように。

「いや、今のは普通の質問でね――」うんざりした口調で黒川が言った。

「失礼です！　パパは――父は、そういう人じゃありません」

「そんなこと言ってもね」黒川が不機嫌そうに目を細める。「こういうことは、必ず調べないといけないんだよ」

「これで終わりにして下さい」那奈が宣言する。

「は？」今度は黒川は大きく目を見開いた。「いや、まだ始まったばかりなんだけど」

「母は疲れているんです」那奈の口調が硬く、声が大きくなる。「今は、これ以上はやめて下さい」

「あのね、犯人を逮捕するために、我々には情報が必要なんだ」黒川も粘り強かった。耳が赤くなっており、何とか怒りを押し殺しているのが分かる。

「父を侮辱するような質問はやめて下さい」

「そういうつもりで聴いたんじゃない」黒川も次第にむきになってきた。「どんな事件でも聴くことなんだ。人間関係は全ての基本――」

「さっきのは侮辱です」那奈の目は据わっていた。「今日はもう、お話はできません」

「ちょっと……」

那奈が睨《にら》みつけると、黒川の声は途中で消えてしまった。黒川が弱気なのか、那奈が強過ぎるのか。

「ママは――母は私が守ります。絶対に誰にも傷つけさせません」

私も優里も言葉をなくしていた。本当はすぐにでも介入し、この緊張した空気を解すべきである。事情聴取を完全にやめるわけにはいかないにしても、一時休憩するとか。

しかし那奈は、私たちが介入する前に、直美の手を引いていた。直美はまだショックを受けている様子で、されるがままに立ち上がる。

「ママ、家に帰るからね」

「ちょっと待ってくれ」再起動した黒川が慌てて言った。「話はまだ終わっていないんだ」

「今は駄目です！」

那奈が言葉を叩きつけると、その場にいた全員が何も言えなくなってしまった。

黒川の怒りは私に向いた。

優里が那奈と直美を追って会議室を出た直後、我に返ったように怒りをぶちまける。

「何なんだ、あの娘《こ》は！」

「動揺しているんですよ」私の方は、できるだけ落ち着いた口調を心がけた。「今は大目に見てあげて下さい。何だかんだ言って中学生——まだ十五歳なんですよ」

「ああいう時は、支援課としてはどうするんだ？」黒川が皮肉っぽく訊ねる。

「どうもこうも……こんなケースは極めて稀です。私は初めてですね」

「事情聴取を完全拒否する遺族か」黒川が顎を撫でる。「いくら動揺しているからって、あれはないだろう」

「とにかく、時間を置くしかないんじゃないですか。いずれは落ち着きますよ。うちもフォローして、必ずちゃんと事情聴取できるようにします」

「大事な情報を持ってると思うんだけどねえ」

「奥さんがですか？」

「いや」黒川の目がぎらりと光った。「娘の方」

「娘」という乱暴な言い方が気になった。普通、この場合は「娘さん」だろう。何かが黒川の頭に引っかかっているのだと読んで、私は警戒した。

「娘のことなんだが……」黒川の怒りがふっと引っこみ、事件を追う刑事の顔が覗いた。ゆっくりと椅子に腰を下ろし、手帳を広げる。「相当優秀な子らしいな」

「そうなんですか？」

警戒しながら、私も椅子を引き、黒川の斜め前に座った。黒川はいつ、那奈のことを調べたのだろう。昨夜、私たちがいない間に勝手に話を聴いたのか？　その疑問をぶつけると、黒川はにやりと笑って首を横に振った。

「そんなことはな、本人に当たらなくてもすぐに分かる。こういう事態だから、昨夜はうちの刑事たちをフル回転させて、周辺捜査をしたんだ」

「どうして那奈ちゃんの周辺を捜査する必要があるんですか？」自分は何か見落とし

ているかもしれないと恐れながら、私は訊ねた。彼のやり方には問題があるが、先を越されたと考えると焦る。

「彼女、中学校での成績はトップクラスらしいよ」黒川が突然、捜査と関係なさそうな話を切り出した。

「そうなんですか？」

「しかも、運動神経も抜群だそうだ。部活はやってないけど、とにかく足が速い。百メートルで十二秒三二を出したことがあるそうだ」

「それはどれぐらい速いんですか？」

「中学女子の記録が十一秒六一。俺も昨日知ったばかりだがね」

「ちょっと練習したら、記録更新ですか」村野は思わず目を見開いた。反射的に頭に浮かんだのは、レッズのビリー・ハミルトンだった。新時代の盗塁王と言われるこの選手のベースランニングは何秒ぐらいだろう。もう少し前の世代だと、全盛期のヴィンス・コールマンか。ベース一周は距離にすれば百十メートルぐらい、さらにベースを回るごとにタイムをロスするから、直線の百メートル走と同列には語れないが……。

「一年の時からずっと陸上部の勧誘を受けてたんだが、断り続けてたそうだ」

「勉強優先ですか」

「そういうことだろうな。実際、頭は相当いいらしい……もうすぐ高校受験だな」黒川の表情が急に暗くなった。

「そうですね。とにかく、亡くなった青木さんからすれば、自慢の娘だったわけでしょう」

親子関係は上手くいっていたのだろうと思う。母親を守る「壁」になろうとする――いくらしっかりしていても、十五歳で簡単にできることではない。強い愛情があればこそ、だ。

「スポーツよりも学業優先……週に三回、進学塾に通っていたそうだ。昨日は行かなかったが」

「……何が言いたいんですか？」警戒しながら私は訊ねた。前置きが長過ぎる。

「中学校から自宅までは、歩いて十五分ぐらいだ。寄り道するような子でもないらしい。そこで、だ」黒川がわざとらしく、手帳のページを繰った。「昨日、彼女が学校を出たのは十五時半。これは確認できている。家に着いて遺体を発見したのが十七時。通報があった時間から見ても、これは間違いない」

「そういう証言でしたね」嫌な予感が膨れ上がる。

「塾もない。寄り道もしていない。家に帰るまでの時間を最大限で二十分と見ても……一時間以上の空白がある」

「何を言ってるんですか」私は顔から血の気が引くのを感じた。

「まだ何も分かってないよ」黒川が表情を引き締めた。「こういう状態では、あらゆる可能性を視野に入れないとな」

「父親ですよ？　しかも那奈ちゃんはまだ十五歳だ」黒川の意図が読めて、私は思わず気色ばんだ。「その疑いには、悪意があるでしょう」

「悪意はない。あくまで客観的に見ているだけだ」

「しかし、単なる状況だけで――」

「親子仲があまりよくなかったという情報があるんだ」黒川が冷静に私を遮った。

「母親は別だよ？　養子とはいえ、実の母親の妹で、血もつながっている。しかし父親は他人だからな」

「その情報、信用できるんですか？」

「調べてみないとまだ分からん」黒川が手帳を閉じた。「だから調べる。それについては、支援課に口出しはさせない」

「事情聴取には立ち会いますよ」

「事情聴取じゃない。取り調べだ」

「それは――」私は思わず息を呑んだ。「まさか、彼女を容疑者扱いするつもりじゃないでしょうね」

「現段階では白紙」

黒川が立ち上がる。高い位置から私を見下ろし、鼻を鳴らした。

「こういうこともあるんだろう？」

「どういう意味ですか？」

「被害者かと思ったら加害者だったりすることが」

「ないとは言いませんけど、相手は十五歳ですよ」

「家族間の犯罪がどれだけ多いか、今の子どもたちがどれほど壊れているか、あんたも知らないわけじゃないだろう。同じ警察官なんだから」皮肉をたっぷりまぶした台詞を吐いて、黒川が会議室を出て行った。

一人取り残された私は、思わず頭を抱えた。

「今日は、悩み多き青年、という感じですね」

顔を上げると、課長の本橋がいた。先ほどまで黒川が座っていた椅子を引いて腰かける。

「課長……」

「深刻な話ですか？」

「深刻です」

「松木警部補は？」

「青木さん母子につき添っています。今、自宅の方に」

「それで？　何が起きたんですか？」

私は言葉を選んで説明した。気持ちまでぶちまけてしまうと、客観的に話せない。本橋は眉間に皺を寄せたが、それ以外に表情には変化がなかった。

「なるほど」

「なるほど？」私は思わず言い返した。「これは厄介な事態ですよ？　もしも、我々が守るべき被害者家族が実は犯人だとしたら、どうなります？」

「そうと決まったわけじゃないでしょう」

「それはそうですが……」

「とにかく、ここで燻《くすぶ》っている場合じゃないと思いますよ。うちでも背景を調査すればいいじゃないですか。それで実際に疑うべきか、守るべきか、決めればいい」

「支援課の仕事をはみ出すかもしれませんよ」

「被害者家族の事情を調べるのは、支援課の仕事の範囲内です」本橋が言い切った。

「しかし……」

「松木警部補は大丈夫なんですか？　このまま特捜本部が捜査を進めれば、面倒なことになるかもしれません」

「ああ」私は顔を擦った。まだ午前中だというのに、急に眠気と疲れを意識する。

「あまりよくないですね。那奈ちゃんの一件は、彼女のキャリアの出発点です。自分の責任だと感じてもおかしくはない」

「その辺は、難しい問題です」渋い表情を浮かべて本橋がうなずく。「被害者のフォローをいつまで続けるべきか……普通に考えれば、彼女は十分過ぎるほどやったと思いますよ。最後に面談したのは、いつでしたか？」

「那奈ちゃんが小学校四年生の時ですから、五年前ですかね」

「つまり、事件発生から四年もフォローし続けたことになる。これは本来、必要なかったことだと思います」本橋が指摘した。「議論が分かれるところでしょうが、対象は子どもです。不幸な目には遭いましたが、新しい家庭で再出発を果たしていた。そこへ警察官が現れると、嫌な過去を思い出してしまうかもしれない」

「その辺は、松木のことだから上手くやったと思いますが」私は反論した。「そうでしょうね」本橋がうなずき、同意する。「この件は、彼女の熱心さの表れだったと思います。十分やったんですから、もういいでしょう……警察官としても人間としても、責任は果たしたと思います。ですから、もしも青木那奈さんが犯人だったとしても――」

「課長！」私は思わず声を張り上げてしまった。「課長までそんなことを言うんですか？」

本橋がぎゅっと表情を引き締めた。両手をきつく組み合わせ、私の顔を凝視する。「あなたが考えているよりもずっと強く、特捜本部では内部犯行説が打ち出されています」

「まさか……」

「ここは冷静になりましょう。冷静になって状況を把握する。情報を集める――私たちの本来の仕事は、そこから始まるんですよ」

「我々の役目は、情報収集ではなく、被害者に寄り添うことです」私は思わず反論した。

「ただ側にいるだけなら、誰でもできる。私はあなたたちに、それ以上のことを求めます」

だから、他の課から疎んじられるのだ。捜査権限もないのに事件の周囲を嗅ぎ回り、他の刑事たちと衝突する。ただし、現場でのトラブルはあるにしても、後から大問題になったことはない——本橋の尽力のおかげだ。以前、酒が入った席で、酔っ払った係長の芦田が、唐突に漏らしたことがあった。「あの課長は大人物の器だ」と。本橋は私たちにはほとんど言わないが、裏で必死に「火消し」に回っているようだ。彼なりの考えがあってのことだろうが、私はその件について本橋と話し合ったことはなかった。何となく、知るのが怖い。

本橋が背広の内ポケットに手を突っこんだ。スマートフォンを取り出して画面を確認すると、「芦田係長です」と私に言ってから電話に出る。一々、部下に言うことでもないのに。

「はい、本橋……ええ……そうですか。いや、現場には三人いますから、心配いりません。そちらはさらに情報収集を——そうです。一課を刺激しないように、適当に」

会話はすぐに終わった。本橋が、スマートフォンを見詰めながら溜息をつく。

「どうしました？」急に不安になって訊ねる。

「特捜が——捜査一課が、那奈さんを取り調べることを決めたようです」

「本気なんでしょうか」私は、顔から血の気が引くのを感じた。頭の中がすっと軽くなる――。

「捜査一課が、冗談でそんなことをするわけがないでしょう」本橋がスマートフォンをポケットに落としこんだ。「彼らはプロなんだから。何もなければ動かない。つまり――」

「我々が知らない『何か』を摑んでいる、ということですね？」

「恐らくは。芦田係長が本部でいろいろ調べていますが、そう簡単には漏れ伝わってこないでしょうね」

「周辺の状況は調べますが、まずは取り調べに立ち会わないと」

「松木警部補には外れてもらいましょう」

「今のところは、問題なくやってますよ」私は反論した。「特に激昂することもないですし、いつも通りに冷静です」

「今度は、ワンランクレベルが上がるんです。事情聴取ではなく取り調べ――この差が何か、あなたには当然分かりますね？」

被害者家族から容疑者へ――私は思わず唾《つば》を呑んだ。

7

殺人事件が発生して犯人が分からない状況だと、本部の捜査一課が主体になり、所轄と共同で特捜本部が設置される。所轄の会議室などが提供され、刑事たちはそこをベースに街に散り、情報を集めてくる。人の出入りが多く、殺気だった独特の雰囲気が漂う——私にも馴染みの光景だったが、今回の本郷署の特捜本部は、どこか空気が違った。

静かである。

日中、ほとんどの刑事たちは出払っているのだが、普通は電話が鳴りっぱなしで、留守番役の若い刑事たちが、その応対に追われているものだ。しかしこの特捜本部では、電話で話している人間もいない。捜査一課と本郷署の幹部が数人、小声で話し合っているだけで、特捜本部に特有の緊張感はどこにもなかった。

私はとりあえず、現場を仕切る捜査一課の管理官、富永《とみなが》に挨拶した。旧知の間柄——私が捜査一課にいた頃の先輩だが、あれから既に数年の歳月が流れている。富永の態度もどこかよそよそしかった。もともと、コロコロした体形で愛嬌《あいきょう》があり、一緒に酒を呑むと楽しい男なのだが。

「青木那奈さんの取り調べに、支援課として立ち会います」

「ちょっと、ちょっと」慌てた様子で富永が言った。「そういうのが支援課さんの仕事なのか？」

「いや、青木那奈さんは、あくまで被害者の家族ですから」

「そうかもしれないけど、今回はそういうことじゃないだろう」

「取り調べは誰が担当するんですか？」

「引き続き、本郷署の黒川係長」富永が眼鏡をかけ直す。しばらく会わないうちにまた視力が衰えたのか、初めて見る眼鏡はレンズがぶ厚く、目が歪んで見える。

「黒川さんはちょっと強引過ぎますよ。支援課としては、看過《かんか》できない態度なんですが」

「ああ、そういうことは、後で研修ででも厳しくやってくれよ」富永が面倒臭そうに顔の前で手を振った。「現場は動いてるんだから。そういう時に、変な茶々を入れられると困るんだ」

またこれか、と私はうんざりした。捜査の途中で少しでも口を挟もうものなら、支援課は途端に邪魔者扱いされる。だが私も、ここで引くつもりはなかった。被害者家族のことを何も考えない無神経な刑事は、一人でも減らさないと。そのためには、まずいと思ったらとにかく口を突っこむつもりでいた。

「方向修正はしません」落ち着け、と自分に言い聞かせながら私は言った。「あくまで被害者家族を守るだけですから、それ以上のことはしません」

「そうか……まあ、そういうつもりでいてくれるなら、同席は許すよ」

「まさか、取調室は使わないでしょうね」

「そういうのが余計なことだって言うんだけどなあ」富永の唇が歪む。「どこを使うかは、こっちの判断だ」

「だいたい、青木那奈さんを取り調べる理由は何なんですか？」

「アリバイがはっきりしない。父親との関係がよくなかった。この二点だ」

本当に？　私は片目だけを大きく見開いて、無言で疑義を呈してみたが、富永はまったく気づいていない様子だった。あるいは無視しているのか。結構お惚《とぼ》けのところがあるからな、と私は気持ちを引き締めた。気をつけないと、向こうのペースにはまってしまう。

「何か疑問があれば話を聴く。それだけの話だよ。何かおかしいか？」

「いえ」

「お前もすっかり、支援課の人間ということか」

「もう長いですからね」

「捜査一課の感覚は忘れたか?」

「人間、置かれたところが舞台になるんです」私は肩をすくめた。

「何だか説教臭い台詞だな」富永が鼻を鳴らす。

「こういう仕事をしていると、どうしても説教臭くなるんですよ。人の世話をしてばかりですからね」

「俺には無理だねえ」富永が呑気な口調で言った。「死ぬまで捜査一課一筋でいいよ」

「とにかく」私は話を元に引き戻した。「くれぐれも無理はないようにお願いします」

「はいはい」富永が気のない調子で言って、書類に視線を落としてしまった。

優里が那奈を連れて特捜本部に入って来た。那奈が着替えていることに、私はすぐに気づいた。今朝までは制服のブレザー姿だったのに、今はほっそりしたジーンズにトレーナーを着て、さらにピーコートを羽織っている。足元はナイキのスニーカー。

私に気づいた優里が、素早くうなずく。話をしておきたかったが、優里は那奈にぴたりとくっついて離れない。まるで母親だ——そう言えば、母親はどうしたのだろう。家に一人でいるのか、あるいは病院で休んでいるのか。

すぐに黒川が特捜本部に入って来た。私を見つけると、思い切り嫌そうに顔を歪める。すたすたと近づいて来て、舐め回すように私の顔を見た。

「立ち会うそうだな」

「ええ」

「余計なことは言うなよ」

「黒川さんが乱暴にしなければ、何も言いません」

「俺がいつ、乱暴にした？」

黒川が鼻息荒く言った。このままではまた言い合いになりそうだったので、私はゆっくりと首を横に振り、会話を打ち切った。その場で揉めたら、またその時に考えればいい。

優里が、那奈を部屋の隅の椅子に腰かけさせた。那奈は……特に疲れた様子もなく、素直に優里の言うことに従う。数時間前に激昂した姿からはほど遠く、落ち着いた雰囲気だった。座るなり、いつものように両手を腿の下にさし入れる。

優里が、大股で私に近づいて来た。普段よりも歩幅が大きいのは、彼女自身、まだ怒りを抑えきれていない証拠かもしれない。横に並ぶと、体の向きを変えて那奈を見守った。あくまで視界の隅には捉えておくつもりのようである。

「那奈ちゃん、どうだ？」

「今は落ち着いてるわ」

「さっきは完全にブチ切れているように見えたけど」

「お母さんを守るためには、必死になるのよ」

「そんなに関係が深いのか……」元々は叔母。今は母親——親子関係も八年近くになる。那奈にとっては、今はまさに本当の母親なのだろう。

「それはそうよ。親子なんだから、当然でしょう」

「直美さんは？」

「今は家にいるわ」

「大丈夫なのか？」私は思わず眉をひそめた。夫が殺されたばかりの家……そこに一人きりでいたら、精神的なダメージは計り知れないだろう。

「今は母親がつき添っているから。わざわざ、京都から出て来てくれたの」

「その母親というのは……」

「直美さんの実の母親」

那奈の祖母——うなずいたが、私は暗澹《あんたん》たる気分になっていた。彼女もひどい人生を味わっている。八年前には娘婿《むすめむこ》を殺され、その直後に実の娘を病気で亡くした。さらに、二人目の娘婿もまた殺されてしまう……こんなに何度もひどい目に巻きこまれる人生は、そんなにあるものではない。

「とにかく、一人じゃないから、大丈夫」

「那奈ちゃんは着替えたんだな」

「一度家に戻ったから。シャワーだけ浴びて、急いで出て来たの」

「様子は？」

「落ち着いてるわ。少なくとも表面上は」

ずいぶん弱い感じだな、と私は違和感を覚えた。普段の優里は、箇条書きの報告書を読み上げるような喋り方をする。しかし今回の事件では、抑えきれない感情が溢れ出し、喋りまでおかしくなってしまっていた。今も、やけに自信なげだった。

「取り調べには、俺が立ち会うから」

「私は？」不満そうに言って、優里が自分の鼻を指さした。

「とりあえず、周辺捜査。家族のことを調べて欲しい。課長の指示だ」

「いいけど……」優里の不機嫌さは消えなかった。

「取り調べに何人も立ち会うわけにはいかないよ」私はなおも説得した。「かえって那奈ちゃんが緊張する」

「分かるけど、心配なのよ」

優里の視線が那奈を捉えた。釣られて私も、そちらに目を向ける。腿の下に敷いていた手は引き抜き、今は爪を弄《いじ》っていた。目が悪いのだろうか、指先は鼻にくっつかんばかりの位置にある。

「とにかく、ここは俺に任せてくれ。君には、他にやることもあるだろう。支援センターとの情報共有とか」

「それは安藤や長住《ながすみ》に任せても大丈夫よ」

「安藤はともかく、長住には一人で仕事はさせられないよ」

若手の長住光太郎《こうたろう》は、支援課の中の「反乱分子」だ。私と同じように捜査一課の出身だが、支援課の仕事を舐めきっていて、「さっさと異動したい」と遠慮もせずにしばしば口にする。私に言わせれば、「被害者家族のことが分かっていない警官」の典型であり、支援課にいても、被害者支援の考え方や方法をまったく学ぼうとしない、最悪のタイプだ。

「……確かに、長住には任せられないわね」優里も同意した。「じゃあ、この場はあなたに任せるとして、私は一度本部に戻った方がいい？」

「そうだな。こっちが終わったら、すぐに連絡するから」

「それまで、那奈ちゃんのこと、お願いね」

「分かった」

優里の「お願い」は重い。しかし私は、取り調べの後で那奈の面倒をきちんとみられるかどうか、まったく自信がなかった。

「お父さんとの関係はどうだったのかな？」

黒川はいきなり爆弾を投下した。動機面に関わる重要な質問。私は総毛立つのを感じたが、何とか気持ちを落ち着けた。私が怒っても何にもならない。

「普通です」那奈が淡々とした口調で答える。両手は、例によって腿の下に置いていた。

「普通っていうのは、どんな感じかな」

「普通は普通です」

黒川の粘っこい口調は、人を十分苛立たせるものだったが、那奈には通用していない。表情にも変化はなかった。この分なら、那奈は落ち着いたまま取り調べを乗り切るかもしれない――そう思って、私は部屋の中をぐるりと見回した。

取調室ではなく、特捜本部の横にある小さな会議室。大きなテーブルが部屋の大部分を占めており、そこに四人――黒川と記録係の若い刑事、それに那奈と私がついている。私は早くも息苦しさを感じていたが、那奈は平然としていた。相当の精神力だ、と私は感服した。

「普通、中学生ぐらいだと、反抗期ってやつじゃないのかな」

「世の中の全ての家族を、同じように考えるのは間違っていると思います」

黒川の耳が赤くなる。十五歳の少女に、正論でやりこめられるとは思ってもいなかったのだろう。

「しかしね、実際に君がお父さんと言い争う場面を見ている人もいるんだ」

「誰が見たんですか」

「近所の人」

「誰ですか？　いつ？　どういう内容で？」

叩きつけられる短い質問。何だか、那奈が黒川を取り調べているような感じだった。黒川が大きく深呼吸して、椅子に体重をかける。折り畳み椅子がぎしりと鈍い音を立てた。

「誰が言ったかは、言えないんだ」

「警察のやり方は知りませんけど、適当な感じがしますね」馬鹿にしたように那奈が言った。「言えないって、それじゃ、本当にそんな話があったかどうか、分からないじゃないですか。誘導尋問ですか？」

彼女は「誘導尋問」などという言葉をどこで覚えたのだろう。私は首を傾げたくなる気持ちを必死で抑えた。何かトラブルが起きるまでは、絶対に口を出さない――このままだと、那奈ではなく黒川にトラブルが起きそうだが。

「警察は誘導尋問なんかしないよ」

「だったら、誰が言ったのか、教えて下さい」

「それは言えない」黒川は防戦一方という感じだった。「近所の人とは、これからもつきあいがあるだろう？　ぎすぎすした関係にはなって欲しくないんでね」

「こういうことがあったら、自然にぎすぎすすると思いますけど」

「あのね……」黒川が頭を掻いた。心底弱りきっている。「もうちょっと素直に話してくれないかな。何もこっちは、喧嘩を売ってるわけじゃないんだから」

「そうですか？　わざとしかけているように聞こえます。こっちが怒り出すのを待ってるみたいに」

「とにかく」黒川が一瞬声を張り上げた。しかし、子ども相手にむきになるのが馬鹿馬鹿しいと思ったのか、すぐに声のトーンを抑える。「近所の人が、あなたとお父さんが言い合う場面を目撃している。結構激しい様子だったと聞いてるよ……一週間ぐらい前だ」

「ああ」那奈が呆《ほう》けたような声を出した。「ちょうど一週間前――先週の火曜日ですね」

「思い当たる節があるんだ」

「はい。喧嘩しました」あっさり認める。「私がちょっと家を飛び出して、パパが――父がすぐに追いかけてきたんです。その時に外で言い合いをしたので、それを聞かれたんだと思います」

「その後、どうしたのかな？」

「ママが――母が間に入ってくれて。私もすぐに家に戻りました」

「喧嘩の原因は？」

「親子喧嘩の原因まで聴くんですか？」那奈が皮肉っぽく訊ねる。

「そうだよ。警察は何でも知らないと気が済まないんでね」黒川は皮肉に動じなかった。どうやら通常のペースを取り戻した様子である。「で、何があったの？」

「進学問題です」

「ああ、高校の？」

「私の希望と父の希望が合わないんです」

「なるほど」

「父は私に、理系に進んでもらいたくて、そっちが強い高校を推してました。でも私は、まだ将来のことは何も決めていないので」

「要するに、親の言うことを聞かないから怒られた、と」

「そういう風にまとめるんですか？　簡単過ぎますよね」那奈が挑発するように言った。

　また黒川の耳が赤く染まる。やはり本来のペースを取り戻せていないようだ。私は、何となく「ざまあみろ」という気分になりながら、二人のやり取りを見守った。

「高校進学で揉めるのは、よくあることでしょう」那奈が続けた。「私の周りでも、皆悩んでいます」

「中三だから、しょうがないよねえ」黒川が追従した。まるで下手に出たような口調である。

「言い合いになることもよくあります。私だけじゃないです」

「でもそれが、度を超すこともあるんじゃないか？」

「私が養子だから、そういうことを言うんですか？」那奈も爆弾を投下した。「養子だから、親と上手くいっていないとか？」

「そういうことが言いたいんじゃないんだが」黒川が渋い口調で否定する。

「私を疑うのは勝手ですけど、ただの想像で物を言うのはやめて下さい」那奈がきっぱりと言い切った。「どこの家でも問題ぐらいあると思います。うちだけじゃないです」

「さっきの養子の話だけど……普段はどんな感じだったのかな」

「普通です、普通」那奈はあくまで「普通」を強調した。

しかし実際には「普通」の家庭など存在しない。夫婦二人だけの組み合わせでも複雑な人間関係が生じるし、そこに子どもが入れば、家族の特徴は無数になるだろう。平均的な家族像を描き出すのは不可能だ。ただし、その中にいる人は、自分の環境を「普通」と感じることしかできない。

「なるほど……じゃあ、親子の仲はよかったわけだ」

「でももちろん、喧嘩もしますよ。それが普通でしょう」那奈の口調に、皮肉っぽいニュアンスが混じった。

「その辺はお母さんにも聴いてみないと、よく分からないんだけどね」黒川が耳を掻いた。「一人だけの話だと、はっきりしないこともあるから」

「母に話を聴くのはやめて下さい」いきなり那奈の口調が硬くなる。

「どうして。大事なことなんだけど」

「母はショックを受けてるんです。今はまだ、話ができません。それは、今朝分かったでしょう」

「とはいえ、話を聴かないわけにはいかないんだ」

「私が話します。私が母の代わりになります」

黒川が口をつぐむ。ちらりと私を見て、何とも言えない表情を浮かべた。おいおい、この娘は何なんだ？　どうしてそんなに頑なになる？　とでも言いたげだった。

それは、私の方が知りたい。支援課の立場としては那奈を守らなくてはいけないのだが、彼女の態度はあまりにも頑な過ぎる。中学三年生にしては妙にしっかりしているのだが、その理由も分からない。父親が殺され、その現場を自分が最初に見つけてしまったら、今もパニック状態が続いていてもおかしくないのに。もしかしたら黒川は、この態度をも疑っているのかもしれない。あまりにも落ち着き過ぎている……しかしそれは、那奈が父親を殺していない何よりの証拠ではないかと私は思った。そんなことをしたら、ここまで冷静でいられるわけがない。むしろ完全にパニック状態になって、会話もできなくなるのが普通だ。あるいは話が矛盾だらけになる。

彼女が完全なサイコなら話は別だ。人を殺すことを何とも思わない――むしろ楽しんで人を殺すようなタイプなら。しかしここまで彼女を観察してきた限りでは、そういう気配は微塵《みじん》もなかった。

「一つ、確認したいことがあるんだが」埒《らち》が明かないと思ったのか、黒川はいきなりペースを変え、早口で訊ねた。

「何でしょう」那奈の声は冷たかった。

「昨日も話をしたけど……君は昨日、三時半に学校を出たと言ってたね」

「はい」

「家に帰ったのが五時頃――それは間違いない？」

「はい」

「そうだね。帰宅時間が五時頃だったのは、絶対に間違いない。それは、一一〇番通報の記録からも分かっている」

黒川が念押しするように言って手帳をめくる。演技だ、と私はすぐに見抜いた。こんな基本的なデータを、黒川が覚えていないわけがない。ここがポイントで、「入念に確認しているぞ」と相手に知らしめるための小道具が手帳なのだ。

「一一〇番通報があったのは、午後五時十九分。ずいぶん早かったね」

「だって、あんなことが……あんなことがあったら一一〇番通報しないといけないでしょう?」那奈の声が初めて揺らいだ。父親の遺体を見つけたショックが、今になって蘇ってきたのかもしれない。

「そう、よく一一〇番通報してくれた。立派だよ」黒川が素直に褒めた。「普通はパニックになって、一一〇番通報さえできない……それはそれとして、学校を出てから家に帰るまでは、どこにいたのかな?」

「それは……」那奈が口籠る。

「学校から家までは、ゆっくり歩いて二十分ぐらいだろう。だから一時間ぐらい、空白があるね。昨日は塾にも行かなかった」

「そうです」

「何をしてたのかな? どこかに寄り道?」

沈黙。私は、那奈の口から、マシンガンのように説明が飛び出してくると思っていた。友だちと一緒だった、本屋に寄っていた、公園で休んでいた、図書館に寄った。

——しかし彼女の言葉は、私を驚かせた。

「言えません」

「言えない?」黒川が目を吊り上げる。「言えないっていうのは、どういうことかな」

「言えないから言えないんです」それまでの論理的な口調とは裏腹に、那奈が危うい感じで言った。とうに成人した、しかも極めて頭の回転が速い女性のような話し方だったのに、この曖昧さはまさに中学生のそれではないか。考えがまとまらず、自信もない。だから「言えないから言えない」という、言い訳にもならないような台詞を吐き出すしかない。

「いやいや、それじゃ説明にならないんだ」黒川の口調が硬くなる。「どこにいたのか、誰と一緒だったのか、それぐらいは説明してくれないかな」

「言えないものは言えません」

那奈は依然として頑なだった。しかし、不安気に体を揺すっているのに、私はすぐに気づいた。これまで見せなかった態度で、両手もいつの間にかきつく握りしめている。

黒川が私をちらりと見た。「だから言っただろう」とでも言いたげな……その目は「俺はこの娘をターゲットに決めた」と宣言しているようだった。

第二部　周辺

1

本橋は、那奈の世話役として、梓を本郷署に送りこんできた。ということは、私も周辺捜査に回れということだな、と解釈する。被害者支援は一対一が基本。何人もで対応すると、いかに善意の行為であっても、相手はプレッシャーを受けるものだ。

本郷署を出る前に、梓と短く打ち合わせた。一時間ほどの空白について、那奈が「言えない」と強弁した話になると、梓が眉をひそめる。

「まずいですね」

「ああ、まずい」

「何か隠しているのは間違いないと思いますけど……事件の関係でしょうか」

「どうかな」私は顎を撫でた。今朝慌てていたので、けっこう髭《ひげ》の剃り残しがある。「あるいは、他に言えない事情があるとか」

「例えば何ですか?」大きな目をくりくりさせながら、梓が訊ねる。

「それは自分で考えないと……とにかく、那奈ちゃんの様子をちゃんと見ておいてくれ」

「取り調べは再開するんですか？」

「今のところ、何とも言えない」私は肩をすくめた。「つまり特捜も、決定的な材料を摑んだわけじゃないはずだ」

これは特捜のミスだ、と私は判断していた。普通、容疑者——十五歳の中学三年生でなくても——を直接取り調べるのは、周辺捜査から容疑が固まった後だ。一週間前に父親と口論していた、そして犯行当日に学校を出てから帰宅するまで、約一時間の空白がある——それだけで容疑者として取り調べようとするのは無理がある。

「じゃあ、俺はちょっと出るから」私は周囲を見回し、小声で言った。特捜本部は依然として静かで、那奈は片隅に一人で座っている。目の前にお茶のペットボトルが置いてあったが、キャップは開けていない。

「分かりました」

「松木も現場だよな？」

「そのはずです」

「彼女と合流するかもしれない。何か分かったら連絡するから、そっちも、動きがあったら電話してくれ」

「了解です」

この場は梓に任せて大丈夫だろう。彼女もすっかり成長したはずだ——そう自分に言い聞かせ、私は特捜本部を出た。那奈に一声かけておくべきかもしれないと思ったが、避ける。正直、どう言っていいか分からなかったのだ。扱いにくいのは間違いないし。

支援課の仕事の中でも、一番微妙なことだと改めて意識する。被害者家族になってしまった子どもたちとは何度も対峙《たいじ》してきたが、こういうタイプは初めてだった。面倒なことを梓に全部押しつけて逃げ出すようなものだな、と情けなく考えてしまう。

青木家は、東大と根津神社のすぐ東側、千代田線の根津駅からは歩いて五分ほどの場所にあった。低層のマンションと一戸建てが多い住宅地で、落ち着いた、暮らしやすい雰囲気の街である。すぐ近くには小学校……那奈はここに通ったのだろうか。

現場はまだざわついていた。既に鑑識活動は終わっているのだが、門扉には黄色い封鎖テープが張られ、中に入れないようになっている。直美はここに、老いた母親と二人きりで籠っているのか……全ての窓は閉め切られ、雨戸も下ろされている。

家はかなり大きい。青木が、在宅で仕事ができるように作ったのだろう。那奈の証言によると、玄関を入ってすぐの場所が仕事場になっているはずだ。そこを通り抜けないと生活スペースには行けない——かなり特殊な造りだ。となると、建売住宅ではなく注文住宅か。愛は、この業界の「先駆者」として青木を評価していたが、やはりそれなりに儲《もう》けていたのだろう。もちろん、直美の収入も馬鹿にできない。

既に野次馬が集まる状況ではなくなっている。私は冷たい風に打たれながら、家を見上げた。那奈の部屋は二階にあるのだろうか……この大きさの家だと、二階にも三部屋ぐらいはありそうだ。一階は青木の仕事場とLDKという感じだろう。

家族の匂いがする。間違いなく、青木一家はここできちんと生活していたのだ。普通の家族ではないにせよ。

亡き姉の一人娘——それも非情な事件の被害者家族である小学生だ——を引き取り、養子にする。一般的な家族とは言えず、複雑な事情があってもおかしくない。

何故、マイナス方向に考えてしまうのだろう。

優里が那奈に肩入れし、守ろうとするのは当然だ。私は直接、八年前の事件にかかわっていたわけではないから、彼女に比べて思い入れは薄い。もちろん優里をサポートするのは当然だが、一歩引いた感じになっているのは意識している。逆にそれで、冷静になれるかもしれない。

ドアをノックしてみようかとも考えたが、躊躇《ためら》った後で結局遠慮する。今、直美を刺激するのは得策ではない。では近所の聞き込みをしてみるか……那奈と父親が言い争いをしている場面を見た人が見つかるかもしれない。だが私はまず、学校を訪ねてみることにした。那奈のことなら、同級生や先生たちの方がよく知っているだろう。

そう思って、踵《きびす》を返して歩き出した瞬間、隣家の玄関先で、一人の女性が青木家をじっと見つめているのに気づいた。エプロン姿で、寒いのにブラウスの腕は袖まくりしている。年の頃、五十歳ぐらいだろうか……事件直後、那奈と最初に接触したのはこの女性ではないか、と私は当たりをつけた。

そちらに近づくと、女性が私に気づいてすっと頭を下げた。東京で、見ず知らずの人間にこんな風に挨拶する人がいるのは意外だと思いながら、私も軽く一礼した。下町ではまだ、こういう礼儀が残っているのか。

「あの……」

通り過ぎようとした瞬間に声をかけられる。足を止め、素早くうなずきかけて、彼女の方に歩を進めた。こちらは道路に面した側が狭い家——おそらく奥に深い造りなのだろう。玄関脇のブロック塀に「滝川《たきがわ》」の表札が見えた。

「警察の方？」

「ええ」

「犯人はまだ捕まらないの？」

「まだですね」

「そうですか……」

女性が深く溜息をつく。私はスーツの内ポケットから手帳を取り出し、素早くページを繰った。基本情報は押さえてある。滝川——そうだ、最初に那奈に声をかけた女性。名前は、滝川晶子《まさこ》だ。

「滝川さんですね？」

「そうです」晶子が素早くうなずく。

「被害者支援課の村野と言います」

「被害者支援？……」

晶子が困ったような表情を浮かべ、頬に手を当てる。この知名度のなさは……と私は内心苦笑した。「捜査一課」と言えば、大抵の人が、何の仕事をやっているか分かるはずである。もっと積極的に仕事の内容をアピールして、被害者支援の輪を世間にも広めないと、と私は肝に銘じた。支援課の中にも、そういう仕事――広報を専門にする係があるのだが、いつも苦戦している。

「亡くなった青木さんのご家族のお世話をしています」

「ああ……警察がそういうことまでするんですか？」

「これも大事な仕事ですよ」

「そうですか……」また溜息。

「昨日は大変でしたね」

「ええ。びっくりしました。那奈ちゃんがあんなに慌ててるところなんて、初めて見ましたよ」

「普段は落ち着いてるんですか」

「落ち着いてますよ。とても中学生には見えないわね。うちの娘なんか、とっくに成人してるのにいつもばたばたして……少し見習って欲しいぐらいだわ」

「普段も、青木さんの家の方とはよく話すんですか？」

「お隣ですからね。町内会の役員で一緒になったこともあったし。あ、それはご主人とね」

「なるほど……在宅で仕事されていましたからね。忙しかったようですけど」

「ええ」真剣な表情で晶子がうなずく。「私も見たことがあるけど、玄関を入ってすぐのところが仕事場なんです。そこの灯《あか》りが、日付けが変わるぐらいまで灯《とも》ってることも珍しくないですから」

「相当忙しかったんですね」

「そうねえ。五、六年前にここに家を建てて越してこられたんですけど、その頃は顔色も悪くて」

「仕事のし過ぎですかね」ずいぶんよく観察している、と私は驚いた。

「でしょうね。ＩＴ系の人って、やっぱり大変なんでしょう？」

晶子が右手を頰に当てた。当惑した表情を浮かべているが、話し好きなのは間違いない。上手く情報を引き出せるかもしれない、と私は期待した。

「昨日ですけど、那奈ちゃんはどういう様子だったんですか？」

「それ、もう警察の人に話しましたけど」晶子の表情が、戸惑いのそれに変わる。

「直接お伺いしたいんです。那奈ちゃんのケアをするのが私たちの仕事なので、詳しく様子を知りたいんですよ」

「ああ……慌ててましたよ。あんな那奈ちゃんを見たのは初めてでした」

「どんな感じだったんですか？」

「たまたま私が出た時、那奈ちゃんに出くわして。那奈ちゃんが家を飛び出して来たところですね。バーンとドアを開けて、物凄い音がして……普段、那奈ちゃんは絶対にそういうことをしないんですよ。物静かっていうか、礼儀正しい子なので。ほら、いるでしょう？　男の子で、ドアを蹴破るように開ける子。あんな感じだったんです」

「那奈ちゃんはどんな様子でした？　何か話してましたか？」

「『大変、大変』って叫びながら私に抱き着いてきて……びっくりしました。そういうことはしない子だと思ってましたから」

「それで、あなたは？」

「『どうしたの』って何回も聞いたんですけど、那奈ちゃんは『大変』って繰り返すばかりだったんです。靴も履いてなくて、靴下が真っ赤だったから私もびっくりしちゃって……そのうち那奈ちゃんが、急に携帯を取り出して、一一〇番通報したんです」

「ちゃんと話せていましたか？　そんなに慌てていたら、話もできないでしょう」

「それは、大変でしたよ」晶子がうなずく。「何を言っているか、自分でも分からないぐらいだったんじゃないかしら。一一〇番にはつながったんだけど、もう、支離滅《しりめつ》裂《れつ》で。だから私も、何が起きているのかは全然分からなかったんですよ」

「最終的に、ご主人が殺されているのが分かったのは……」

「死んでるって」晶子が口元をぎゅっと引き締めた。「死んでるって、那奈ちゃんが言って。でも、すぐにピンときたわけじゃないですけどね」

「そうですよね」私は同意の印にうなずいた。「この辺、静かで感じのいい住宅街ですよね。そこでこんな事件が……ちょっと考えられないでしょう」

「ホント、そうですよ」晶子もうなずく。「今までこんなこと、全然なかったんです。泥棒だって出ないような街なのに」

「あなたは、家の中を見たんですか？」

「まさか」晶子が顔の前で勢いよく手を振った。「そんなの、怖くて……」

「那奈ちゃんは？」

「家にですか？　とんでもないです。とにかく落ち着かせないといけないと思って、うちに入れたんです。警察が来るまで、玄関先でずっと……」

「話はしましたか」

「しましたけど、ずっと支離滅裂で。当たり前ですよね。お父さんが死んでいるのを、最初に見ちゃったんだから、ショックだったと思いますよ」

「分かります――あの、ですね」

「何ですか？」

「那奈ちゃんに、何か変わった様子はなかったですか？　泣いてましたか？」

「え？」

「ですから、泣き叫んだりとか……」

「いえ、それは……」晶子がまた頬に手を当てる。まるでそこが、記憶を呼び戻す縁《よすが》になっているようだった。「そうですね、そう言えば泣いていなかったです。でも、過呼吸になりそうになって、大変だったんですよ。私、ずっと背中を撫で続けていたんです」

「大変でしたね」賞賛の意をこめて、私はまたうなずいた。「パニック状態と言ってよかったんでしょうか」

「そうですね……私が何を聞いても、『パパが、パパが』って言うばかりで。普段は、そんなことは全然ないんですよ。落ち着いた、本当に頭がいい子で」

「成績も良かったらしいですね」

「東大へ行くんだろうって、近所では噂になってましたから。自宅から歩いて東大へ通えたら、便利ですよね」

「ええ……」その将来がどうなるのか、私には想像もつかなかった。

2

那奈の通う学校へ行こうと歩き出した瞬間、呼び止められた。私の背後に停まった車のウィンドウが開いている――振り向いて確認するまでもない。愛が自分で車を運転してきたのだ。下半身は不自由になって、普段は車椅子の生活なのだが、改造した車を自分で運転して、どこへでも出かけて行く。ただし、車を降りて車椅子に乗る時に介助が必要なので、自由自在というわけにはいかないのだが。

彼女の車のところまで引き返し、身を屈めて訊ねる。

「どうした？」

「ちょっと時間が空いたから、見に来たの。被害者家族と顔を合わせておいた方がいいかな、と思って」

「まだそういう状況じゃない」

「ご家族はどうしてるの？」

「奥さんは家に籠りきり。娘さんはまだ警察にいる」

「まさか、娘さんが疑われているとか？」

私は無言で素早くうなずいた。愛が顔をしかめ、指先で唇に触れる。

「相当まずい状況ね……あ、立たせたままでごめんね。車に乗って」

促されるまま、私は助手席側に回りこんでドアを開けた。車内は清潔に保たれ、普通の車と一見変わりはない。違うのはハンドル回りだ。通常のハンドルやウィンカーの他に、がっしりしたレバーが後づけされている。これがアクセルを動かすための装置なのだ。下半身の自由を奪われた愛にとって、車は移動に絶対必要なものである――いや、彼女は一種のカーマニアと言っていいだろう。この車が気に入って落ち着くまで、何度も乗り換えている。最近は「フェラーリを買って改造したい」と言い出した。「仮にも社長が、国産の小さい車はないわね」という理由なのだが、さすがにこれはジョークだろう。フェラーリに車椅子を積みこむためには、とんでもない改造が必要になる。

路地は狭く、車のすれ違いにも難儀しそうだったが、愛は発進しようとしなかった。家族に会う目的が果たせなかったのだから、行く場所もなくなってしまったわけだ。

「ちょっと気が早過ぎたんじゃないか？　きちんとうちと連絡を取って、それからにすれば、無駄にならなかったのに」

「私は今日、当番じゃないのよ」愛が肩をすくめる。「ちょっと気になって、来てみただけだから」

「いいけど、無駄足になったな……松木と話したか？」

「今朝、ちょっとね。いつもの様子じゃなかったわ」

「そうだろうな」私は頭の後ろで手を組んだ。どうにも嫌な予感がする。いつも冷静で、この職場でのキャリアも長い優里は、支援課の司令塔と言える。その彼女が我を失ってしまったら、支援課はコントロールを失って漂流し始めるかもしれない。「彼女にとっても特別な事件だから」

「ああ」

「個人的な思い入れもあると思うのよ。最初の事件って……八年前だったわよね」

「松木のところで、双子ちゃんが生まれる前でしょう？」

「そうだな」優里の二人の子どもは、まだ小学校にも上がっていない。

「自分が母親になるようなタイミングで、苦しむ小さな女の子に出会って……あの事件で、松木の覚悟は決まったんだと思うわ」

「ああ」

「今回の件は、松木には全然責任はないんだけど、ショックだと思うわよ。彼女に言わせれば、那奈ちゃんの心に入りこめていなかった――頼りにされないのがショックみたい」

「今は、那奈ちゃんには家族がいるんだぜ？」実際には、那奈が母親の直美を守っているような感じだが。「そこまで責任を負えって言われたら、支援課はパンクする」

「でも、個人的な思い入れが強くて、他の案件よりも深入りすることはあるんじゃない？」

「ああ、それはあるけど……」私にもあった。「とにかく、松木の精神状態が心配だ」

「そこは私もフォローするから」

こういう時の愛は頼もしい。学生時代からの知り合いで、今でも何でも話せる間柄ということもあるが、下半身の自由を失ってからの彼女は、とにかく強くなった。単に意地を張っているだけとも思えるのだが、それが生活の張りになっていればかまわない、と私は思っていた。

その生活に私は入っていないのだが。

「……というわけで、まだ家族には会えないと思うけど、君はどうする？」

「そういうことなら仕事に戻るわ。あなたは？」

「那奈ちゃんが通っていた中学校に行ってみようと思う。どんな子だったか、話を聴いてみたいんだ」

「送ろうか？」

「いや」言葉を切って一瞬考える。「歩くよ。那奈ちゃんはアリバイを疑われているんだけど、実際に家から学校までどれぐらいかかるか、自分の足で歩いて確かめてみたい」

「成人男性と中学生女子だと、歩くスピードがだいぶ違うでしょう」

「俺の方が那奈ちゃんよりも遅いかもしれないな。彼女の百メートルのベストタイムは十二秒三二だそうだ」

「何、それ」愛が素直に、驚きの声を上げる。「本格的な陸上選手なの？」

「いや、部活もやってない。ちゃんとトレーニングした結果の数字じゃないから、驚くんだ」

「本格的にトレーニングしたら、オリンピックも狙えるような素材じゃない？」

「もしかしたら、ね。でも、本人は勉強優先だそうだ。自宅の裏の大学に行くんじゃないかって、近所で噂されている」

「そういうレベルなんだ……」愛が顎を撫でた。「今のうちに唾をつけておこうかしら。うちの会社にもぜひ欲しい人材だわ」

「ところが、その件で父親と揉めていたらしい。父親は、自分と同じように理系に進んで欲しいと思ってたそうだけど、那奈ちゃん自身は決めかねていた」

「青木さんみたいなウエブデザイナーの仕事って、別に理系じゃなくてもできるんだけどね」愛が首を傾げる。「知識というより、センスの問題だから。美大へ行くなら、デザイナーの勉強になると思うけど……青木さんは、プログラマーかシステムエンジニアの方向に進んで欲しいと思ってたのかもしれないわね」

ウエブデザイナー、プログラマー、システムエンジニア……それぞれの役割が私にはよく分からないが、この場で説明を受ける気にはなれず、ドアに手をかけた。

「とにかく、俺は歩くから」

「分かった」

「何か状況が変化したら知らせるよ。支援センターにも正式に話がいっていると思うけど」

「それは大丈夫」愛がうなずく。「横の連絡は、いつでも完璧よ」

「ああ——じゃあ」

私は外へ出た。ドアを閉めると同時に、愛が車を出す。細い道は極めて運転しにくく、しかも彼女の車は改造してあるマイナスがあるのだが、まったく平気な様子だった。私は一瞬、異常に車高の低いフェラーリを、愛が手足のように扱って運転する様を想像してしまった。それはあまり……格好いいものではないだろう。小柄な彼女がハンドルを握っていると、子どもが運転しているように見えるのだ。フェラーリは絶対に似合わない。

それにしても、今日は冷える。私は思わずコートのボタンを全部留め、襟を立てた。それでも、寒さが体の芯にまで入りこむ。十一月だが、まるで一月のような陽気である。空は高く晴れ上がり、その分寒さも厳しいようだ。

細い路地——なかなか趣のある味わいの街だ——を辿っても行けそうだし、那奈はそういう裏道を使って通学していたと思うが、道に迷いそうなので、私は分かりやすい不忍《しのばず》通りを選んだ。さすがに広い通りで、両脇には大きなマンションが建ち並んでいる。道路が緩く右へカーブする交差点に出ると、そこは既に千駄木《せんだぎ》だった。スマートフォンで地図を確認しながら歩き続ける。そこから三つ目の信号を左折——八百屋とハンバーガーショップの間の細い道に入っていく。突き当たりの左側が小学校、右側が中学校。隣接、というか同じ敷地内に二つの学校が並んでいる感じだった。

いかにも都会の中学校らしく、校舎は狭い敷地に押しこめられるように建っている。グラウンドは人工芝。どこかのクラスが体育の授業中で、サッカーをやっていた。私は生徒たちの邪魔にならないよう、校舎に近い方をそろそろと歩いて行った。

ここへも特捜本部の刑事たちが調べに入っているはずだ。ぶつかると面倒なことになるな、と思いながら、職員室を探す。だいたいどこの学校でも——公立なら——職員室の場所は同じはずだ。

今は授業中か……半ば諦めていたのだが、運よく那奈の担任に会えた。まだ若い、おそらく三十代前半の女性。長身でほっそりとした体形で、小さな黒縁の眼鏡をかけている。髪はボブカット、というかおかっぱという感じで、どこか幼い雰囲気が残っている。

「もう、警察の人間は来ていると思いますが……何度もすみません」

「いえ、こういう時ですので」むしろ彼女の方が申し訳なさそうだった。

私は、交換した名刺をちらりと見下ろした。長澤雪乃《ながさわゆきの》。

「ちょっとお話しさせて下さい。どこか、場所はありますか？」職員室というわけにはいくまい。他の教員たちが聞き耳を立てている場所では、心を開いて話はできない。

「場所は……学校の中にはないんですけど……あの、音楽室とかでもいいですか？」

「大丈夫ですか？」

雪乃がちらりと壁を見た。時間割を確認しているのだとすぐに分かる。

「三十分ぐらい後に、次の授業がありますけど、それまでなら」

「結構です」

彼女の後について、音楽室に向かう。学校のスリッパは薄く、廊下の寒さが足元から這い上がってくるようだった。

がらんとした音楽室は、何だか味気ない。正面に黒板。その横にグランドピアノ。黒板の上の壁には、偉大な——たぶん、だ——作曲家たちの肖像画が飾ってある。こういう場所も、私が中学生の頃に比べてそんなに変わっていないものだな、と少し驚いた。

生徒用のデスクは二人がけだった。雪乃が、教室の一番後ろの席に腰かける。並んで座るわけにもいかず、私は前の席の椅子の向きを変え、デスクを挟んで雪乃と向き合った。

「今回は、大変でしたね」

「ええ……学校は直接関係ないんですけど、青木さんが心配です。今、どうしているんですか？」

「今は……」私は腕時計をちらりと見た。「まだ警察にいるかもしれません。いろいろ話を聴くこともありますので」

「大丈夫なんですか？」心配そうに目を細める。「中学生なんですよ？　ショックだって大きいはずです」

「そこは、細心の注意を払ってやっています」黒川にそんな気遣いができるとは思えないが……もしも取り調べが再開されたら、ブレーキ役としての梓に期待するしかない。

「そうですか……」雪乃が溜息をついた。「本当に心配なんです。しっかりした子なんですけど、事が事ですから」

「確かにしっかりしてますね。中学生とは思えないぐらいだ」

「ええ。でも、やっぱり中学生は中学生ですから」

「お母さんを心配して、ちゃんと面倒見てるんですよ。大したものだと思います」

「ああ、あそこの家は、仲がいいですから」

「父親――青木さんとも？」

「お父さんのことはよく分かりませんけど、母親との仲を見ていれば分かります。仲がいい家庭には、独特の雰囲気があるんですよね」

ずいぶんベテランのような話し方をするものだ……三十代前半という最初の印象は、間違っているかもしれない。妙に若く見える人もいるものだ。

「那奈ちゃんは、どういう生徒さんでしたか」

「私たちから見れば、非の打ちどころがないって言うんですか……真面目だし、勉強もできるし」

「成績はいいようですね」

「ええ。どこでも、希望する高校に合格できるだけの力はあります。本人はまだ、進学先を決めかねていますけど」

「どこでもって……そんなに成績がいいんですか？」

「一年生の時から、ずっと学年トップですよ。私は英語を教えているんですけど、びっくりします。ネイティブや帰国子女の人よりもできるぐらい……けっこう話せますしね」

「英語はどこかで習っていたんでしょうか」幼い頃から英才教育を受けてきたとか……。

「そういうわけじゃないと思います」

「なるほど。私なんかとは出来が違うわけですね」

雪乃が強張《こわば》った笑みを浮かべる。同調しにくい話題を振ってしまったと反省しつつ、質問を続ける。

「学校ではどんな感じだったんですか？　例えば勉強以外のことでは」

「それは……普通ですよ」眼鏡の奥で、雪乃の目が泳いだ。

「スポーツも得意だったそうですね。足が速い……陸上部が勧誘に来るぐらいだと聞きましたよ」

「うちの校庭、見ました？」雪乃が窓の外にちらりと目をやった。「人工芝だし走りにくいんですよ。それで十二秒台ですからね……陸上部の顧問の先生がびっくりするわけです」

「でも、勧誘には乗らなかったんですね」

「そうです」

「どうしてですか？　勉強優先で？」

「私も一度、聞いてみたことがあるんです。村野さんと同じように不思議に思って」

「彼女の答えは？」

「勉強したいからって……予想通りでしたけどね」

「それは、先生としてはありがたい話じゃないんですか？」

「そうですね」雪乃が笑ったが、何となく寂しげだった。「でも、ちょっと根を詰め過ぎているというか……昔の言葉で言えば『ガリ勉』っていう感じです」

「じゃあ、あまり友だちもいなかったんじゃないですか？」

「まあ、そういう感じ……というか、それがどうかしたんですか？　青木さんは、言ってみれば被害者のようなものでしょう」少しだけむきになって雪乃が反論する。

「ようなもの、ではなく、間違いなく被害者です」質問が先走りし過ぎた、と反省する。確かに那奈は被害者家族ではあるが、どうしても気になるのだ。黒川のように露骨に疑っているわけではないが……。「私たちはこれから、那奈ちゃんをフォローしていかないといけません。そのためには、彼女の人となりを知ることが大事なんです。普段の生活の様子や性格が分かっていないと、上手くいかないことも多いんです」

「そうですか……難しいですね」

「ええ、難しい仕事です」

「いえ、あの、青木さんが……」

「ああ、失礼しました」かすかに耳が熱くなるのを感じながら私は謝罪した。「人間って、まず自分のことを考えてしまうものですね」

「ええ……」

「それで、那奈ちゃんが難しいというのは？」

雪乃がきゅっと唇を引き結ぶ。喋っていいかどうか、迷っている様子だった。「ここで話したことは表に出ません」と言おうとしたが、その前に雪乃が口を開く。

「孤高、ですかね」

「孤高？」

「他人を寄せつけないような人、いるでしょう？」

「ええ」

「そんな感じなんです」

「十五歳……中学三年生で？」私は思わず首を傾げた。今の子どもたちは、とかく「つながり」を求めたがる。とにかく四六時中、友だちと接触していないと不安に陥るものだ。そういうつながりも拒否していたというのか？「今の子たちだったら、LINEが必須でしょう」

「学校では一応禁止しているんですけど、やっている子は多いですね。でも、青木さんはやってないと思います」

「間違いありませんか？」

「聞いたことがあるんですけど、ちょっと悲しいことを言ってました」雪乃が寂しげに微笑む。「私には家族だけで十分だって。友だちはいらないって」

「そんな……」

「もちろん、仲のいい子はいますけどね」

「教えて下さい」私は手帳を取り出した。手がかりは少しでも欲しい。

　何と寂しいことを言うのか、と私は驚いていた。十五歳だったら、友達とのつながりが何より大事で、家族はむしろ煩《わずら》わしく感じられるはずだ。最近の子はいつまで経っても親から離れず、「仲良し親子」が増えているというが……那奈が本気で「家族だけで十分」だと考えていたら、彼女の世界はひどく狭いものだったに違いない。ただし、母親の直美を庇《かば》ったあの態度からは、彼女の世界が家族だけで完結していた可能性も容易に想像できる。家族というか、母子だけかもしれないが。

　校舎を出て、校門の方へぶらぶらと歩いて行く。既に次の授業の時間になり、今は校庭を使っているクラスはなかった。ふと立ち止まり、コートのポケットに手を突っこんだまま校庭を眺める。人工芝のグラウンドは見た目には綺麗だが、寒々と風が吹き渡って、思わず首をすくめてしまった。

那奈のファーストプライオリティは何だったのだろう。

中学生で、抜群の運動能力を持っていたら、まずスポーツでヒロインになろうと考えるのではないだろうか。男女問わず、鍛《きた》えれば鍛えるほど結果がついてくるスポーツに惹かれるのは、中学生なら当然だとも思う。しかし那奈は、陸上部からの再三の誘いを、常に受け流していた。顧問の先生にすれば、将来のオリンピック選手を取り逃がした想いだったかもしれない。

もちろん勉強にも「競争」はある。それは時に、スポーツの「競争」よりも苛烈《かれつ》で、肉体的、精神的にダメージを受けたり与えたりすることがあるだろう。那奈はまだ、進学先も決めていなかったというが、それでも誰かに負けたくない気持ちは人一倍強かったのではないか？　時に人は、勉強のための勉強に没頭してしまうことがある。自分の努力がきちんと成績に表れ、親が喜んでくれればさらにやる気が出る――勝手な想像だ、と思う。この辺は那奈に直接聴いてみないと分からないが、聴く機会があるかどうか。

彼女と気楽に話ができるようになるのは、ずっと先だろう。

あるいは、そんな日は来ないかもしれない。

3

事件発生から四日後の金曜日、青木の通夜が行われた。文京区内の葬儀場で行われた通夜は、私が想像していたよりもずっと大規模で、青木の人脈の広さを示した。黒いスーツの波……ただし、通夜らしい格好はブラックスーツだけで、髪型は美容室の見本のオンパレードだった。ピアスをしている人もちらほらと見受けられる。葬儀で光り物を外すのは常識なのに、と私はかすかに憤りを感じた。

ごく真面目そうな人たちは、妻の直美の同僚たちだろうか。少し気になったのは、那奈の同級生の姿がほとんど見当たらなかったことだ。数人……教師も、雪乃と他に数人ぐらいのようだ。本人が殺されでもしたら、学校関係者が大量に参列するだろうが、家族だとこんなものだろうか——私は「孤高」という言葉を思い出していた。

支援課からは、私と長住がこの通夜に参列していた。正確には、参列ではなく「待機」。抹香は上げるが、万が一遺族が取り乱した時に対応するためである。優里も参列すると言ったのだが、感情的になってまともに仕事ができないかもしれないという判断で本橋が止めた。優里は形だけ抗議したが、結局本橋の指示に従った。自分が普通の状態でないことは、彼女も承知している様子である。

いざ通夜が始まると、家族に関する心配は杞憂《きゆう》だったことが分かった。直美は憔悴《しょうすい》しきっていたが、まだ東京にいる母親と那奈が支えて何とか乗り切った。特に那奈……焼香する参列者に一々丁寧に頭を下げ、応対している。一方直美は、挨拶さえできないようで、辛うじて立っているだけだった。

「向こうの……青木さんの実家の人はどうなってるんですか？」この一件にほとんど関わっていなかった長住が、小声で訊ねる。

「ご両親とも亡くなっているそうだ。兄弟もいない」

「親戚ぐらいはいるでしょう」

「いると思うけど、今日は普通の参列者としてここにいるんじゃないかな」後で確認すれば分かることだ。

「しかし、よく持ちこたえてますよねえ」珍しく感心したように長住が言った。普段は、被害者家族に同情を示すことすらないのだが。

通夜が終わり、私たちは一度斎場の外へ出た。後で那奈と話してみるつもりだったが、通夜の様子について、長住と少し話しておく必要がある。

「あの中に犯人はいないでしょう」長住があっさり言った。

「どうして断言できる?」

「断言はできませんけど、変な動きをする人はいなかったですよ」

「それは、確かにな」長住とは波長が合わないのだが、これは認めざるを得ない。私もずっと参列者の様子を観察していて、同じ結論に達していた。

「何か、長引きそうじゃないですか、この捜査」長住がコートに袖を通した。通夜の席から出るまでは脱いでいたのだ。ろくでもない男だが、ピアスをしている連中に比べれば礼儀は知っている。

「ああ」

実際、捜査は停滞していた。この四日間に分かったことと言えば――青木の死因は、失血死。背中から鋭い刃物で刺され、それが結局致命傷になったものと思われる。後頭部への打撃で、頭蓋骨にヒビが入っていた。犯人は最初に後頭部に一撃を加え、さらにとどめとして背中を刺したらしい。特捜は、この状況も重視しているようだ。それほど力のない女性でもやれる――疑いは那奈へ向いていた。

この解剖結果から、顔見知りによる計画的な犯行が疑われた。

背後から襲う手口はよくあるのだが、現場は自宅の仕事場である。青木が、いきなり忍び寄って来た相手に襲われたとはまず考えられない。となると、気を許して仕事場に入れた人間が、豹変して襲撃したというシナリオが成り立つ。青木自身は近所づき合いがあまりなかったというから、仕事の関係者が疑われた。何か仕事上のトラブルを抱えていて、それが殺人事件にまで発展した——特捜本部では、青木の交友関係を徹底して洗っているが、これは相当骨の折れる作業だ。この業界での仕事が長い青木の住所録には、千人単位で名前と住所の登録があったのだ。その中には、もちろん愛の会社も含まれている。

「被害者って、引きこもりみたいな感じで仕事してたんですか？」長住が訊ねる。

「引きこもりは大袈裟《おおげさ》だけど……同じようなものか」私はうなずいた。

「よく分からない仕事ですねえ」長住が首を傾げる。

「俺たちみたいなガサツな人間に、クリエーター系の仕事は分からないよ」

「ですね」長住が肩をすくめる。「それにしてもあの女の子——那奈ちゃんですか？しっかりしてますねえ」

「気を張ってるだけだと思う」言ってみたものの、私は自分の言葉に自信が持てなかった。事件から四日、私は何度か那奈と直接話している。表情はまったく晴れなかったものの、言葉は力強く、いつもこちらの顔を真っ直ぐ見て話していた。非常時に母親を守るために気を張っているにしても、限界はあるだろう。もともとそういう性格なのではないかと、私は考え始めていた。

孤高。

一人でいられるのは、強さの裏打ちがあるからだ。

「ちょっと様子を見てみようか」通夜ぶるまいの席に残る人もいるだろう。

「気が進まないなあ」長住が露骨に不満を漏らした。「ああいうの、苦手なんですよ」

「仕事だ、仕事」毎回、長住のやる気のなさには腹が立つ。捜査一課から異動してきてけっこう長いのだが、未だに支援課に馴染もうとしない。そもそもここでの仕事に疑念を持っており、普段から不満たらたらなのだ。

置いていこうかと思い、私はさっさと歩き出した。少し先へ行って振り返ると、長住が嫌そうな表情を浮かべながらついて来る。嫌なら帰ればいいのにと思ったが、露骨に「帰れ」とも言えない。

食事の席は、静まり返っていた。通夜の後だから当然なのだが、やはり気分が沈みこむ。私と長住は、那奈の近くに席を取った。那奈は祖母と一緒。直美の姿は見当たらない。

「奥さん、どうしたんですかね」長住が小声で訊ねた。

「どこかで休んでるんじゃないか？　ずっと調子が悪いんだ」

「通夜に出て来るだけでも、大変だったんじゃないかなあ」

珍しく、長住が被害者家族に同情するような台詞を吐いた。唇を引き結び、テーブルに置かれたビールの瓶を恨めし気に眺める。さすがにこういう席であっても酒食は遠慮しないと……たまたま前に座った人——まだ二十代に見える、両耳にピアスをした青年だった——がビールを勧めてきたが、私は丁重に断った。

私は時折那奈の方に視線を向けて観察を続けた。改めてお悔やみを述べに来る人が後を絶たない。きちんと正座した那奈は、一人一人に丁寧に頭を下げ、礼を述べているようだった。何と気丈な……自分だったら絶対に無理だ、と私は舌を巻いた。

そのうち、中学校の制服を着た女の子が、一人で遠慮がちに近づいて来た。その子が前に座った途端、那奈が一気に崩壊した。目が潤み、体が震え出す。肩に手をかけられた時には、目元に手を持って行った……が、涙は流さない。あまりにも強い、あるいは強情に見えたが、あるいは「泣いたら終わり」と自分に言い聞かせているのかもしれない。泣かないことで、心を守る壁を造っているのではないだろうか。

那奈は、女の子——彼女は泣いていた——の言葉にうなずきながら、黙って耳を傾けていた。その触れ合いは、三十秒から一分ほどだっただろうか。女の子が深々と頭を下げて、那奈の手をぎゅっと握ったところで終わった。那奈はまたうなずき、こちらには聞こえないような小声を発する。私には「大丈夫」と言ったのが分かった。いつもの口癖。この四日間で、那奈の口から何度「大丈夫」を聞いただろう。

ふと、今の女の子のことが気になった。中学校の関係者は既に帰ってしまったようなのに、彼女だけが居残ってわざわざ那奈に声をかけていった。特別な関係――親友なのではないかと思い、私は長住にその場を任せて席を立った。思い当たる節があったのだ。雪乃が教えてくれた、那奈と仲のいい女の子。

斎場の建物を出たところで、すぐに女の子に追いつく。コートも着ておらず、寒そうに背中を丸めていた。そのせいで、小柄――百五十センチもないだろう――な体はますます小さく見える。

「ちょっといいですか？」

女の子がびくりと体を震わせ、不安気な表情を浮かべて振り向く。私は、できる限りの穏やかな顔つきを意識しながら、彼女に近づいた。体を捻って半分こちらを向いていたが、よほどの恐怖を感じたのか、その場で固まってしまう。

「警察です」私はバッジを見せた。中学生相手にどれだけ効果があるかは分からなかったが、すぐに「被害者支援課の村野と言います。ずっと那奈さんについています」とつけ加えた。

「ああ……」女の子が、気の抜けた声を上げた。息が漏れるついでに声が出てしまった感じで、何とも頼りない。小柄な体に似合わず、意外に低くて太い声だった。

「ちょっと話ができるかな」

「いえ、でも……」

「帰らないといけない？」

「はい、あの」女の子が制服のポケットから携帯を取り出す。「もう夜なんで」

それは時間を確認するまでもない。通夜が終わって、午後七時。既に周りは真っ暗なのだ。

「じゃあ、家まで送るから、その間で話せないかな。車で来てるんだ」

「え？　でも……」

どうやらこの子は、私が本当に警察官かどうか、疑っているらしい。制服ではなく当然スーツ姿ではあるが、バッジも信用してもらえないとは。もっとも、中学生の女の子が、警察官の身分証明書であるバッジを見る機会などないだろうから、仕方ないかもしれない。

「じゃあ、その辺でお茶を飲みながらでもいいけど……青木さんのことについて、話を聞かせて欲しいんだ」

「お父さんですか？　よく知らないんですけど……」

「いや、娘さん――那奈さんのことで」

「那奈がどうかしたんですか？」それまでの戸惑いと恐れが消え、急に強気な態度が顔を見せた。怒っているようにも見える。

「どうもしていないよ」私はまた、最大限の穏やかな表情を浮かべた。「警察は何でも調べるものだから……いろいろ知りたいことがあるんだ」

「別に、いいですけど……」不機嫌そうに唇を捻じ曲げる。「でも、車は嫌です。どこかでお茶を飲むのも嫌です」

そこまで嫌わなくても、と思ったが、これは当然の反応だと思い直す。友だちの父親の通夜で、いきなり警察官から声をかけられたら、何かあると警戒するのが普通だ。

「じゃあ、建物の中に入ってもいいけど」私は後ろを振り向いた。言ってはみたものの、あそこでは喋りにくいだろう。まだ大勢残っている。

「ここでいいです」女の子が強弁した。コートもなしで、明らかに寒さに震えているのだが、オープンスペースの方がいいのだろう。

「寒くないか？」

「大丈夫です」

「ええと……」私は記憶をひっくり返した。那奈の親しい友人については、既に調べ上げている。この特徴に一致するのは……。「坂本美波《さかもとみなみ》さんだね？」

「何で知ってるんですか？」美波が目を見開く。

「警察はいろいろ調べるから……坂本さんですね？」私は念押しした。

「……はい」美波が不満そうに認める。

「あなたは、青木さんと親しかったそうだけど」

「小学生の頃からずっと一緒です」

「じゃあ、彼女の大変な事情は知ってる？」

「……はい」美波の顔が一気に暗くなる。彼女にとっても、決していい想い出ではないようだった。

少し引っかかったので、前後関係をはっきりさせるために思いきって聴いてみる。

「青木さんは、あの事件の後で引っ越してる。元々は、世田谷に住んでいたはずです」

「ああ、だから、那奈がこっちに引っ越して来てから知り合って……二年生の時でした」

「それからずっと一緒なんだ」

「はい」

「気が合ったのかな？」

「そう……ですね。小学校ではずっと、一緒にバスケットをやってました」

「今は？」

「やってません」美波が首を横に振り、寂しげな笑みを浮かべる。「この身長じゃ、無理です」

「青木さんは、バスケットもできそうな身長だけどね」私は頭の上で、掌を左右に動かした。

「那奈は……勉強で忙しいから」

私はうなずいた。今のところ、会話はきちんと転がっている。

「さっき、彼女にどんな言葉をかけたのかな？」

「大丈夫？　って……それ以外、言うことなんかないじゃないですか」美波が唇を尖らせる。

「そうだよな。それで、青木さんは何て？」

「大丈夫って言ってましたけど、無理してると思います。泣いちゃえばいいのに」

「確かに、ね。彼女、もともと強い人なのかな？」

「強いですよ。私が知ってる中では、一番強い人かもしれません」

「そんなに？」私は目を見開いた。

「何か……一人で立っているっていうか。友だちがいなくても平気みたいな」

「君がいるじゃないか」

「でも、小学校時代とは違いますから」

「じゃあ今は、あまりつき合いはない？」

美波が小さくうなずく。その事実が悔しいのか、唇を噛み締めた。

「彼女は忙しいみたいだね――勉強の方で」

「そうです。塾とか、いろいろ」

「それと、家族をとても大事にする人なんだね」

「そうですよ。誰でもそうでしょう」何を馬鹿なことを、とでも言いたげに、美波がまた唇を尖らせる。「家族は大事です」

うなずいたが、心の中で私は別のことを考えていた。家族を大事にする――世の中の人が全てそうだったら、警察の仕事はここまで忙しくならない。家族絡みの事件がどれだけ多いか――しかも年々増えている。募る恨みや不満が外にではなく、内に向いているようだ。その結果、家族同士が殺し合うような事件が目立つ。

しかし、中学生の女の子に、警察官が普段感じているようなことは告げられない。

「青木さんが養子だということは、知ってるね？」

美波がこくりとうなずく。しばらく口を閉ざしていたが、やがて「でも普通の家族ですよ」と静かに言った。何だか自分に言い聞かせるような口調だった。

「馴染んでいたわけだ」

「ええ。あの、もともとお母さんが叔母さんだったんですよね？」

「そうだね」

「子どもの頃から知ってたし……中学校に入ってから教えてくれたんですけど、『すごく気を遣ってもらったから』って言ってました」

直美も必死に、亡き姉の娘を「自分の娘」として育てようとしていたのだろう。その努力には頭が下がる。今、那奈はその恩返しをしているつもりだろうか。

「お母さんとは、特に仲が良かったみたいだね」

「そうですね。最近はそうでもないんですけど、小学校の時はよく遊びに行って……本がたくさんある家でした」

「お母さんは図書館に勤めているから、本好きだったんだろうね」

「那奈がたくさん本を読むのも、お母さんが教えてくれたからかもしれません」

「そんなに読書家なんだ」

「一年に百冊とか」

「そんなに？」私は素直に驚いた。週に二冊は相当のハイペースだ。「でも、何で分かるんだ？」

「私、図書委員なんですよ。学校の図書室の貸出カードを見て、びっくりして聞いてみました。小学校の時からよく本は読んでましたけど、そんなにすごいとは思わなかったから」

「今の中学生は、どんな本を読むんだ？」ハリー・ポッター？　ライトノベル？　自分ではほとんど本を読まない私――大リーグ関係の本は別だ――には想像もつかない。

「普通の本です。大人が読むみたいな」

「ああ、特に中学生向けとかじゃないんだ」

「そうです」美波がうなずく。「小説だけじゃなくて、いろいろ……けっこう難しい本も読んでました」

「成績もいい……そもそも、頭がいいんだろうね」

「でも、そんなにたくさん本を読んでいて、しかもいつも学年トップって、あり得ないですよね。私には想像もできない世界です」美波が肩をすくめた。「やっぱり、頭の出来が違うんですよね。小学校の時からすごいって思ってたけど、私が考えていた以上でした」

「読書と勉強で忙しくて……友だちと遊ぶ暇はあまりなかったんだろうな」

「ご飯も作ったりしてたし」

「ご飯って？　食事の準備？」

「そうですけど」美波が怪訝《けげん》そうな表情を浮かべる。

「家族の食事の準備、だよね？」私は思わず確認した。

「そうです」美波がうなずく。「お母さんは仕事で遅くなる時もあるし、お父さんも一日ずっと仕事をしてるから、よく食事の用意をしてたそうです。ちゃんとしてるんですよ？　去年……二年生の時に遊びに行ったら、ハンバーグを食べさせてくれました。ちゃんとタネから作って……うちの母親なんか、冷凍のハンバーグなのに」

私は低い声で唸って、顎を撫でた。何なんだ？　スーパー中学生？　これで陸上部に入っていたら、もう私の理解を超える。

間違いなく「いい子」だ。しかし単なる「いい子」のレベルで片づけるわけにはいかない。

「すごい子なんだね」

「だから私も、ちょっとついていけないところがあって」美波が打ち明ける。「いい子なんですけど、頑張り過ぎるっていうか。友だちよりも自分、それに家族なんでしようね」

「何でそんなに、家族のために頑張るんだろう」

「ええと」美波が顎に手を当てた。「昔、『私は助けてもらったから』って言ってましたけど……あの、両親がいないと、施設に入ることもあるんですよね?」

「誰も引き取ってくれなければ」

「そういう恩を感じていたのかもしれませんけど、何だかでき過ぎた話ですよね」軽い調子で言ってしまった後、美波がはっと両手を口に当てた。ゆっくり手を離すと、「別に悪口じゃないですから」と続ける。

「そんなことは思っていないよ」私は笑みを浮かべてやった。「でも、確かにでき過ぎだよな。今時、親に感謝して手伝いする小学生や中学生なんて、いないんじゃないかな」

「……ですよね。私なんか、怒られてばかりだし」美波がちろりと舌を出す。ようやく緊張が解けたようだった。

「普通はそうだよ」私は同調した。「でも、大したもんだ。恩は分かるけど、そこまでいろいろできるなんて、驚くな」

「私、たぶん、那奈のことはそんなに分かってない……と思います」自信なげに美波が言った。「今のご両親のことも、前の……本当のご両親のことも」

「聞きにくい話だよな。向こうが言い出したならともかく、こっちからは切り出しにくい」

「今もよく、お墓参りに行くみたいですよ」

「ああ……本当のご両親の？」

「ええ」美波がうなずく。「親が二組いる、みたいな感じ？　私にはよく分かりませんけど」

「そうだね」

応じながら、私は一つだけ確信していた。那奈ほど誠実な十五歳を探すのは難しいだろう。

「ちょっとお願いなんだけど」

「何ですか」美波が身構えた。

「たぶん、青木さんは学校に戻って来ると思うんだ」

「こんなことがあったのに？」

「あくまで予想だけどね……もしも学校で何かあったら、連絡してくれないかな。どんな小さなことでもいいんだ」

「警察の人に電話するのは……ちょっと怖いんですけど」

「俺が？」私は自分の鼻を指さした。「心外だな。怖いなんて言われたこと、一度もないんだけど」

「……ですね」美波が小さな笑みを浮かべる。

「これ」私は名刺を差し出した。二種類持っているうちの、携帯電話の番号が書いてある方。「携帯は持ってるね？」先ほど彼女が自分の携帯を見たのは覚えているが、念のために確認する。

「ええ」

「LINEは、学校では禁止だそうだけど」

美波の顔が赤くなる。禁止を無視して使っているな、と分かったが、それ以上は突っこまなかった。

「とにかく、何かあったら連絡して下さい。いつでもかまわないから。こっちは二十四時間、三百六十五日営業だから」

私はさらに粘り、彼女の番号を聞き出すことに成功した。これで学校内にネタ元を作れたのだろうか。ネタ元を作ることにどれだけの意味があるのだろうかと、私は自分の行動を訝った。

4

「よろしくない――よろしくないと言っては語弊《ごへい》がありますが、青木那奈さんにとってマイナスの状況があります」

青木が殺されてから一週間。週明け、月曜日の朝の打ち合わせで、本橋がいきなり後ろ向きな発表をした。渋い表情、深刻な声色――それだけで、かなりまずい話だと分かる。

「どうも、殺された青木さんとはかなり不仲だったようですね」本橋が私の顔を見て言った。

「父親と喧嘩した、という話は私も聞きましたが」

「そもそも、最初に那奈さんを引き取る時の話なんですけどね」本橋が続ける。「直美さんにとって那奈さんは、もともと可愛い姪っ子ですよね。それに、亡くなったお姉さんに対する想いもあった。だから、積極的に引き取ると言ったのは、直美さんの方らしいんです。そうですね？」本橋が、今度は優里に視線を向けた。

「ええ」優里が力なく答える。「当時、私ももう少し、家族内の様子を見ておけばよかったと思います。確かに、那奈ちゃんを引き取るのは直美さんの提案だったわけですし……私は、直美さんとは何度も話しました。ご主人——青木さんとも。でも、今考えてみれば、青木さんの方には熱がなかったんです」

「血が繋がっていないのだから、それも当然かもしれません」本橋がうなずく。「それは、感情的な問題としては理解できます。ただ、一時ほとんどネグレクトの状態にあったという噂もあるようです」

横に座る優里の顔を見ると、蒼白だった。自分が摑んでいなかった事実が、他人によって明るみに出されている——フォローしきれなかった、とまた悔いているのだろう。

「悔しいのは分かりますが」本橋が柔らかい声で言った。「あまり気にするのもどうかと思います。支援課でのフォローには限界がありますから」

「そうですよ」長住が珍しく同調した。「一々全力投球してたら、きりがないでしょ

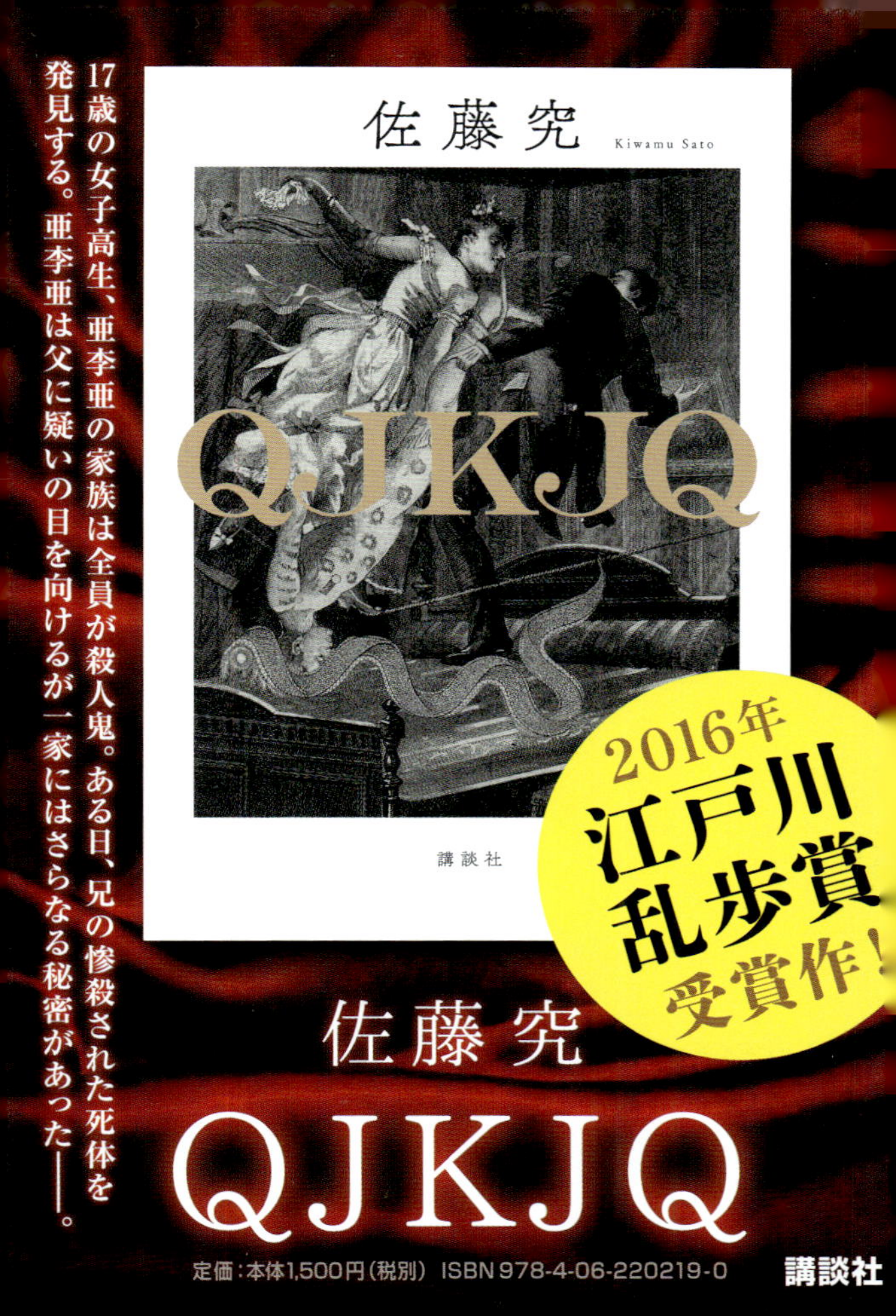
17歳の女子高生、亜李亜の家族は全員が殺人鬼。ある日、兄の惨殺された死体を発見する。亜李亜は父に疑いの目を向けるが一家にはさらなる秘密があった——。
佐藤究
Kiwamu Sato
QJKJQ
講談社
2016年
江戸川乱歩賞
受賞作！
佐藤究
QJKJQ
定価：本体1,500円（税別）　ISBN 978-4-06-220219-0
講談社

う」

　こいつは……結局、手を抜きながら適当にやることしか考えていないわけか。睨みつけてやったが、長住は何とも思っていないようだった。

「とにかく」本橋が咳払いした。「特捜が、そういう事実に目をつけているのは間違いありません。言い合いをしていたという情報も摑んでいるそうです」

「お葬式も終わりましたし、那奈ちゃんは、今日から学校へ行くそうです」優里が遠慮がちに報告した。

「大丈夫なんですか？」本橋が眉をひそめる。

「ええ。本人の強い希望だそうです」

「奥さんの方は？」

「体調が思わしくないようです。入院するほどのことはないですが、ずっと自宅にいて、母親がつき添っているそうです」

「見舞いに行かないか？」私は提案した。

「それは、ちょっと……」優里が渋い表情を浮かべる。

「直美さんにはきちんと接触できていないんだし、この辺で一度、話をしておくべきじゃないかな。体調が悪いのは分かるけど、放っておくわけにもいかない」

「とりあえず、行ってみたらどうですか?」本橋も賛成した。「会えないなら会えないで、仕方がないでしょう。事件のことはなるべく聴かないようにして……それと、母親と顔つなぎをしておく必要はあると思います。今後、話を聴く時にもキーパーソンになるんじゃないですか」

「そうですね」私はうなずいた。その母親も、直美に負けず劣らずきつい思いをしているのだが……やはり会っておくべきだと気持ちを固める。「じゃあ、私が行きます」

「松木警部補は……どうですか?」探りを入れるように本橋が言った。私たちのコンビでやるべきだと思ってはいるようだが、何かを躊躇っている。

「私は行かない方がいいと思います」優里が静かな声で言った。

「どうしたんだよ」私は思わず訊ねた。こんな風に腰が引けた優里を見るのは珍しい。

「直美さんの母親……前の時に何回か会ってるんだけど、正直言って苦手なのよ」優里が打ち明ける。顔が歪んだ——苦悶の表情と言ってもいい。

「君に、苦手な人がいるとは思えない」

「あの人は別よ。感情的になるのも当然だとは思うけど、ちょっとひどかった。たぶん、私が気に入らなかったんだと思うけど……私は何を言われても我慢するけど、機嫌を損ねて喋らなくなったら無意味でしょう」

「俺が行ってもいいですよ」

長住が気楽な調子で言った。そんな気などない——支援課の仕事に乗り気ではない癖に、変な点数稼ぎをするな、と私は腹の中で罵《ののし》った。

「安藤巡査が行って下さい」本橋が指示する。「あなたなら、人を怒らせないでしょう」

「はあ」気の抜けた声で梓が答える。「よく分かりませんけど……」

「あなたを見て怒る人はいませんよ」

「でも……」

「分からないか？　ガキを怒ってもしょうがないってことだよ」

長住が茶々を入れると、梓の顔が赤くなった。確かに彼女は童顔で、本人もそれを気にしている。「若い」と言われて喜ばない人はいないだろうが、警察官の「若く見える」は、イコール「頼りない」だ。

「お前こそ、どれだけたくさんの人を怒らせているか、自覚した方がいいぞ」私は忠告した。

「何が——」

長住の耳が赤くなったが、私は無視して立ち上がり、梓に「行こう」と声をかけた。長住も結局反論はしてこない。実際、多くの人を怒らせているのは間違いないし、彼もそれは意識しているだろう。

出かける準備をしていると、係長の芦田が音もなく寄って来る。

「あの母親は曲者《くせもの》だぞ」真剣な表情で忠告する。

「ああ、係長は会ってくれたんですね」普段はあまり現場に出ない芦田だが、今回は人手が足りず、通夜の前に青木家を訪ねてくれたのだ。

「とにかくやりにくいんだよ」芦田の表情が歪む。「常に上から目線だから。ひたすら頭を下げて、話を拝聴しているしかないな」

「上から目線なのは、自分を守るためかもしれませんね」梓がぽつりと言った。

「どういうことだ？」芦田が疑わし気に訊ねる。

「だって、家族が二度も事件に巻きこまれたんですよ？　ショックがないわけがありません。気持ちが折れそうになっていてもおかしくないでしょう。そうならないために、わざわざ強気に振る舞う――そういうこともあると思います」

「おう……ああ、そうだな」梓のしっかりした口調に、芦田が一歩引いた。

梓も言うようになったものだ、と私は思わずにやりとした。芦田はもともと捜査三課の出身である。ずっと泥棒を相手にしていたからというわけでもあるまいが、支援課での仕事、特に被害者家族との接触は苦手にしている。真面目な分、長住よりはましだが……管理職として、本部で大人しくしていてもらうのが一番だ。その方が、仕事もきちんと回る。

「とにかく、十分気をつけてくれ。お前に忠告する必要はないかもしれないけど」芦田が、梓ではなく私に視線を向けて言った。

「大丈夫です」私はうなずいた。「うちには安藤梓という最終兵器がいますからね」

傲慢な人であっても、最初はそうと分からないことも多い。初対面で話している限りは「普通の人」でも、いずれは傲慢の本性が顔を出すこともある。その際の切り出しの台詞は「私の場合は」であることが多い。お前はそうかもしれないが、自分は違う——。

青木直美の実母、伊崎節子《いざきせつこ》は、そういう私の常識にはない人間だった。第一声でいきなり、「警察は何してるんですか」と強い非難をぶつけてきたのだ。しかもドアを開けず、インタフォン越しに。

「大変なところ申し訳ないんですが、お話しさせていただきたいと思います」私はできる限りの丁寧な口調で頼みこんだ。「今後のこともありますので、いろいろ相談もあるかと……」

「娘はお会いしません」節子がきっぱりと言いきった。

「いや、しかし――ご在宅ですよね？」

「会えるような状況ではありません」

「では、あなた――お母さんでも結構です。いろいろと手続きの問題もあるんです」

「そういうことは、後回しにできないんですか？　そんな、お役所的なことを言われても困ります」

「我々は、被害者支援の仕事をしているセクションの者です。捜査の関係でお話を伺いたいわけじゃありません」

沈黙。しばしそれが続き、私はすぐに心配になってきた。まさか、門前払いをくらわされるのか？　芦田も扱いには難儀していたようだが、もしかしたら黒川たちが節子に不快感を味わわせたのかもしれない。あの人のことだから、自分の言動が人に迷惑をかけることなど、考えてもいないのではないか。

「裏に回って下さい」突然、節子の声が戻ってきた。

「今、玄関の前にいるんですが」

「それは分かっています。とにかく裏へ回って下さい」

ぶちり、という不快な音を最後にインタフォンは切れた。私は思わず梓と顔を見合わせた。

「何ですかね」梓が首を傾げる。

「たぶん、玄関に出て来たくないんだと思う。仕事場——犯行現場を通らないといけないだろう？」

「ああ」梓がうなずいた。「それは確かに、抵抗があるでしょうね」

裏口へ回る前に、私は一歩引いて家を見上げた。かなり大きな家——家は一生の買い物とはよく言ったものだ。この家には、億単位の金がかかっているかもしれない。しかし直美は手放すのではないだろうか、と私は想像した。家が犯行現場になった場合、家族に刻みこまれた不快感は相当なものになる。家族が死んだ家には住みたくない——そういう理由で、自宅を売却してしまった被害者家族を、私は何人も知っている。

「行こうか」声をかけ、隣の家との隙間に身をこじ入れるようにして裏に回る。勝手口——都心部の常で、家同士が近接しているので、どうしてもこんな風になる。

勝手口の前に立った瞬間、待ち受けていたかのようにドアが開く。

しゃんとした女性だ、というのが私の第一印象だった。七十歳と聞いていたが、とてもそうは見えない。この年代の女性にしては背が高く、背筋も真っ直ぐ伸びている。意識してのことなのか、もともとそういう風なのかは分からない。髪が黒々としているのは、さすがに染めているのだろうが、顔にもあまり皺は目立たなかった。自分にかなり金をかけている感じ……普段は何をしているのだろう、と私はあれこれ想像した。何となく、「現役感」が漂っている。

「被害者支援課の村野です。こちらは安藤です」向こうが何か言い出す前に、私は自己紹介した。隣で、梓がぺこりと頭を下げる。

「おたくは、高校生を働かせているの?」

「ちがいます」強烈な皮肉にたじろぎながら、私は否定した。やはり「若く見える警察官」はマイナスでしかないのか。

「まあ……どうぞ。お上がり下さい。ただし、静かにお願いします」

「直美さんは……」

「二階で休んでいます」

私は梓を先に行かせ、勝手口のドアを閉める時には最後まで手を離さず、音を立てないように気をつけた。節子はそれをずっと見守っている——監視している。礼儀に厳しいお茶か華道の先生だろうか、と私は想像した。何となく、着物も似合いそうだ。

　家の中は綺麗に片づいていた。勝手口から入ってすぐは物置――ストレージルームと言うべきか――で、壁二面にしつらえられた棚には様々な物がきちんと整頓されて置かれていた。二リットル入りのペットボトルはお茶と水に分けられ、ティッシュやトイレットペーパーもきちんと積み重ねられている。まるで店舗の棚のようだ。

　そこを抜けると、リビングダイニングに出る。広々とした空間は、二十五畳はありそうだった。物が少ないから、広く見えるのかもしれない。ダイニングテーブル、ソファとローテーブル、あとは五十インチはありそうな巨大なテレビぐらい……キッチン部分は、タイル張りのカウンターで他の部分と隔てられている。

　綺麗過ぎる、と思った。生活感がなく、まるでショールームのようである。

「綺麗にしてますね」私は思わず声に出した。

「綺麗にするのが大変でした。普段はだらしなくしてるんですね」節子の声には、批判めいた調子があった。

「あなたが掃除したんですか？」

「他に誰がいます？」

節子が鼻を鳴らす。やはりやりにくい相手だ、と私は警戒した。

「どうぞ」

ソファを勧められる。カッシーナだ、とすぐに気づいた。金持ち御用達のイタリア製ブランド。ソファの背面は物入れになっている——デザインだけではないのか。私はできる限り浅く腰かけ、背筋をぴんと伸ばした。座り心地がいいので、つい深々と腰かけて、気が抜けてしまいそうである。

「警察は何をしてるんですか？　まだ犯人は捕まらないんですか」向かいに座るなり、節子が攻撃をしかけてきた。顔つきがきついうえに、言葉にも棘がある。せめて京都弁で話してくれれば、多少は柔らかい雰囲気になるかもしれないのに……イントネーションを聞いた限り、もともとは東京の人かもしれない。

「申し訳ありません」私は取り敢えず頭を下げた。「捜査は別のセクションが担当しています。私たちは、被害者のご家族をフォローするのが仕事です」

「そうですか？　あまりフォローしてくれていませんね」

彼女が「壁」になっているからではないか、と私は思った。こんな風に居丈高《いたけだか》にされたら、話もできない。

「状況に応じてフォローしています。直美さんは、お会いできる状態ではなさそうですから……今もそうですよね」

「ええ」

「体調はよくないんですか？」

「私は入院するように言っているんですが、本人が拒否していますので」

「それで大丈夫なんですか？」私は思わず眉をひそめた。

「ちゃんと世話してますから……だいたいこんなことがあって、普通に生活できるわけがありません」

「失礼ですが、あなたはちゃんとしていらっしゃいますね」

「ちゃんと？」節子が目を細める。「当たり前です。私がちゃんとしないと、どうしようもないでしょう。孫のこともありますし」

「いろいろ、大変でしたね」私は泣き落としにかかった。「那奈ちゃんは、二度も事件に巻きこまれたことになります」

節子が無言で、表情を引き締めた。いつの間にか、両手をきつく握りしめている。

「うちで引き取ればよかったですね……八年前に」

「そういう話があったんですか？」初耳だ。優里もそういうことは話してくれなかった。彼女自身、そこまでは把握していなかったのかもしれないが。

「私はそう考えていました。でも、直美がどうしても、と……いろいろ事情もあったんですけどね。那奈は直美になついていましたし、直美のところも子どもができなかったので、いい機会でした。でも、こんなことなら、八年前にうちで引き取っておくべきでした。そうしたら、こんな事件に巻きこまれなくて済んだのに」

「そういうことは一切予想できないと思います。私も、二度も事件に巻きこまれた人を担当するのは初めてです」

「そう、ですか」節子がふっと息を吐いた。

「失礼かもしれませんが、聞いていいですか?」その場の雰囲気を和ませようと、私は話題を変えた。「京都弁が全然出ませんね」

「もともと東京の人間ですから。向こうにいる時は京言葉ですけど、東京へ来れば元に戻ります」

節子の口調は、少しだけ和らいでいた。そして急にそわそわし出し、いきなり立ち上がる。

「失礼しました。お茶もお出ししませんで」

そのままキッチンに向かう。カウンターを挟んでいるだけなので、会話は中断せずに済みそうだった。しかし私は立ち上がり、ダイニングテーブルに移動した。ここなら、声を張り上げずに話ができる。一方梓は、さっさとキッチンに入った。

「お手伝いします」

「私がやります。京都のお茶をご馳走しますよ」ご馳走と言いながら、節子の口調は「手出し無用」という感じだった。

「じゃあ、見てます。勉強になりますから」

「あらあら」節子が白けたような口調で言った。「今の人は、家のことよりも仕事の方が大事なんじゃないですか？　お茶の淹れ方なんか覚えても、何の役にも立たないでしょう」

「毎朝、仕事場でお茶を淹れるのが仕事なんです」

「まあ」節子が目を見開く。「それは、時代遅れな話ね」

「でも、お茶を淹れるのは好きなんです」

梓は引かなかった。というより、にこにこ笑いながら遠慮なく節子に近づいて行く。この人懐っこさが本領だな、と思いながら、私は二人の動きを見守った。ガス台に薬缶《やかん》をかけ、沸くのを待つ間に茶葉を急須に入れる。色合いからほうじ茶だと分かった。三人分にしてはやけに多い……。

「ずいぶんたくさん入れるんですね」梓が訊ねた。

「ほうじ茶は、緑茶よりも多めに入れること——ケチケチしないのがポイントね」

言いながら、湯呑を用意する。この家のどこに何があるか、完全に分かっている様子だった。お湯が沸いたところで、そのまま薬缶から急須に注ぐ。梓にとっては、それも意外なようだった。

「少しお湯の温度を下げてからがいいって聞きましたけど」

「それは緑茶の場合」節子が馬鹿にしたように言った。「ほうじ茶は沸騰したお湯でいいんです。その方が香りが立つから。ほうじ茶は、香ばしさを味わうお茶ですよ」

見ていると、三十秒ほどそのまま放置しておいてから、湯呑に注ぎ分ける。茶托《ちゃたく》に載せて、節子が二つ、梓が一つ、ダイニングテーブルに運ぶ。二人とも椅子についたところで、私はほうじ茶を口に含んだ。確かに香ばしい……普段飲むほうじ茶よりも、ずっと香りが立っている。しかし自分でも一口飲んだ節子は不満そうで、「お茶はやっぱり、京都の方が美味しいわね」と言った。

「東京は駄目ですか」

「何でもかんでもガサツで」節子が苦笑する。「やっぱり、京都の方が、何事につけ歴史がありますから、丁寧です」

「そもそも、どうして京都に行かれたんですか？」

「結婚した相手が、京都の大学に勤めていたからですよ」

「教授ですか？」

「ええ。もちろんもう、退官しましたけど……やっぱり、那奈はうちで養子にしておくべきだったかもしれません。優秀な子なんですよ」

「それは聞いています」

「大学の教授に跡継ぎも何もありませんけど、向こうの方が何かと環境もいいんです」

「そうですか」そんなことを言われても……しかし、節子が那奈を可愛がり、大きな期待を抱いていることはよく分かった。「他にお孫さんは？」

「那奈だけです。長女も次女も、東京で嫁に行って……京都で夫婦二人暮らしも寂しいものですよ」節子が哀し気な笑みを浮かべる。

「そうでしょうね。那奈ちゃんの様子はどうですか？」

「頑張ってますよ。本当に気丈に振る舞っていて。あの子がいなかったら、直美はもっと参っていたかもしれません」

「今日から学校ですね」

「ええ……もう少し休ませたかったんですけど、勉強が遅れるからって」

「勉強熱心なのは、ご主人……おじいちゃんの影響ですか？」

「そうかもしれません。小さい頃から可愛がってますから」

「ご主人の専門は何なんですか？　那奈ちゃんは、まだ高校をどうするかも決めていないみたいですけど」

「主人は経済学部で教えていました」

「そっちの方面もあり、ですかね」

「主人は、何でもいいから研究の道へ進んで欲しいと言っています。自分で頑張れる子ですから、どの方面へ進んでもいい結果を出すと思います」

「青木さんは、自分と同じように、ＩＴ系の仕事をして欲しいと思っていたようですね」

「それは、まあ……」節子が口を濁す。「父親ですから、子どもに自分と同じような仕事をして欲しいと思ってもおかしくはないでしょうね。というより、それが自然でしょう。でも主人は、もっとベーシックなもの――基礎研究が大事だって、常に言っています。ＩＴ系の技術も、要するにアメリカから移植されたものでしょう？　日本独自の技術なんて、ほとんどないはずです。そういうところで基礎研究をちゃんとやらないと、世界から取り残されますよ」

「何か、すごいですね」梓がぽつりと漏らした。「私なんかには想像できない世界です。ただの公務員ですから」

「そういうことを言ってはいけません。自分の仕事には誇りを持たないと」節子がぴしりと忠告した。「そんなことじゃ、これからの時代、生き残れませんよ」

「失礼しました」

梓がひょこりと頭を下げる。節子の本性が少しだけ垣間見えた気がした。プライドが高い――自分だけが偉いと思っているわけではなく、人は誰でも誇りを持つべきだ、とでも考えているのではないだろうか。大変立派な考え方だが、しんどそうだ。

「直美さんのこともそうなんですが、那奈ちゃんも心配です」

私の言葉に、節子がすっとうなずく。お茶を一口飲み、そっと息を吐いた。

「あの子は頑張り過ぎ……少しぐらい、弱音を吐いてもいいのに」

「吐かないんですか？　気丈ですよね」

「どうしたら、あんなに強くなれるのかしらねえ」節子が頬に手を当てた。「もちろん、強くならないといけないと思って頑張ってるんでしょうけど、いつかぽっきり折れてしまいそうで怖いわ」

「そうならないように、我々がフォローしたいと思います」

「家族で何とかします。近々……ではないですけど、将来的には京都へ呼び寄せるかもしれません」

「でも今、那奈ちゃんは高校進学を前にした大事な時期ですよ」

「この家で暮らせると思いますか？　直美は絶対に無理ですよ。那奈も何も言わないけど、ショックを受けているのは間違いないです。何しろ、自分たちが暮らしている家で……」

節子が口を閉ざした。「死体を見つけた」とは言いたくないのだろう。彼女こそ、相当のトラウマを受けている。私たちに勝手口から入るよう指示したのも、事件現場になった青木の仕事場を通りたくなかったからに違いない。

「これは、私が聞くべきことではないかもしれませんが」私は切り出した。

「はい」節子が背筋を伸ばす。

「青木さんは、最近何かトラブルを抱えていませんでしたか？」

「私は知りません。娘夫婦の家庭のことになんか、口は出しませんよ。立派にやってるんじゃないですか？　こんな大きな家を建ててるんだし。都心でこれだけの大きさの家を持つのは大変ですよ」

「分かります。それだけに、かなり無理をしていたんじゃないかとも思うんですが……」

「私は、知りません」節子が語気を強めて繰り返した。「あくまで別の家族ですから」

「あの……ちょっといいですか？」梓が遠慮がちに手を挙げる。まるで、教室で怖い教師に向かって発言許可を求める高校生のようだった。

「何でしょう」節子が冷たく言い放つ。

「大変だったんですよね」

「何がですか？」

「節子さんが」

湯呑みに伸ばしかけた節子の手が止まる。目を細め、梓を睨むようにしたが、梓も引かない。

「二度……お身内が事件に巻きこまれたわけですよね」

「そうなりますね」

「ご自身の息子さんではなくても、身内であることに変わりはないですよね？」

「そうなりますね」節子が冷たく繰り返す。

「今は……大丈夫ですか？」

「私は大丈夫です」節子の口調は硬かった。「大丈夫だと思わなければ、やっていけませんから」

那奈の強さは祖母譲りだろうか、と私は訝った。

5

被害者支援は、事件の発生直後から始まる。性犯罪被害を受けた女性や、家族を亡くした人につき添い、余計なことは一切言わずに反応を拾い上げる。捜査を担当する刑事と被害者の間に入り、乱暴な事情聴取などは即座に阻止。さらに支援センターと連携し、精神的、法的なフォローを開始する——それらの手順は全て、被害者とまともに接触できてこそ生きてくる。

今のところ、それすらできていない。私たちは那奈には何度か会ったが、彼女は「大丈夫」と言うだけで、助けを求めようとしない。母親の直美に至っては、面会さえ拒絶していた。節子が壁になって、「自分たちで何とかするから」という説明を繰り返すばかりである。

「これじゃ、支援課は無用の長物ね」

火曜日の昼、警視庁の食堂で昼食を取っている時に、優里が零《こぼ》した。彼女にしては珍しいことである。普段、愚痴《ぐち》とは無縁の人物なのだ。

「正直、この状態だったら、一時的に手を引くのも一つの方法だと思う」私は、蕎麦《そば》を手繰《たぐ》る手を止めた。「向こうが望んでいなければ、俺たちは余計な手出しをしない……それも基本じゃないかな」

「それ、マニュアルには書かなかったわね」

「そろそろ改訂版を出した方がいいかもしれないな」

「何なんだろう……那奈ちゃんも節子さんも、むきになっているとしか思えないんだけど」

「二人とも、二度目なんだよな。多少は免疫ができているとか？」

「まさか」優里が怒ったように眉を釣り上げる。「こういうことは、何回経験しても慣れないものよ」

「そうだよな……」

無言。私がざる蕎麦を、優里がうどんを啜る音だけが虚しく響く。そこへ、カレーを載せたトレイを持った梓がやって来た。表情が暗い。食事の時には、常に嬉しそうなのに。

トレイをテーブルに置き、ゆっくりと腰を下ろす。スプーンを握った瞬間に大きな溜息をついた。

「どうした」思わず声をかける。支援課に来た頃の梓は、ここでの仕事に今ひとつ納得できない様子で、よくこういう渋い表情を浮かべていたのだが、最近はすっかり影を潜めていた。支援課に慣れ、自分がこの仕事に向いていると自覚し始めたのだろう。

「課長から聞いたんですけど、特捜がまた那奈ちゃんを呼ぶ準備をしているようです」

「冗談じゃないわ」優里が声を荒らげる。「まだ容疑も詰まってないんでしょう。圧力をかけるためだけに取り調べをするのは許されない。相手は未成年なのよ」

「落ち着けって」私もむかついていたが、ここは抑えに入らざるを得ない。「ここで怒っても何にもならないぜ……それより、青木さんの交友関係はどうなんだろう。まだ潰し切れてないのかな」

「ええ。ご近所づき合いや友人関係はあまりないんですけど、仕事のつき合いは多いですから。全部潰し終えるには、相当時間がかかると思います」

「本筋の捜査が上手くいってないからって、那奈ちゃんを犯人扱いするのは許せないわ」優里が、本来の冷静な口調に戻って言った。「取り調べするなら、立ち会わないと」

「君はやめておけよ」私は忠告した。

「どうして」優里が不満そうに訊ねる。

「冷静じゃないから。この状態で取り調べに立ち会ったら、黒川さんたちと喧嘩になるぞ」

「喧嘩しても那奈ちゃんは守るわよ」

「それは筋違いだ」静かな口調だが、優里の頭の中が沸騰しているのは分かった。本当に、この件に関しては、普段の優里ではない。「立ち会うなら、俺か安藤だ」

「私には仕事させてくれないわけ？」

「立ち会いは駄目だよ」私は念押しした。「那奈ちゃんをバックアップするなら、他にも仕事があると思う」

「例えば？」

「周辺捜査……俺も、また中学校で聞き込みをしてみようかと思う。一人、ネタ元になってくれそうな子がいるし」

「ああ、坂本美波ちゃんね」優里がうなずく。

「彼女だけじゃなくて、他の子にも話を聞いてみたい。家庭に不満があるなら、誰かに話していたかもしれないし」

「でも、今まで聞いた話だと、那奈ちゃんは孤高の存在ですよね」梓が話に割って入る。

「中学生で孤高っていうのも、どうかと思うけど……」優里が指摘する。

「成績抜群で、スポーツ神経も人並み外れてて……こういうことは言いたくないけど、家庭の事情も複雑だ。変な話、いじめの対象になってもおかしくない」私は言った。

「そういう時に、自分の方からは友だちを作らないっていうパターンはあると思います」梓が話を引き取った。「私の中学校の同級生でも、そういう人がいました。成績は常にトップクラスで、Jリーグのジュニアチームにも入って将来が期待されていたんですけど、結局サッカーはやめて、勉強一本に絞りました」

「で、学校では友だちがいなかった?」

「できるだけ、人と接触しないようにしてたみたいですね。とにかく、誰とも話さないで、授業が終わるとさっさと帰ってましたから」

「その人、今どうしてる?」純粋に興味を惹かれて私は訊ねた。

「東大からハーバード大に留学して、今、向こうで大学院です。専門は分子工学……

って、私には、どういう分野なのかよく分かりませんけど。この前帰国して、同窓会で会ったんですけど、めちゃくちゃ明るくて驚きました。別人かと思いましたよ」

「中学校の時は、自分を抑えていたんだろうな」目立たないように、突出しないように……今の子どもたちは本当に大変だと思う。周りに合わせることが第一で、そのために本来の自分を押し殺さざるを得ない。「自分らしく」という言葉は既に死語だ。

「那奈ちゃんも、そういうことなんだろうな。しかし、先生たちも適当なんじゃないか？　スーパーエリートになる可能性のある人を、上手くフォローできてなかったんだから」那奈の顔を思い浮かべながら、私は指摘した。彼女も、こういう系譜につながりそうなタイプだ。

「まあ、それはともかく……どうする？　学校の方、あなただけで大丈夫？」と優里。

「ああ。とにかく、那奈ちゃんを取り巻く状況について、もっと知りたい。上手くいけば、那奈ちゃんは事件と無関係だっていう証拠が見つかるかもしれない」

「そうね。だったら私も、学校の方を当たってみようかな」

「分かった。二人で行こう。で、那奈ちゃんが特捜に引っ張られた時は、安藤に任せる」

「大丈夫ですかね」梓が不安気に言った。「私たちがフォローするのは被害者家族で、容疑者じゃありませんよ」

「那奈ちゃんは容疑者じゃないでしょう。あくまで被害者家族よ」優里が憤然とした口調で言った。

「……すみません」

梓が素直に頭を下げた。謝ることではないのだが、と私は思ったが、口には出さずにおいた。優里を下手に刺激することはない。

「じゃあ、午後からはそういう風に動こうか。安藤は待機で、いざという時に備えてくれ。何かあったら、すぐに連絡してもらえれば」

「あの……ちょっと聞いたんですけど、芦田係長は、黒川さんの後輩みたいですよ」

「そうなのか？」

「黒川さん、一時捜査三課にいたそうで、その時に……けっこう仲がよかったみたいです。那奈ちゃんの取り調べ、芦田さんに立ち会ってもらう方がいいんじゃないですか？」

「もちろん、それも手だ」私はうなずいた。「遊んでる人間がいたら、係長でも誰でも使ってくれ」

中学校での聞き込みは、簡単なものではない。学校側に正式に申しこんで、生徒たちを紹介してもらうこともできるのだが、それでは話が大袈裟になり、噂も広まるだろう。私は、美波をネタ元に使うことにした。

「大丈夫かしら」優里が心配そうに言った。

「今のところ、唯一こっちの味方になってくれそうな子なんだ」

私は、外から校庭を見やりながら言った。既に授業は終わり、部活——サッカー部の練習が始まっている。校門を出るまで携帯の電源を入れないように指導されているかもしれないと思ったが、思い切って電話をかけてみた。

「はい——」警戒するような口調で美波が電話に出る。

「支援課の村野です」

「ああ……ええと、ちょっと待って下さい」

いきなり声が途切れた。しかし、電話が切れたわけではない——送話口を手で覆って、人がいない場所に走っているのだろう。

「はい」すぐに声が戻ってきた。

「ちょっと協力して欲しいことがあって電話したんだけど……これから会えないか

な？　今、学校の外にいるんだ」

「あの……会わないと駄目ですか？」

「お願いできないかな。協力してもらえると助かる」

「少しなら……でも、私なんか何もできませんよ」

「大丈夫だよ。校門の外で待ってるから」

「じゃあ——はい、行きます」

美波の方で電話を切った。優里が心配そうに私を見やる。

「どう？」

「とりあえずここへ呼び出した。俺が話すよ」

「私の方がいいんじゃない？　村野は中学生の女子の扱い、慣れてる？」

「慣れてないけど、今の君は顔が怖い」

私は両手で頬を押し上げて見せた。怪訝そうな表情で、優里が同じ動作をする。

「そうかな」

「そうだよ」

「じゃあ、しょうがないけど……」

五分後、美波が走ってやって来た。小柄なせいか、ボールが転がるような様子である。息を弾ませながら私たちの前で立ち止まると、慌てて周囲を見回した。誰かに見られるのを恐れるように。

「ごめんね、忙しい時に」私は下手に出た。

「いえ」

「こちらは、俺の同僚の松木優里」

「どうも」優里が低い声で言ってうなずく。この場は私に任せることで納得したようで、それ以上は何も言わなかった。顔はまだ怖い。

「那奈ちゃん、学校に来てるね？」

「ええ」

「どんな様子？」

「それが、いつもと変わらないんです」美波の顔に戸惑いが広がる。「普通に授業を受けてました」

「タフなんだね」

「タフっていうか……うーん、ちょっと分かりません」美波が首を傾げる。

「実は、他の生徒さんにも話を聴いてみたいんだ。誰か、紹介してくれないかな」

「何ですか、それ」美波の顔から血の気が引く。「そんなの嫌ですよ。何だか、友だ

かけないから」

「そういうわけじゃないです。君に紹介してもらったことは明かさないし、絶対に迷惑はかけないから」

「でも……」美波は及び腰だった。

「大丈夫。例えばここで待っていて、知ってる子——同じクラスの子が来たら教えてくれるだけでいいから。その後、君はさっさと逃げればいいよ」

「何か、変なんですけど」美波が軽く抗議する。

「変かもしれないけど、警察はこういうやり方もするんだ」ふと思い出して訊ねる。

「例えばだけど、那奈ちゃんにボーイフレンドはいなかったかな」

「ええ?」美波が嫌そうに言った。オッサンとこんな話はしたくないのかもしれない。

「どうかな」

「いや……ええと、あ、来ます」美波がいきなり言った。

「どの子?」

「あの、ちょっとズボンをずり下げてる子」

「彼がボーイフレンド?」

「違いますよ」

違いますということは、別にボーイフレンドがいるのか……美波が指摘した子はすぐに分かった。今時、まだ制服をあんな風に着こなしている男の子がいるのかと驚く。ネクタイも緩く締めているだけで、短い髪はワックスか何かであちこちをつんつんと逆立てている。生活指導の先生から目をつけられそうだ。

「ちゃんと話をしてくれそうには見えないけど」私は思わず美波に文句を言った。

「大丈夫ですよ」

「どうして」

「那奈とは一年生の時から同じクラスで、よく知ってますから」

「何か、だらしないタイプに見えるけど、大丈夫かな」

「学年二位ですよ」

「成績が？」

「他に何かあります？」私の質問には直接答えず、那奈が後ずさった。「じゃあ……もういいですよね？」

「おっと」私は慌てて言った。「もう一つ、彼の名前を教えてくれ」

「高嶋《たかしま》君です。高嶋陽平《ようへい》……私、もう行きますよ？」

もう引き止める材料もなく、私は慌てて駆け出す美波の姿を見送った。

「強引ね」少し怒ったような口調で優里が言った。

「しょうがないよ。これぐらいしか作戦を思いつかない」

「一課の刑事の勘が錆びてきたかもしれないわね」

「確かに」

私は、陽平を待ち構えた。追い越して行く生徒に声をかけられ、陽平が笑顔で答える。学年二位と言っても、那奈のように「孤高」を保っているタイプではないようだ。もしかしたら、あのだらしない制服の着こなしも、校則違反であろう髪型も、彼なりの「防御」なのかもしれない。わざと不良っぽい格好をして、「ただ勉強だけしてる人間じゃない」とアピールするような……。

陽平は、だらだら歩いて校門に近づいて来た。ほっそりした体型からすると、俊敏なイメージがあるのだが、このだらしない歩き方も演技かもしれない。校門を出たところで、素早く近づいて声をかけた。

「高嶋君？」

陽平が立ち止まり、目を細めてこちらを見る。

「何すか」

「警視庁犯罪被害者支援課の村野と言います。ちょっと話を聴かせてもらえるかな」

「警視庁……何すか」かすかに緊張した様子になる。

「青木那奈さんのこと」

陽平がきゅっと唇を引き結ぶ。喧嘩を売るように睨みつけてきたが、さすがに乱暴な言葉を吐くまでには至らなかった。

「俺、別に何も知らないっすよ」

「知ってるか知らないかは、話して判断させてくれないかな」会話が成立しない感じではないと思いながら、私は言った。

「ただで？」

おいおい――不良っぽい振りをしているだけではなく、本当に不良なのか？　私はちらりと優里の顔を見た。むっつりした表情を浮かべている。

「お茶でも奢《おご》ってもらえないすかね」へらへらした口調で陽平が切り出した。

「下校の時に喫茶店に寄っていいのか？　そういうのは、校則で禁止されてるんじゃないのか？」

「立派な大人が一緒なら、大丈夫っしょ」陽平は依然として軽い調子だった。「いい喫茶店、ありますから」

私は優里と顔を見合わせた。優里は素早く肩をすくめるだけで、判断を放棄したようだった――あなたに任せるから。

「分かった。外ってわけにはいかないだろう。今日は寒いしな」

「寒いっすよ」陽平が大袈裟に、両手を交差させて腕を擦った。「暖かいのがいいっすね」

「奢るからには、ちゃんと話してもらわないと困る」

「それは、話の内容次第っしょ」

軽く言って、陽平が歩き出す。私は急いで後を追った。優里は後ろにつく。

「学校帰りに、喫茶店によく行くのか？」

「まさか。そんな、阿呆たちみたいなことはしませんよ」

「喫茶店でたむろしてる阿呆もいるわけか」

「暇な連中、いるんすよね。俺にはそんな余裕はないけど」

「塾で忙しい？」

「まあね」

最初転がっていた会話が、すぐに途切れてしまう。まあ、話が弾む相手ではないよな、と自分を慰めながら、私は無言で歩いた。

陽平は不忍通りまで出ると、いきなり「ここでいいっすか？」と言って立ち止まった。ここは……初めてこの中学校を訪ねた時に、その脇から入って行ったハンバーガーショップだ。思わず苦笑してしまう。中学生が「いい喫茶店」というと、こういう店になるわけか。

中に入ると、陽平はまっすぐカウンターに向かった。振り向くと、「何か食べていいっすか？」と悪びれもせずに訊ねる。

「ああ……」私は怒るよりも呆れてしまった。肝が据わっているのか世間知らずなのか、どちらなのだろう。

「じゃあ……何にします？　サービスで席まで持って行きますけど」

「じゃあ、コーヒーを二つ」

何だかすっかり主導権を握られてしまったな、と思いながら私は金を払い、優里は席を確保した。この時間、店には小さい子ども連れの主婦が多い。幼稚園や保育園から引き取り、買い物へ行く途中の寄り道ということか……ざわざわとした雰囲気の中で深刻な話はしにくいのだが、この際しょうがない。

「どうも、お待たせでした」

陽平がトレイを持って来た。ホットドッグにオニオンリング、コーヒーが三つ……

と思ったら、彼の分はココアらしい。陽平はさっそく、ホットドッグにかぶりついた。口の端にケチャップとマスタードがつく——大人ぶって振る舞ってはいるが、実際にはただのガキである。怒ったら負けだ、と自分に言い聞かせながら、私はブラックのままコーヒーを飲んだ。陽平はさっさとホットドッグを平らげ、オニオンリングをつまみ始める。さらにゆっくりとココアを飲み、満足そうな笑みを浮かべた。そうすると、いかにも中学生っぽい、幼い表情になる。

「青木のことでしたっけ？」

「ああ」

「青木はねえ、俺にとっては目の上のたん瘤《こぶ》っすね」

「それは……どういう意味だろう」

「こっちがどれだけ必死に頑張っても、絶対に抜けないんだから」

「彼女が、成績がいいという話は聴いてるけど、君も相当なものらしいじゃないか」

「天才と秀才は違うんで」白けたように、陽平が肩をすくめる。

「メジャーリーガーとトリプルA止まりの選手の違いみたいな感じかな」

「はあ？」

「同じ野球選手でも、メジャーとトリプルAではレベルが全然違う。メジャーに上がれないで終わる選手がほとんどなんだ」

「ああ……野球のことは全然分からないっすけど、そんな感じかも」

「彼女、どういう人なんだ？　成績のことはともかく、性格的には」

「壁を作ってます。友だちも少ないし……でも昔、大変だったんでしょう？　だから、とにかく頑張って、他人に頼らないでもやっていけるようにしてるんじゃないすか？　想像だけど、たぶんそんな感じです」

「今は？　あんな事件に巻きこまれて、大変だと思うけど」

「あの……ちょっといいすか？」陽平がいきなり身を屈め、声をひそめる。「警察の人が来たっていうことは、青木、疑われてるんすか？」

「そういうわけじゃない」

「でもあいつ、昔――小学生の時も、父親が殺されてるんでしょう？　そんなこと、二回もないですよね」

「普通はね」

「噂になってますよ……今回は、あいつがやったんじゃないかって」

「そういう噂は、どこで流れてるんだ？」私は声を尖らせた。

「それは――」言いかけ、陽平が口ごもった。すぐに「いろいろ」と言ったが、声は一段小さくなっている。

「無責任な噂は吹聴《ふいちょう》しない方がいい。そういう事実はまったくないから」

「今のところ、でしょう?」陽平が反論した。「警察から話を聴かれたって聞きましたけど」

「被害者の娘さんだから、話を聴くのは当然だ」

「いやあ……でも、あいつ、何考えてるか分からないから」陽平が、大量に取ってきた紙ナプキンを乱暴に掴んで指を拭った。「親を殺してもおかしくないっすね」

「どうしてそう思う?」

「ああいう暗い奴って、何かストレスを抱えこんじゃうんじゃないですか?」

私は、次第に募る怒りを何とか押し潰した。こういう人間が一番危険なのだ。先入観から勝手に仮説を組み立て、それを平然と人に話してしまう。そうやって、無責任な噂が広がっていくのだ。

「そういう話――過去のことを直接彼女と話したことがあるのか?」

「いや、別に……あいつ、壁を作ってるから。人と話そうとしないんで」

「二次被害っていう言葉があるんだけど、知ってるか?」

「はあ」陽平が、気の抜けたような声を出した。

「犯罪被害者やその家族は、まず犯罪そのものの衝撃でショックを受ける。それだけならまだしも、無責任な噂に苦しめられることもあるんだ。噂する方は、楽しいよな？　人の悪口や噂話は、ストレス解消に最高だ。でも、そういう無責任な態度が、被害者家族を苦しめることがある。直接話したならともかく、無責任に人の噂に乗るな！」

陽平の顔が蒼くなる。しまった……やってしまった、と私は一瞬後悔した。

しかし、彼が受けた衝撃は取り消せない。

6

「ヘマしたわね」

陽平が慌てふためき、逃げるように店から出て行った後、優里が淡々と言った。

「面目ない」私は両手を腿の間に挟みこみ、うなだれた。先生に叱られた小学生のような気分だった。

「中学生相手に、あれはないわよ。大人とは違うんだから」呆れたように優里が続ける。「もっと噛んで含めるように言わないと。いくら頭がいい子でも、あれじゃ混乱するわ。脅されたと思ってるんじゃない？」

「まったく……」言葉が続かない。「いいネタ元になったかもしれない人間を逃したな」

「それより、後で問題になるかもね」優里が深刻な表情を浮かべる。「あの子が親に喋って、親から学校に話がいって……抗議がくるかもしれないわよ」

「そうなったら、ひたすら謝るだけだ」

「何よりむかつくのは」優里が立ち上がり、先ほどまで陽平が座っていた席に腰を下ろした。正面から私の目を覗きこみ、低い声で告げる。「私に文句を言わせなかったこと。ああいうふざけた子には、しっかりした教育が必要だわ」

私は顔を背け、ふっと息を吐いた。彼女もやはり怒っていたのだと思うと、やけにほっとする。自分たちの感覚は同じ方を向いているのだ。

「でも、二人揃って怒鳴りあげたら、ただのいじめだから」

「そうだな」

「とにかく、終わったことはしょうがないでしょう」

「ろくに情報も取れなかったけどな……刑事失格だね」

「今は刑事じゃないでしょう」

「とにかく、やっぱり那奈ちゃんが孤立しているのは分かったわけだ」

「孤立じゃなくて、孤高」優里が言い直す。「人とのつき合いを断つことを自分で選んでいるんだから。いじめとかとは違うわね」

「ああ……ちょっと待ってくれ」

私は背広の内ポケットからスマートフォンを抜いた。梓からだ……立ち上がり、「ダブルＡだ」と優里に声をかけて店から出る。途端に冷たく乾いた風に体を叩かれ、思わず背筋が丸まってしまった。昼間でもコートなしではきつい季節——冬は間近い。

「失礼」スマートフォンを耳に押し当て、まず謝る。

「いえ——あの、すみませんでした！」梓がいきなり、大声で謝る。面と向かっていたら土下座していたのではないかと思えるほどの勢いだった。

「はあ？」私は思わずスマートフォンを持ち直した。「何があったんだ？」

「あの、取り調べを……ぶち壊してしまいました」

「ちょっと待て。どういうことだ？」

私はちらりと店内を見た。大きな窓ガラス越しに優里の顔が見える。彼女はどこかぼんやりした様子でコーヒーを飲んでいたが、私の顔を見た瞬間、カップを持ったまま立ち上がった。そのまま、トレイを片づけもせずに外へ出て来る。私は送話口を手で押さえて、「ダブルAが何かやらかしたらしい」と言った。優里が厳しい表情でうなずき、店内に戻る。トレイを片づけ、私のバッグとコートを手に、すぐに戻って来た。私はバッグを肩にかけ、コートは空いた右手に持って、電話に戻った。

「ぶち壊すっていうのは、穏やかじゃないな。だいたい、芦田さんが立ち会うんじゃなかったのか？」

「芦田係長も同席したんです。二人でいた方がいいだろうって、芦田係長が言って……」

「それで？」

「黒川さんが、最初から犯人扱いしたんです。問題の、空白の一時間があるじゃないですか。そこを突っこんで、厳しく聴き始めて。私、思わず『やめて下さい！』って……」

「それは……やっちまったな」私は声を潜めた。「だけど黒川さん、そんなにひどい状態だったのか？」

「もう、完全に疑ってかかってましたから。何か、新しい証拠を摑んだのかもしれません。だから自信満々だったのかも」

「で、取り調べは中止に？」

「ええ」

「参ったな……」今日の支援課は失態続きだ。梓然り、私も然り。本橋が報告を受けて頭を抱える様が脳裏に浮かぶ。「でも、やってしまったことは仕方がない。今、どこにいるんだ？」

「本郷署で反省文を書いてます」

「反省文？」

「冗談です」一転して、梓がやけに明るい声で言った。「とにかく、署で待機中です。今は芦田係長が那奈ちゃんにつき添っています」

「冗談言うぐらいの余裕があるなら、大丈夫だろう。状況を見極めてから、本部で会おうか。特捜は、まだ取り調べを続ける予定なのかな？」

「それはちょっと分かりません」

電話を切った直後、私は嫌な予感に襲われた。梓は何とか失敗のショックを乗り越えているようだが、事態は非常にまずい方向へ動いている。特捜の方で、支援課を排除する言い訳を与えてしまったのではないかと私は恐れた。

優里に事情を説明すると、溜息をつきながら額を揉み始めた。

「あの娘《こ》、そういうキャラだった？」

「違う……少なくとも、俺が知ってるダブルAは、暴走キャラじゃない」

「あなたの性格が移ったんじゃない？」

「君じゃないかな」

「どっちにしろ、私たちはあまりいいお手本になっていないっていうことね」

「全員、反省が必要だな……とにかく、一度本部に戻ろう」

「敷居が高いわね」

まさか、とつぶやいたものの、私は支援課のドアが重たい鉄の扉に交換されている様子をつい妄想した。そして、私たちの手には鍵がない。

支援課に戻ると、梓たちも一足先に引き上げていた。芦田は、バツが悪そうな表情を浮かべている。梓は、先ほど冗談を言った余裕はどこへやら、むっつりと黙りこんでいた。芦田が私の腕を引っ張り、部屋の片隅に引っ張って行く。

「悪かったな、抑えきれなかった」心底申し訳なさそうだった。

「安藤がブチ切れるなんて、よほどのことがあったからでしょう」

「確かに、黒川さんの態度はよくなかったよ。未成年を調べるやり方としては失格だ。たぶん、今後の取り調べからは外される。そもそも特捜なんだから、本部の捜査一課の刑事が取り調べを担当するのが筋なんだ」芦田がまくしたてる。

「黒川さんにとっては、自分の事件なんでしょうけどねえ」

「縄張り意識が強過ぎるのも問題なんだけどな……黒川さんも定年が近いから、最後にもう一花と思ってるのかもしれない」

「それは分かりますけど、今回はいろいろ上手くいきませんね」

「いや、まったく面目ない」

芦田が頭を掻いた。いい人なんだな……私はうなずいて苦笑を隠した。

課長室のドアが開き、本橋が顔を出した。やはり、渋い表情を浮かべている。能面のようとは言わないが、あまり感情を表に出さない本橋にすれば珍しい。私を見つけると、手招きした。これは叱責だな、と覚悟しながら部屋に入る。やり取りを聞かれないようにと、後ろ手にそっとドアを閉めた。

「まずい状況ですね」

「申し訳ありません」私はすぐに頭を下げた。こういう時は、言い訳よりも謝罪だ。

「どうもこの件については、全員感情的になっている……松木警部補の苛々が乗り移りましたか？」

「そうかもしれません。デリケートな事件ですし」

「ところであなた、中学生を怒鳴りつけたそうですね」本橋がデスクを周りこみ、ゆっくりと椅子に腰を下ろした。

「……もう伝わってましたか」私は耳が赤くなるのを意識した。

「学校から抗議がきましたよ。正式な謝罪も検討すべきかもしれません」

「冗談じゃない。礼儀を知らない中学生に、ちょっと常識を叩きこんでやっただけです」

「そういう乱暴なのは、あなたのやり方じゃないでしょう」本橋が溜息をつき、鼻梁《びりよう》を揉む。

「そうなんですけど、今回はどうしても我慢できなかったんです。気をつけないと、那奈ちゃんに関する変な噂が回ってしまいます。それを防ぐのも、支援課の仕事じゃないんですか？」

「とはいえ、特捜の方はそうは考えていない……容疑者扱いですからね」

「ろくに材料もないのに、ひどくないですか？」私はまた怒りがこみ上げてくるのを感じた。どうして誰も彼もが寄ってたかって、那奈を悪者にしようとしているのだろう。

「とにかく、これから捜査一課の理事官が来ます。情報のすり合わせと……抗議のためですね」

「誰ですか？」

「福山《ふくやま》理事官」

苦手なタイプだ、と私は思わず顔をしかめた。よく言えば冷静な官僚タイプ――悪く言えば、まったく表情を変えずに後ろからばっさりと切りつけるようなタイプである。黒川のようにすぐ熱くなる人間の方が、まだ御《ぎょ》しやすい。

「一応、向こうの話を聞いてから対応を決めますが、こちらとしては手を引かざるを得ないかもしれません」

「しかし、奥さん――直美さんのこともあるんですよ」

「奥さんと娘さんのことは別問題です。奥さんに対するフォローはこれからが本番ですが、娘さんのことは……最悪の事態も想定しなければいけないかもしれません」

「ああ……」想像したくもないことだった。もしも娘が父親――自分の夫を殺したとしたら、直美は正気ではいられないだろう。

「とにかく、大人しく向こうの話を聞いてから判断しましょう――ああ、来ましたね」

本橋が立ち上がり、先に課長室を出た。丁寧に頭を下げ——向こうの方が階級も下なのに——福山を出迎える。福山はもう一人、中年の刑事を伴っていた。

ああ、やっぱりやりにくそうな相手だ……私が捜査一課にいた頃の管理官の一人が福山である。一緒に仕事をしたことはないが、彼が統括していた班は、いつもやけにぴりぴりしていたのを思い出す。決して声を荒らげるわけでもないのに、発する雰囲気だけでスタッフを締め上げてしまうのだ。「あの人は蛇だから」と誰かが言っていたのを思い出す。改めて顔を見てみると、確かにちろちろと舌を出す蛇の姿が頭に浮かんだ。その目は黒いガラス玉のようで——。

本橋は、福山を部屋の隅にある打ち合わせ用のスペースに導いた。本橋は、先に福山を座らせると戻って来て、「あなたも同席して下さい」と言った。

「いないとまずいですか?」

「もちろん。それと安藤君、君もです」

指名されて、梓が弾かれたように立ち上がる。それまでぼうっとした表情を浮かべていたのだが、急に恐怖で顔が引《ひ》き攣《つ》った。おそらく、今までの警察官人生で、そんなに大きなミスはなかったのだろう。もしかしたらこれが、初めての壁になるかもしれない。

六人がけのテーブルの片方に、福山ともう一人の刑事が座った。本橋は向かい側の一番奥。真ん中に私、手前の席に梓。梓は緊張しきって、椅子に浅く腰かけていた。

「まず、安藤巡査」

福山が、書類に視線を落としたまま、消え入りそうな声で言った。

「はい」梓がやけに元気のいい声で返事をして、背筋をぴんと伸ばす。小柄な体を精一杯大きく見せようとしているようだった。

「本郷署における特捜本部事件で、黒川警部の取り調べを妨害した、と報告を受けている」

「別に、妨害では……」

梓が反論しかけたが、福山の厳しい視線に射抜かれ、黙りこんでしまう。しまった、と私は悔いた。事前に打ち合わせする時間があれば、「言い訳せずに謝っておく」という原則を徹底できたのに。

「とにかく、取り調べが混乱してストップしたのは間違いない。それと村野警部補」

「はい」いきなり話を振られ、私はかすれた声で答えた。

「中学生を摑まえて脅したそうだが」

「それは向こうの解釈です」本当はただ頭を下げておくべきだと思いながら、私も思わず反論してしまった。

「解釈？」

「私は大人として、警察官として、忠告しただけです。被害者家族を傷つけるような彼の発言が、噂として広まってしまうと困るので」

「中学生相手に、そういう理屈は通用しない。向こうは脅されたと感じている。それだけで十分問題だ」

「……分かりました」

「申し訳ないが、支援課はこの件から手を引いていただけませんか、課長」

「いや、それは……動いている事件ですから。これからどういう支援が必要になるか、分かりません」腰が引けながらも、本橋が反論した。

「どういう状況か分かりませんが、今のところ、支援課は特捜の邪魔をしているとしか言いようがない」

「まさか。同じ警視庁の中で、邪魔はないでしょう」

「実質的に、邪魔になっているんだ」福山がぴしりと言葉を叩きつける。相変わらず小声なのに、何故か空気が震えるようだった。「というわけで、本橋課長、支援課は当面この一件から手を引いて下さい。実際に被害者支援が必要な状況になったら、改めて出動をお願いします。これは捜査一課長の意向でもありますので」

「……分かりました」

本橋がすっと頭を下げる。私からすればもっと抵抗してもらいたいのだが、彼には彼なりの計算もあるのだろう。前に出るべき時と引くべき時はわきまえているはずだ。

「では、今後はこちらから改めてお願いするまで、この件にはノータッチということで」

福山が立ち上がる。もう一人の刑事は、結局一言も喋らなかった。福山は、私と梓を順番に一瞥《いちべつ》してから、さっさと部屋を出て行った。私は頰を膨らませて息を吐き、両足を前に伸ばして、顔を手で擦った。

「すみません……」事の重大性に改めて気づいたのか、梓が蒼い顔で謝った。

「俺もミスしてるから……しょうがないな」私も認めざるを得なかった。

「しょうがない、の一言で片づけられたら困ります」本橋が厳しい口調で言った。「ミスはミス。その事実は嚙み締めて下さい」

無言。本橋は腕組みをし、渋い表情を浮かべている。果たして本当に手を引くつもりなのか……支援課は、他の捜査担当の課からは疎んじられることが多い。露骨に邪魔者扱いされることも珍しくなかった。ただし、今回のように「手を引け」と言われたのは初めてではないだろうか。これは、まだキャリアの途上にある本橋にとっても、大きなマイナスポイントになる。

「どうしますか、課長」

「捜査一課長の正式な意向なら、手を引かざるを得ないでしょうね」

「それで、泣きつかれたら、またのこのこ出ていくんですか？　それまでの状況も全然分からないままに？　それじゃまずいですよ。少なくとも情報収集ぐらいはしておかないと」

「私の口から、そうしろとは言えませんね」

本橋が立ち上がる。彼を通すために、私と梓も立ち上がった。本橋が、私の顔をちらりと見る。

「支援課として、正式には何もできません。ただし今、本郷署の特捜を除いては、うちは暇ですね」

「ええ……」

「暇な時にスタッフが何をやっているかまで、私は一々チェックできません」

放任、勝手に情報を集めろということか。それがばれたら、今度はどう責任を取るつもりだろう。

「はい、ああ、ちょっと待って」

突然、優里の甲高い声が響いた。慌てて彼女の方に歩み寄ると、スピーカーフォンをオンにする。彼女は受話器を耳に当てたままだ。

「ごめんね……どうかしましたか？」優里の口調は必死だった。

「急に電話してすみません」

那奈。私は殴られたような衝撃を受けた。これまでずっと「大丈夫」と言っていた彼女が、支援課に電話してくるとは……何かが起きたのだと私は覚悟した。

7

私たちは即座に青木家に駆けつけた。那奈は優里当てに電話をかけてきたから、彼女が出向くのは当然として、私も黙ってはいられなかった。福山が知ったら激怒するかもしれないが、これは「状況が変わった」のだ。那奈から直接「相談がある」と言われたら、出向かざるを得ない。
夕方——既に陽は暮れているが、青木家には灯りが灯っていない——いや、例によって、すべての窓の雨戸が閉まっているのだ。私が玄関をパスして勝手口に向かおうとしたので、優里が怪訝そうに声をかけた。

「インタフォン、鳴らさないでいいの？」

「玄関からは出て来ないよ。この前来た時も、勝手口に回るように言われたんだ。玄関に来るには、現場を通らないといけないだろう？」

「ああ……それはまだきついでしょうね」

勝手口に回り、ドアをノックする。三十秒ほどして、那奈がドアを開けた。まだ制服姿で、顔色は暗い。

「すみません。お忙しい時に」

「私たちは大丈夫よ」声を弾ませながら、優里が応じた。ようやく役に立った、とでも思っているのかもしれない。この案件では、彼女は実力の半分も発揮できていないままなのだ。

「ママ――母が……」

那奈がドアを大きく開けたので、優里が先に、私が後から家の中に入る。ストレージルームは、この前来た時と同じように、徹底して整理されていた。那奈はその場を動こうとしない――私たちをここから先へ入れる気はないようだった。

「直美さん、どうしたの？」優里が訊ねる。

「はい、調子が悪くて……」

「体調が？」

「救急車を呼ぼうと思ったんですけど、呼べないんです」

「どうして」優里の血相が変わった。「救急車を呼ばないといけないほど大変なことなんでしょう？　命にかかわるかもしれないわよ」

「救急車を呼ぶと、近所の人に迷惑をかけるじゃないですか」

「そんな――迷惑とか、そういうことを言ってる場合じゃないわ」優里が強い口調で言った。「緊急時なんだから。お母さんを守ることが大事なんでしょう？」

「でも……おばあちゃんが」

珍しく、那奈が言い淀む。それで私にはピンときた。

「おばあさん――節子さんが、救急車を呼ぶなと言ったんだね？」

那奈が無言でうなずく。体面を気にしているのかもしれないが、それは大きな間違いだ。

「救急車を呼べないから、私のところに電話してきた。そうね？」優里が念押しする。

「車はあるんです。でも、運転できる人がいないから」

「分かった。じゃあ、俺が運転する」

那奈がこっくりとうなずく。ほっとした表情を浮かべていた。

「お母さん、二階にいるの？」優里が那奈に訊ねる。

「はい」

「男手があった方がいいんじゃないかしら」ちらりと私の顔を見る。

「まず、車を回しておくから」玄関から出るのには抵抗があるだろう。狭い路地を回って勝手口につけるのは、けっこう面倒だが、この際仕方がない。「車のキーは？」

「玄関にあります」那奈の顔がまた蒼褪める。「あの、花瓶が置いてある棚の上に」

「分かった。俺が車を回す。松木はとりあえず、直美さんの様子を確認して」

「了解」

那奈が優里を誘《いざな》って二階へ上がる。見送ってから玄関に向かった。リビングルームのドアを開けると、確かにそこがすぐ作業場になっていた。十二畳ほどだろうか、一見、整然としている。リビングルームと通じるドアの横に、かなり大きめの――たぶん既製品ではない――デスク。そこにパソコンのモニターが二台載っている。椅子も二つあったが、気分で座る場所を変えて仕事をしていたのだろうか。巨大な本棚、座り心地の良さそうなソファが二脚、大きめの液晶テレビは床に直に置かれている。青木がデスクについて作業している姿は容易に想像できる……が、やはり事件の傷跡はあった。デスクとモニターが茶色い飛沫で汚れ、床にも黒くなった血痕が残っている。これを掃除するのは警察の仕事ではないとはいえ、後々のことを考えると面倒だろう。

詳しく調べてみたいという欲求に駆られたが、今はそれどころではない。私は作業場を通り抜けて玄関に向かい、花瓶が載った棚の上に置いてあったキーホルダーを取り上げた。小さなリモコンのキーは、ガレージのシャッターを開けるためのものだろう。車のキーにはスリー・ポインテッド・スターがついている……愛車はベンツか。やはり、ビジネスは順調だったようだ。

階段の方からどたどたと音がした。不揃いの足音……慌てて見に行くと、那奈と優里が両脇から直美を支え、下りてくるところだった。狭い階段なのに危ない——そう思った次の瞬間、私は直美の瘦せ細った姿に気づいてぎょっとした。事件発生からわずか一週間ほどで、数キロは瘦せてしまっただろう。頰はこけ、足取りも危うい。

ようやく階段を下り切ると、優里が額を手の甲で拭った。重いというより、気を遣って汗をかいたのだろう。その後から節子が下りてくる。優里と那奈は、直美を何とかソファに座らせた。パジャマ姿でカーディガンを羽織っているが、寒そうに体を丸めている。リビングルームには、既にエアコンが入っているのに。

「私、病院の用意をしてきます」言い残して、那奈が階段を軽やかに駆け上がった。

「ちょっと待ってくれ」

私はキーを握って勝手口に走った。玄関の方へ回り、ガレージの物らしいリモコンキーのスウィッチを押す。当たり——すぐにシャッターが上がり始めた。半分ほど開いたところで、身を屈めて中に潜りこむ。ガレージに収まっているのは、最新型のベンツのEクラスだった。こういう車を運転する時には神経を遣う……エンジンを始動させ、慎重にアクセルを踏んだ。外へ出たところで、ガレージのリモコンを押し、シャッターを閉める。それから、細い路地で何とか切り返し、最後の数メートルはバックで走って勝手口の前につけた。すぐにドアが開き、優里と那奈に支えられた直美が出て来る。那奈は、右肩に巨大なトートバッグをぶら下げていた。入院用に着替え一式を用意したのだろう。何と気の回る子なのか。

私はすぐに外へ飛び出して、後部座席のドアを開けた。二人に手を貸して直美を座らせると、すぐに那奈が車の後ろを回りこんで、隣のシートに滑りこむ。優里は助手席へ座り、私が運転席のドアを閉めた時には、スマートフォンで検索を始めていた。

「どこへ行く？」

「文京中央病院が一番近いわね。電話してみるから、とりあえずそっちへ向かってくれる？」

「了解」とは言ったものの、ナビの使い方がよく分からない。記憶に頼って、不忍通りから春日通りに出ることにした。おそらく、東大の裏を回って狭い道を行った方が近いのだろうが、迷う可能性が高い。

広い不忍通りに出てから、ようやくアクセルを思い切り踏みこんだ。優里は病院との通話を終え、「向こうは待ってくれてるわ」と小声で言った。

となれば、後は急ぐのみ……夕方で道路はひどく渋滞していたが、私は時に強引に割りこみ、車線変更を繰り返して、何とか先を急いだ。次第に掌に汗をかいてきて、ハンドルが滑る。額も濡れ始めた。手の甲で拭ったのを見て、優里がエアコンの設定温度を下げる。一息ついて、私はバックミラーを覗きこんだ。直美は目を閉じ、シートにぐったりと身を預けている。那奈はその手を握り、心配そうな表情を浮かべていた。直美の状態を優里に聴こうとしたが、那奈を心配させることになるかもしれないので、口をつぐまざるを得ない。後は病院に任せるしかないのだが……。

ようやく病院に着いた時には、何時間も経ってしまったように思えた。救急入り口の方へ車を回すと、既に看護師たちが待機しているのが見えた。これで一安心……私は思い切りサイドブレーキを引き、ドアを開けて飛び出した。後部座席のドアを開け、看護師たちが作業しやすいように押さえてやる。三人がかりで直美を外へ出してストレッチャーに乗せ、毛布をかけて急いで病院の中へ——那奈が走ってその後を追った。

私は大きく息を吐き、ベンチに体を預けた。全身、汗をかいている。コートを脱ぐと寒風がスーツの隙間を通り抜け、急にひやりとした。

「たぶん、寝不足と過労じゃないかな」優里がぽつりと言った。

「ずっと寝てたのに？」

「ただベッドに横になっているのと眠るのとでは、全然違うでしょう？」

「そうか……支援センターに相談した方がいいかもしれないな」

「ストレスが溜まっているのは間違いないから、長池先生に会ってもらうべきね」

「今日は……さすがに無理か」私は腕時計を覗いた。既に午後六時を回っている。長池玲子の携帯の番号は知っているが、支援課が直接出動を依頼するのは筋違いだ。この辺、もどかしくもあるのだが、一応支援課と支援センターは別組織なのだから、仕方がない。

「明日、私の方から連絡しておくわ。今は、直美さんの病状を確認しておかないと」

「ああ……先に行っておいてくれないか？　俺は車を移動しておくから」

面会時間が午後八時までなので、病院に隣接する見舞客用の駐車場も空いている。

私は建物の中に消える優里を見送ってから、車に乗りこんだ。ふと、低い音で音楽が流れているのに気づく。家からここまで運転してくる間は、緊張し過ぎて気づきもしなかったのだ。曲は何と、「ヘルズ・ベルズ」。ハードロックには興味も馴染みもない私だが、この曲だけはよく知っている。パドレスなどで通算六百一セーブを挙げた稀代のクローザー、トレバー・ホフマンの「出囃子《でばやし》」なのだ。この曲が流れると敵チームは敗戦を覚悟する――こういう曲が、青木の趣味だったのか。

ボリュームを下げて、車を駐車場に回した。高級車を運転しているのだと改めて意識し、バックで駐車スペースに入れる時に、やけに緊張してしまう。無事に収まってほっと一息つき、外へ出てまたコートを着こんだ。

建物に入り、一階の待合室で優里と落ち合う。昼間ほど混み合っているわけではないが、見舞客の姿がちらほらと見受けられた。

「那奈ちゃんは？」

「処置室につき添ってるわ」

「喉、渇かないか？」

「少しね」

私は、待合室の片隅にある自動販売機で、ミネラルウォーターを二本買ってきた。一本を優里に手渡し、私は立ったままキャップを捻り取って、一気に半分ほど飲んだ。人心地ついたところでベンチに腰を下ろし、肘を膝に乗せる格好で少し前屈みになる。

「那奈ちゃん、相当切羽つまってたみたいね」優里がぽつりと言った。

「俺たちに頼ってくるぐらいだから、間違いないな。しかし、節子さんもひどい。やっぱり、救急車は呼ぶべきだった。結局、一時間ぐらいロスしてるんじゃないか？」

「そうね……気持ちは分からないでもないけど。近所の人も色眼鏡で見るわよ」

「これが二次被害のきっかけになるかもしれない」

「そうね」優里が溜息をつき、ペットボトルを開けた。口元に持って行こうとして躊躇い、結局飲まなかった。「出遅れた感じがするわ」

「今回は……調子が出ないな」

「私のせいだと思う」

優里も自覚はあるわけか。彼女は非常に厳しく自分を律することができる女性である。その彼女からして、今回は感情の奔流に踊らされた。被害者家族の感情に向き合うためには、自らの感情を完全に殺すか、一々同調して感情移入するしかない。優里はずっと前者の方法論を取っていたはずだが、今回ばかりは勝手が違ったわけだ。

　三十分ほど待たされた後、那奈が待合室にやって来た。疲れた表情だが顔つきは明るい。私は立ち上がって彼女を迎え、ベンチに座るよう、手招きした。那奈が優里の横に腰かけ、ぴしりと膝を閉じる。背筋も伸びたままで、気持ちはまったく折れていないようだった。

「お母さん、どうだった？」優里が訊ねる。

「過労と貧血です。ベッドからいきなり落ちたんでびっくりしたんですけど、大したことはありません。今夜は念のために病院に泊まります」

「大したことがなくてよかったわね」優里が吐息を吐く。彼女の方が、よほど安心している様子だった。「あなたは、今夜はどうするの？」

「私も泊まります」

「無理しない方がいいわよ。病院にいれば直美さんは安心だし、あなたはここだと疲れちゃうでしょう」

「泊まります」那奈の強情な一面がまた顔を出した。「泊まる準備もしています。病院の方にも許可をもらいました」

「無理しないで欲しいの……でも、あなたにそんなことを言っても無駄ね」

「はい、無駄です」

那奈があっさり認めたので、私は思わず苦笑してしまった。しかしその場の雰囲気は和まない。那奈は両手をきつく握り合わせ、そこに視線を落としていた。何か言いたいことがある……とすぐに分かった。

「那奈ちゃん、今回の件が起きてから、あまりちゃんと話してないわね」

「はい」那奈は顔を上げようとしない。優里から逃れようとしているようにも見えた。

「心配なこと……言いたいことがあるなら、話してもらっていいのよ。そのために私たちがいるんだから」

「ええと……」

那奈がのろのろと顔を上げる。横を向いたが、優里を通り越して私の顔を見ているようだった。どうも優里を避けているような……理由は分からない。優里が、那奈と信頼関係を築けていないとは思えないのだ。もちろん、しばらく会わなかったから空白は空いているのだが、それで信頼関係が揺らぐとは思えない。だいたい、こんな事件が起きる前までは、家族関係は上手くいっていたはずだ——父親との関係は分からないが。いずれにせよ、那奈が優里に恨みを持つような要素は考えられない。

「私、疑われているんですか」

私も優里も言葉を失った。そう、疑われている。特捜本部は、二度にわたって彼女を取り調べたのだ。しかし彼女の疑問に「そうだ」と答えることはできない。

「警察は、どんな些細なことでも徹底して調べるんだ」私は教科書通りの答えを口にした。「気分を悪くすることがあるかもしれないけど、それは分かって欲しい」

「私が犯人みたいに言われたんですけど」かすかに抗議するような口調。

「分かっていることは、正直に話してもらえればいい」アリバイを証明すればいいのだ——そう思ったが、口には出せない。那奈は間違いなく被害者家族だが、特捜は容疑者とみなしている。ここで私が余計なことを言えば、また特捜の邪魔をしてしまうことになるのだ。

「全部話してます」

「特捜が納得していないだけだ」

まずいな……このまま話し続けると、「容疑者に知恵をつけた悪い警官」になってしまう。

優里が突然声を上げた。

「何があっても、私たちが――私があなたを守るから。私には、あなたを守る責任があるのよ」

「そんな」

「八年前の事件……私は、あなたをちゃんと守れたかどうか分からないわ」

「ちゃんとやってくれたじゃないですか」那奈の声はどこかよそよそしかった。

「……あまりよく覚えてないけど」

「不十分だったと思うから、今は罪滅ぼしの意味も含めて、那奈ちゃんを守りたいの」

「大丈夫です」

「困ったことがあったら、何でも相談してもらっていいから。今日みたいに、遠慮しないで」

「あ、あの……」那奈がいきなり立ち上がる。「どうもありがとうございました。ご迷惑をおかけしました。今後は、こういうことがないように気をつけますから」

「那奈ちゃん……」優里が眉をひそめる。「そんな、他人行儀な……」

「家族の問題なんで」那奈がさっと頭を下げる。「ごめんなさい」

そう言うと、逃げるように去って行った。優里がゆっくりと立ち上がり、那奈の背中を見送る。私も立って、彼女の肩越しに那奈を見た。ほぼ全速力――那奈は足が速いのだ、と思い出す。

「何にもできないわね」優里が溜息をつく。

「気にするなよ。こういうこともあるさ」

「嫌な予感がするのよ」

優里の声が揺らいだ。泣いている？　私は動揺した。彼女が泣く場面など見たことがないし、想像すらできない。

「松木は、いつも通りにやればいいんじゃないか？」

「それができたら苦労はしないわ」優里の肩が上下する。「でも、いつもと同じことは同じよ……私は那奈ちゃんを絶対に守る。彼女を犯人扱いさせない」

それを感情的というのだが……こんなのは優里らしくない。

一歩引いて事態を見なければ、と私は自分に言い聞かせた。

第三部　影

1

感情的になっている優里をさらに逆撫でするような出来事が起きた。

結局病院に二泊した直美は木曜日に自宅に戻ったのだが、まさにその直前、特捜本部が青木家の家宅捜索を強行したのだ。本橋はこの一件で一番客観的な――要するに興味がない――長住を家に向かわせ、逐次《ちくじ》状況を報告させた。「手を引く」ように言われていたのだが、それを無視した強硬策である。本橋にしても、特捜はやり過ぎだと感じたのだろう。

特捜本部は、那奈の部屋を重点的に捜索した。しかしあくまで任意ということで、立ち会った那奈はパソコンの提出を拒否した。長住曰く、「ちょっと異常なぐらい頑固」に。

「冗談じゃないわ」優里が怒りを爆発させる。「中学生の女の子がいきなり部屋をひっくり返されて、まともな精神状態でいられると思う?」

「それは、当然嫌だろうけど」私は思わず引いた。こんなに激するのは優里らしくない。

「あなた、平気なの？　中学生に対する……という問題だけじゃなくて、これは人権侵害よ」

それは言い過ぎだ――反論しようと思ったが、優里の鋭い視線に射抜かれて、言葉が出なくなってしまう。

優里が椅子を蹴るように立ち上がり、課長室に突入する。私は慌てて後を追った。

「――ですから、正式に抗議しないと駄目です」ドアを開け放したまま、優里が激しくまくしたてている。

「しかしですね、これはあくまで捜査なんですよ。特捜本部のやり方に、支援課は口出しできません」本橋が渋い表情で言った。

「何かあってからでは遅いんですよ？　いくら強いといっても、那奈ちゃんは中学生なんです。明確な容疑もないのに、こんな無理な捜査の対象になったら、トラウマになりかねません」

「支援課としては手の出しようがありません。状況を見守るだけで精一杯です」

「課長も、結局支援課の仕事を理解しておられないんですか？」優里の声が一段低くなる。

「松木」私は課長室に足を踏み入れ、思わず口を挟んだ。「言い過ぎだ」

「村野、私たちの仕事って何？」優里が振り返る。無表情なのが、かえって怒りの深さを表しているようだった。「被害者と被害者家族を守ることでしょう？　そのためには、警視庁の内部と戦うこともあるはずよ」

「そうかもしれないけど……」

「特捜の邪魔をするのは筋違いです」本橋が冷静に言い放つ。

「しかし——」優里が食い下がった。

「一つだけ、特捜から青木那奈さんを解放する手がありますよ」

「何ですか？」

「犯人を捕まえることです」

「それは……それこそ筋違いなんじゃないですか？　うちは、捜査する部署じゃありませんよ」今度は優里が一気に引いた。

「それをあなたに言われたくありませんねえ」腹の上に手を乗せ、本橋が困ったような口調で言った。次いで、私に視線を向ける。「私の仕事は、あなたたちが暴走した時の後始末だと思いますが……いや、そういうのは支援課の課長の仕事ではないんですが、そうせざるを得なかったことが、今まで何度もありましたよね」

耳が熱くなるのを意識しながら、私は咳払いした。本橋の言葉は、すべて真実なのだ。散々暴走して迷惑をかけてきたのは、まさに私である。

「まあ、慣れるものですよ」本橋が諦めたように言った。「ここの課長になってから、私は頭を下げることを何とも思わなくなりました。それで、非常に不思議なんですが……どうして今回は、手をこまねいているんですか？　あなたたちは——特に松木警部補は、以前から青木さんご夫妻とは顔見知りでしょう？　そういう点で、特捜本部よりも一段深く事情が分かるはずですよね。怒っている暇があったら、本筋を掘り下げるべきです」

「課長、そういうけしかけは……どうなんですか？」私は思わず訊ねた。

「あなたに言われたくないですね」本橋は真剣だった。「何をのろのろしているんですか？　このままだと、特捜本部はさらにきつく那奈さんに当たりますよ」

「ええ」私は顎を引いて気持ちを引き締めた。

「それと、奥さんの方はどうなんですか？」

「依然として、調子は悪いです。今日、病院から家に戻りましたけど……」

「そういうことじゃありません」本橋が苛ついた口調で否定する。「直美さんは、容疑者から外していいのか、という意味です」

「あり得ません」私は強い口調で否定した。「犯行時刻に、確実なアリバイがあるんですよ。区立図書館で仕事をしていたんですから、事件を起こしようがない」

「彼女自身が手を下さなくても、誰かを使った可能性もあるでしょう」

「殺し屋ですか？　そんな、三文小説みたいな話……」

「殺し屋とは言いませんが、誰かと共謀した――例えば男の可能性は？」

「それもあり得ません」優里が低い声で否定する。「直美さんは、そういう人ではありません」

「それは単なる先入観ではないですか？」本橋が指摘した。「何でも調べてみるのが刑事の基本でしょう」

確かに……私たちはあくまで、青木一家を「被害者家族」と見ていた。しかし実際にあの家に何があったのかは知らない。現段階では頭の中を白紙にしておくべきだ、と強く意識する。

「だったら、すぐに捜査を始めます」優里が硬い口調で宣言する。

「それで結構です」

本橋がうなずくと、優里が一礼して踵を返した。私は少し身を引いた。横をすり抜ける優里から発散される、強烈な怒り……私は咳払いしてから、本橋のデスクに歩み寄った。

「いいんですか？」

「彼女をパンクさせないためですよ」本橋が低い声で言った。その視線は、優里が出て行ったドアの方に向けられている。

「確かにパンクしそうですね」

「ああいう風に怒るようなタイプだとは、思いませんでした」

「彼女にとっては、思い入れのある案件ですからね。でも、私も意外でした。松木があれだけ感情むき出しになるのを見たのは、初めてです」

「上手くフォローして下さい」

「分かりました」

さっと頭を下げて部屋を出ようとした瞬間、本橋がまた声をかけてくる。

「ああ、あと一つだけ」

「何でしょう？」

「暴走にも許容範囲がありますからね。私が謝って済む限界を超えないでもらいたい」

それはそうだ。それに、本橋の本来の仕事が人に頭を下げることではないことぐらい、私も承知している。

優里は、支援課の片隅にある打ち合わせ用のスペースに資料を積み上げていた。支援課でも一番古い時期のもの……那奈が最初に巻きこまれた事件のものだ、と分かった。

私は梓にも声をかけ、八年前の資料を読み始めた。現在の青木家の基礎はこの時期に成立したわけで、まず知っておかないといけないことだ。

今とは、報告書の書式も違う。使いやすいように優里が中心になって整備してきたのだが、初期はこういう感じだったわけだ……読みにくいわけではないが、馴染みのない感じが新鮮である。

警察官を長くやっていると、報告書や調書には自然に慣れる。読むスピードが上がり、斜め読みでも内容を的確に把握できるようになるのだ。しかし報告書には、「行間」がない。淡々と事実が記載されているだけで、本当に知りたい情報は意外に漏れてしまっているものである。

「君に話してもらった方が早いな」私はすぐにギブアップして、優里に助けを求めた。

「うん……」気乗りしない口調で優里が言って顔を上げる。「思い出してみると、ちょっと嫌なこともあるわね」

「というと？」

「青木さんのこと……ご主人の方」

「ご主人が何か？」

「あの時、青木さん、すごく嫌そうな顔をしていたのよ」優里が目を擦る。

「那奈ちゃんを引き取る時に？」

「そう。那奈ちゃんのお母さんが亡くなる前から直美さんは家で那奈ちゃんの面倒を見ていたの。その後、正式に養子に迎えることが決まった日に、私はご夫婦と面会したんだけど……その時に、ご主人がすごく嫌そうな顔をしてたのよ。心配になって、後で直美さんに聞いてみたわ」

「大丈夫かって？」

「そう」優里がうなずく。「その時、直美さんがちょっと困った顔をしていて……ご主人は、基本的に子どもに興味がない人だったのね」

「だから二人には子どもがいなかったのか」

「ご主人の方に、そのつもりがなかったみたい。完全に仕事優先の人だったのね」

「そこへいきなり、七歳の女の子がやって来たわけだ……」私は顎を撫でた。夫婦間で相当激しい衝突があったことは想像に難くない。

「直美さんは亡くなったお姉さんと仲が良かったし、那奈ちゃんを可愛がってたから、どうしても自分で引き取りたいって……それでかなりご主人と揉めたみたいね」

「でも結局、引き取った」

「これも直美さんから聞いたんだけど、ご主人は子育てが嫌というより、乳児や幼児が苦手らしいのよ」

「そんな人、いるんですか?」梓が驚いたように訊いた。「子どもは可愛いじゃないですか」

「可愛くない人もいるのよ」優里が冷たい声で言った。「だから家族の間で事件が起きるんだし」

「そうですかねえ……」

納得いかない様子で、梓が首を傾げる。まだ独身の彼女は――私も同じだが――「大人は誰でも子どもを可愛がる」と無条件で信じている様子だった。

「当時、那奈ちゃんは七歳……もう小学生だから、幼児じゃなかったわけよ。それに利発で大人っぽい子だった。だから青木さんも、何とか受け入れることに応じた、というのが本当のところみたいね」

「そういう話を聞くと、親子の間で軋《きし》みがあってもおかしくない感じがするけど」私は指摘した。

「冷静に考えれば、ね」優里が顎に拳を当てた。「でも、私は今でも、そうじゃないと思ってるわ。だって、あの家を建てることになったのも、那奈ちゃんを引き取ったのがきっかけだったのよ」

「そうなのか？」

「それまではマンション暮らしだったの。それでも親子三人で住むには十分な広さだったんだけど、どうせなら広い家で育てたいって言って、家を新築したのよ。最後に直美さんと会った時に話を聞いたんだけど、嬉しそうだったわ」

「親子関係もしっかりしてきた、ということかな」

「たぶんね。どんなに嫌がっていても、慣れるだろうし……でも、それから長い時間が経っているのよね」優里が溜息をついた。「那奈ちゃんも中学生だから、いろいろ難しい時期でしょう？」

「女の子なら普通は、父親に対する反抗期ですよね」梓が同調する。

「そうね。でも、実際にどうだったかは、私は分からない。だから不安でもあるけど……」優里が言葉を濁した。それはそうだろう。何故か、話は自然に「那奈と父親の仲が悪い」方向へ行ってしまう。

「親子の関係はちょっと置いておくとして——八年前の事件についておさらいしたいんだけど」私は言った。

「それ、今必要？」優里が不満そうに言った。

「どうせなら、全部知っておきたい」

「うちには調書の類はないわよ。全部捜査一課が保管してるはずだから。うちに残してあるのは、当時の支援課の記録と新聞記事ぐらいだけど」優里が、傍らに積み上げたファイルフォルダを平手で叩いた。

「取り敢えず、そこからで」

「新聞のスクラップ、取ってくるわ」

優里が立ち上がる。資料を保管してあるキャビネットに向かったのを見届けて、梓が小声で訊ねた。

「松木さん、大丈夫ですか？」

「平常運転じゃないな」

「心配なんですけど……」

「こういう時は、動き続ける方がいいんだ。余計なことを考えないで済むから」

優里がすぐに戻って来た。スクラップブック一冊だけ……その程度かとがっくりきたが、考えてみれば単なる傷害致死事件である。新聞が大騒ぎして取り上げるほどの事件ではないだろう。記事になっていなくても不思議ではない。

「読むより、私が話した方が早いかもしれないわね」ぱらぱらとスクラップブックをめくりながら、優里が言った。

「じゃあ、ご教示願おうかな」私は手帳を広げて準備を整えた。

「那奈ちゃんの本当のお父さん——鏑木明央《かぶらぎあきお》さんは、普通の会社員だった。ＴＥＡ《ティー》っていう小さな家電メーカーなんだけど、知ってる？」

「お茶？」

「違う、違う。東京電器の英語の頭文字よ。そのまま、ブランド名も『ＴＥＡ』なんだけど……」

「聞いたことがないな」私は素直に認めた。

「本当に知らない？　いわゆるベンチャーだけど、結構ヒット商品を出してるわよ。デザイン性が高いのが受けてるみたい。アジア圏でもよく売れてるそうよ」

「私、TEAの掃除機を持ってます」梓が遠慮がちに手を挙げた。

「そうなんだ」優里が少しだけ表情を緩めた。「それぐらい、一般的に受けてるブランドなのよ。鏑木さんはもともと大手家電メーカーにいたんだけど、誘われて起業に参加したようね」

優里はスクラップブックも見ずにすらすらと喋った。事件の状況も完全に頭に入っているようで、これなら私がスクラップブックを見る必要はなさそうだった。

「犯人の望月亮平《もちづきりようへい》という男は、会社の同僚……これがまたひどい男で、ギャンブルにはまって、借金を繰り返していたのよ。街金だけじゃなくて、同僚にも金を借りて——そういうのは、かなり重症よね」

「ああ」私はうなずいた。

「結局、同僚にも金を借りまくっていたことが問題になって、会社を辞めさせられたんだけど、それを経営陣に強く進言したのが鏑木さんだったのよ。鏑木さんも望月に三十万円を貸していて、このままだと望月一人のせいで、社内の雰囲気がどんどん悪くなるからって……その辺、真面目だったんでしょうね」

「同僚に金を貸す時点で、相当真面目だと思うよ。真面目というか、人がいいというか」私は言った。「金の貸し借りはトラブルになりがちだから、普通は貸さないと思う。それも三十万って……けっこうな大金だぜ」

「でも、百万貸していた人もいたそうだから」

「百万……」梓がつぶやくように言った。露骨に不満そうな表情を浮かべている。「百万はあり得ませんよ」

「でも、それは事実。当時、その辺は徹底して調べたから、間違いないわ。とにかく、鏑木さんが問題にしたのがきっかけになって、望月は解雇された」

「それで逆恨み、か」

「でも、必ずしも計画的な犯行とは言えなかったのよ。望月は、鏑木さんに文句を言ってやろう――一発殴ってやろうと考えて、鏑木さんを追いかけ続けたのよ。それでとうとうある夜、犯行に及んだ。鏑木さんが呑みに行っていた馴染みの店に乗りこんで、店員や他の客のいる前で、いきなり殴りつけたのよ」

「ブチ切れたわけだ」

「殴られた鏑木さんは倒れて、頭の打ち所が悪くて……硬膜下《こうまくか》血腫《けつしゅ》で、その夜のうちに亡くなったわ」

「殺人じゃないですか」梓が非難するように言った。

「本人は殺意を強く否定して、裁判でもその言い分が通ったのよ。かっとなって殴りつけたけど、殺すつもりはなかった、発作的な犯行だったたって」

殺意の否定か……望月がどこまで計算していたかは、今となっては分からない。刃物を持参して襲ったりすれば、殺意は立証される可能性が高いのだが、殴っただけなら微妙だ。腕に覚えのあるボクサーや空手家でない限り、素手で相手を殴り殺すのは難しい。殴ったらたまたま相手が倒れ、頭を打って死んでしまった——いかにもありそうな話であり、本人が強弁すれば、覆《くつがえ》すのは難しいだろう。同時に、居酒屋で暴れて犯行に及んだとすれば、目撃者は多数いたはずだ。当時捜査を担当した刑事たちは、店員や客から間違いなく話を聴いている。「殺してやると叫んでいた」という証言でもない限り、「喧嘩の延長」と取られてもおかしくない。

「判決は？」

「懲役七年」

「じゃあ、もう出てきてるわけですね」

「確かめてないけど、たぶん」優里がうなずく。

「そこから、那奈ちゃんの苦闘の歴史が始まったわけだ」

「本当に、運が悪いとしか言いようがないんだけど」優里の目が暗くなる。「那奈ちゃんのお母さん……美春《みはる》さんは、事件が起きた時にはもう、癌で闘病中だったのよ？

若いから進行も早くて。もしかしたら事件がストレスになって、病状が悪化したのかもしれない」

「そういうこと、あるのかな」私は首を傾げた。

「医学的なことは分からないけど、いかにもありそうな話でしょう」優里が肩をすくめる。

私はスクラップブックを引き寄せ、開いた。数ページが埋まっているだけである。各紙の記事をスクラップしてあるのだが、事件発生の記事ばかりで、しかも全て、見出しが一段のベタ記事だった。「会社員殺される」「元同僚を逮捕」などなど、分かりやすいというかそっけない見出しばかり。

「裁判の記事もないんですね」横からスクラップブックを覗きこんだ梓が漏らした。

「これぐらいの事件だったら、新聞は発生の一報だけ書いて終わりだよ。犯人もすぐに捕まってるし」私は言った。しかし、何となく釈然としない。私が警察官になってからの十数年の間にも、事件記事の扱いは小さく、本数は少なくなる一方だ。新聞記者はうるさい存在だが、自分が担当した事件は大きな記事にして欲しいと身勝手に考えるのが、警察官という人種である。

記事にざっと目を通していく。どれも似たような内容で、広報文を横から縦に直しただけだと分かる。まあ、この程度の事件だったら、サツ回りの連中も現場にも行かないかもしれない……那奈の父親、鏑木明央が享年四十五だったと気づき、かすかな違和感を覚える。

「鏑木さん、けっこういい年だったんだな」

「結婚が遅くて、しかもなかなか子どもを授からなかったから」優里がうなずく。

「ちなみに奥さんの美春さんは、亡くなった時、三十七歳」

「じゃあそもそも、結構な年の差カップルだったんだ」

「そうね……ああ、また嫌なこと、思い出した」優里が額に手を当てる。

「どうした？」

「八年前、美春さんのお母さん……節子さんに、目茶苦茶言われたのよ。それこそ、人格まで否定されるような……」

「その時からきつかった？」

「今よりずっときつかった——八歳若い分、強烈だったわ……もちろん節子さんも被害者家族だから、私たちが面倒を見なくちゃいけなかったんだけど、あれは正直、きつかったわね」

「自分たちが那奈ちゃんを引き取るつもりだったって言ってましたよ」梓が指摘す

る。

「確かに、あの時も言ってたわ」優里がうなずく。「京都の方が環境がいいからって。孫は那奈ちゃん一人だから、可愛いということもあったんでしょうね。結局、直美さんが引き取ることに決まったんだけど」

私は腕組みをした。家族間の争いは後始末が面倒……青木家は何とか無事に収まっていたというべきだろうか。

「それで、どこから攻める？」優里が言った。彼女はこれまで、捜査部門で勤務した経験がない。「捜査」となると手順が分からないのだ。

「安藤、どうする？」

「あの、できるかどうか分かりませんけど、青木さんの家を調べてみたいです」梓が遠慮がちに言った。「でも、無理ですよね。ばれたらまた特捜に怒られるでしょう？」

「家宅捜索というわけにはいかないけど、別の手があるな」私は顎を撫でた。「直美さんが家に帰って来て……相談を受けたということにすれば、俺たちが家に入っても文句は言われないだろう。ただ、何人も揃って行くと目立つ」そこで思いつき、優里に訊ねる。「長池先生は？　直美さんに面会するスケジュールは決まったのかな」

「支援センターに投げているけど、まだ回答がないわね……あ、そうか」私の真意を見抜いたようで、優里は両手をぱちんと叩き合わせた。「長池先生は重要人物だから、鞄持ちが必要よね」

「となると、俺が行くのがいいんだろうな」優里の狙いはすぐに読めた。

「あなた、長池先生とは気が合うし」

「いや、そういうわけじゃないけど……」むしろ苦手だ。この仕事では、女性と一緒に仕事をする機会も多いのだが、どうも扱いにくい——少なくとも私にとって——女性ばかりが集まっている。

「すぐに確認するわ。それと私、やっぱり節子さんとちゃんと話してみようと思う」

避けていたのに、肝が据わったようだ。

「いい度胸だな」私はできれば遠慮したい……支援課のスタッフとしてはそんなことを言ってはいけないのだが、やはり苦手な相手もいる。

「一応、八年前からの顔見知りだし、何か新しい情報を引き出せるかもしれないから」

「あまり期待しないで……母親は、娘夫婦とは没交渉というわけじゃないけど、青木さんがどんな仕事をしているか、どんな人間とつき合っているかまでは分からないと思う」

「それは、節子さんに直接確認したの？」

「いや」指摘され、思いこみだと気づく。

「だったら私が聴き出してみる」

「了解……長池先生の方は、今日でもいい。それで安藤は、ここで待機していてくれないか？」

「私も何かやりますよ」不満そうに梓が言った。

「何かあった時にすぐに動けるようにしておいてくれ。裏を取ったり、誰かに会ったりする必要が生じるかもしれない」

「……分かりました」露骨に不満そうな表情を浮かべながら、梓が納得した。

「じゃあ、動こうか」私は両手を叩き合わせた。ぱちん、という音は頼りなく響くだけだった。

2

東京メトロの根津駅を出たところで、長池玲子と落ち合った。また白髪が増えたようだが、それ以外には年齢を感じさせるものはない。髪を染めたら若々しく見えるのにといつも思うのだが、口に出したことはなかった。

「どうも」玲子がカバン——かなり大きなダレスバッグだった——を差し出す。往診の医師御用達という感じだが、玲子以外の女性が持っているのを見たことはない。

「これは？」

「あなた、今日は私の鞄持ちでしょう？　よろしく」

仕方なく受け取ると、ずっしりと重い。これはちょっとしたトレーニングだ……私は自分のショルダーバッグを斜めがけにして安定させ、ダレスバッグを右手に持った。

「話はだいたい聞いてるけど」歩き出しながら玲子が言った。「要するにあなた、私を隠れ蓑《みの》にしようとしてるのね？」

「ありていに言えば、そういうことです」

「まあ、いいけど……これは正規の話じゃないんでしょう？」

「特捜本部に釘を刺されましてね」私は肩をすくめようとしたが、荷物のせいで上手くいかなかった。「仕方なく……ちょっとずるい手ですけどね」

「私の方は、一時間——もしかしたら二時間かかるかもしれないわよ。どうも状況がよくないから……退院したばかりなんでしょう？」

「とりあえず、精神的にというよりも肉体的な消耗が激しいようです。長時間は無理だと思いますよ」

「でも、ゆっくり入っていかないといけない場合もあるから。今回は少し時間をかけてみるわ」

「まず、門を開けるわけですね」

「そこに一番、時間がかかるわけよ……今回だけで済むとは思えないし」

「そこはお任せします」

「いずれにせよ、あなたにとってはいい時間稼ぎになるわけね」玲子が鼻を鳴らす。まったくその通りなのだが、私は肯定も否定もしなかった。玲子は時に、本気なのか冗談を言っているのか分からなくなることがある。

「玄関じゃなくて、裏から回るって聞いてるけど」家に着くと、まず玲子が言った。

「そうですね。玄関を入ってすぐの場所が犯行現場なんです」

「よりによって、そんな場所でねえ」玲子が鼻に皺を寄せる。

「トラウマが残りますよ……裏へご案内します」私は先に立って、勝手口へ向かった。午後四時。既に日は暮れかけ、ひんやりした空気が肌にまとわりつく。節子は家にはいないはずだ。つい十分ほど前に、優里が外へ連れ出すことに成功したのである。

勝手口のドアをノックすると、すぐに那奈が顔を覗かせた。硬い表情だが、私に向かって礼儀正しく頭を下げる。

「電話でも話したけど、今日は、お母さんに会ってもらいたい人がいて――」

「長池玲子です。どうも」私の紹介が終わる前に、玲子がすっと前に出た。白衣を着ているわけでもないのに――そういう格好は私も一度も見たことがない――医師の雰囲気を強く漂わせている。「今日は、ちょっとお時間をいただきますね。お母さんが元気になるために、手助けできればと思います」

「はい……あの、私も立ち会っていいですか」那奈が遠慮がちに切り出す。

「もちろん。あなたがお母さんを支えてあげてるのよね」玲子が落ち着いた口調で言った。

「そうできたらいいと思っています」

そこまで自分に厳しくしなくても……と私は思った。今でも十分過ぎるほど、直美の支えになっているではないか。

「そういう姿勢は大事よ」玲子がうなずく。「一番頼りになるのは家族だから……上がらせてもらっていい？」

「――どうぞ」

玲子が私にうなずきかけ、先に家の中に入る。後に続いた私は、どんよりとした空気を感じた。ストレージルームはこの前見た時と同様整頓されているのだが、空気は冷たく重い。

直美はリビングルームのソファに腰かけていた。今日はパジャマ姿ではなく、ジーンズにニットというラフな格好である。しかしやはり顔色は悪く、寝ていなくて平気だろうかと心配になった。

「具合はいかがですか？」問いかけながら、玲子が斜め向いのソファに腰をおろす。「支援センターで仕事をさせてもらっている長池と言います。臨床心理士……仕事の内容は、人と話すことですね」

玲子が早くもペースを握り、低い声で、しかし勢いよく話し始める。私は彼女のダレスバッグを床に置き、那奈に話しかけた。

「ちょっと仕事場を見せてもらっていいかな」

「え？」那奈が眉をひそめる。「でも、あそこは……」

「分かってる。もう警察が調べたんだよね。でも、自分でも見てみたいんだ」

どうして、と訊ねられると困る。何が見つかるのか、何を見つけたいのか、自分でもわからないからだ。しかし那奈は、何も言わずにうなずくだけだった。

「じゃあ、こちらはゆっくり話しましょうか。お茶を淹れたいんだけど、手伝ってくれる？」玲子が那奈に声をかけた。

「お茶ぐらい、私が淹れます」那奈が冷たく答えた。

「私は、お茶の淹れ方には一家言《いっかげん》あるのよ」玲子がゆるい笑みを浮かべる。「待ってて。美味しいお茶をご馳走するから」

立ち上がると、私に目配せする。さっさと仕事場に行って――うなずいたが、私は直美が一言も発しないのが気になった。目が死んでいる。これでは、玲子でさえ話を引き出せないのでは、と私は懸念した。しかし彼女も、臨床心理士として、何十人、何百人の犯罪被害者と向き合ってきたベテランである。ここは任せるしかないだろう。

仕事場に入って、私はまず照明を点けた。相変わらず雨戸は閉じられたままで、外光は一切入ってこない。もちろん、外はもう夕闇に包まれているのだが……今さら余計な指紋をつけないことに意味があるとは思えないが、念のためにラテックス製の手袋をはめる。

明るい蛍光灯の下で改めて見ると、仕事場は先日とは違うイメージに見える。整然としてはいるのだが、かすかに破綻《はたん》があるような……微妙に、家具の位置がおかしいのだと気づく。例えばソファ。二人がけのソファが二つ、ローテーブルを挟んで置かれているのだが、それぞれわずかに曲がっている。そういえば、デスクに置かれたパソコンのモニターも――実際はモニター一体型のマックだった――位置が不自然だ。椅子に座れば、自然に正面になるよう置くのが普通だと思うが、そういう感じではない。

鑑識活動の名残だろう、と私は判断した。鑑識の連中は、それこそ一平方センチメートル単位で現場を調べる。室内なら、床に置かれた物を動かすのも普通だ。当然、原状回復はするのだが、完全に元通りというわけにはいかない。家宅捜索の結果は、「現場に争った後はない」。それは信じていいと思う。鑑識の連中が取りこぼしをするとは考えられなかった。

デスクは脚に板がついただけのもので、引き出しの類はない。試しに、一台のパソコンの電源を入れてみると、パスワードなしで起動した。私たちが仕事用に使っているウィンドウズとは違う、マックの画面……これを調べ始めるとキリがない。特捜本部は、本体は押収せずに、ハードディスクの内容を吸い上げたのだろう。

引き出しがないなと思って室内を見回すと、金属製のファイルキャビネットがあった。同じサイズの物が四つ、壁に押しつける格好で置かれている。鍵がかかっていると厄介だ……と思ったが、手をかけてみるとあっさり開いた。パソコンにパスワードを設定していないことも含めて考えると、青木は必ずしも用心深い男ではなかったようだ。もっとも、自宅で仕事をしていると、こういうものかもしれないが。

「マメな人だな……」キャビネットを開けた途端、私は思わずつぶやいた。一人で仕事をしているのだから、どんな風に物を入れても構わないのだろうが、青木は書類を時期別にきちんと整理していた。契約書などは、一年ごとに分かれている。おそらく特捜本部は、これも全てコピーしたうえで戻したのだろう。

全部がこういう書類なのか……ひとつずつ順番にキャビネットを検《あらた》めていくと、基本的にきちんと整理されてはいるものの、中には雑多なスペースもあった。古いマウスやキーボード、外付けのハードディスクなどが乱雑に押しこめてある。こういうのは、整理しようもないのだろう。

「何か分かりましたか」

声をかけられ、私は思わず立ち上がった。古傷の残る膝が、ぎくりと嫌な音を立てる。脅かさないでくれよ……と言いかけて、私は言葉を呑みこんだ。那奈に文句を言っても仕方がない。

「いや、まだ見始めたばかりだから」

「嫌なんですよ」那奈はドアのところに立ったまま、中に入ろうとしない。やはり、脚を踏み入れることには抵抗があるのだろう。

「何が？」

「他人に引っ掻き回されるのが」

「分かるけど、こういうのも仕事なんだ……犯人を捕まえるための」

「入りたくないんです」那奈が打ち明ける。「でも、入らなくちゃいけなくて」

「どういうことかな？」

「こういう場所を調べる時……立ち会いが必要なんですよね？　おばあちゃんに任せるわけにはいかなかったから、私が立ち会ったんです」

私は顔が熱くなるのを感じた。まったく特捜本部は何を考えているのだろう。十五歳の中学三年生を現場検証に立ち会わせるとは……非常時なのだから、立ち会いなしで進めてもよかったのに。黒川の陰謀かと考えると、さらに顔が熱くなる。現場を見せてショックを与え、それで自供を引き出そうとでもしたのだろうか。だとしたら、ふざけた話だ。

「申し訳ない」私は頭を下げた。「不愉快な気持ちにさせてしまったなら、代わりに謝るよ」

「それも仕事なんですか?」那奈が皮肉っぽく言った。

「そうだね」

「尻拭いみたいな?」

「必要ならばそういうこともする」

那奈が拳に顎を乗せ、うつむく。私の肯定の言葉の意味を、真剣に考えている様子だった。警察の仕事について理解するのは、さすがに学年ナンバーワンでも無理か……そもそも私も分かっているとは言い難い。

「あの、キャビネットに、お金、あります?」顔を上げた那奈が唐突に訊ねた。

「金? 金って……」

「お金です。結構入ってますよ。百万とか、二百万とか」

「裸で?」

「ヴィトンの黒い長財布なんですけど」

「ちょっと待ってくれよ……百万って、厚みが一センチぐらいになるぞ。財布に入らないんじゃないか?」

「けっこう大きな財布ですけど、パンパンになってました」

私はキャビネットに向き直って、まだ開けていない物に手をかけた。すぐに那奈の声が追いかけてくる。

「えっと、右から二番目の、一番上です」

言われた通りにキャビネットを開ける。あった——馴染みのモノグラムではなく、黒と灰色のダイヤ柄。かなり大きな財布なのは間違いないが……厚みがまったくない。財布を手に取ってみると、重さも感じなかった。一万円札は約一グラム、百万円の束だと百グラムで、そこそこ重みを感じるはずである。

財布を持ったまま部屋を出て、リビングルームの隅で那奈に見せる。ちらりとソファの方を見ると、玲子が一方的に、低い声で直美に話しかけている。直美はうなだれたまま、無反応。いかにベテランの玲子といえども、時間がかかりそうだ。

「これかな？」

「それです」玲子たちのやり取りが気になったのか、那奈が小声で答える。うなずき、財布のファスナーを開ける。さすがにブランド物というべきか、作りはしっかりしていた……中に入っているのは二万円だけだった。

「これしかないよ」私は那奈に財布を示した。

「おかしいです」那奈が首を傾げた。「本当に、一杯に入っていたんです」

「君は直接見たんだね？」

「パパが亡くなる三日ぐらい前に、仕事場の整理を手伝ってる時に見つけて……こんな大金、家に置いてあるのはおかしいですよね？」

「ああ。あまり聞かないな」

「だからパパに聞いてみたんです。そうしたら『非常用だから』って」

普通の会社でも、ある程度は現金を用意しておくだろう。少額の現金が必要になる状況はあるからだ。しかし、個人で仕事をしている青木が、自宅に百万円、二百万円もの大金を置いておくのは不自然だった。そんなに緊急の用件があるとは思えない。

「いつも？」

「だと思いますけど……」那奈の声から自信が消えた。

この金の件で、私の脳裏には強盗の可能性が浮かんでいた。金が奪われたとなれば……いや、それもおかしい。青木の殺され方――デスクに突っ伏して死んでいたことを考えると、犯人は顔見知りか、いきなり背後から襲いかかったかのどちらかだ。殺してから金品を奪おうとしたら、入念に家探しするような余裕は絶対にない。とりあえず目についたものを奪っていくはずで、財布からわざわざ金を抜くとは考えられない。財布ごと懐に入れるだろう。

それにしても特捜本部は、家宅捜索でこの財布に気づかなかったのだろうか。

「財布のこと、他の刑事たちから聴かれなかったか？」

「ええ」

怠慢だ……しかしそう思った次の瞬間、私は嫌な可能性に思い至った。もしかしたら、ここを家宅捜索した刑事が財布を見つけて、現金だけを取っていたら——アメリカ辺りでは、遺体のポケットから財布を抜くのもよくある話らしい。いや、日本の警察官は、まずそんなことはしないだろう。

絶対とは言えないが。

私はこの財布を、脅しの材料に使うことにした。いったいあなたたちは何を見て、何を調べていたんだ、と。

3

その日の夜、本郷署の特捜本部が夜の捜査会議を終えるタイミングを見計らって、私は署に赴いた。一人。本橋にだけは報告してある——ただし「新たな証拠品を見つけたので届ける」と説明していた。必ずしも嘘ではないが、狙いは別のところにある。

事件発生から十日ほどが経ち、特捜本部の雰囲気は明らかにだらけている。人間の集中力には限界があり、いかに殺人事件の捜査本部であっても、全速力で走れるのは一週間が限度だ。そこから先は、もう一度気持ちを立て直す必要がある。ただ、この特捜本部はそれに失敗したようだ。

黒川を見つけて無言で近づき、証拠品用のビニール袋に入った財布を差し出した。

「何だ」黒川がぶっきら棒に訊ねる。

「証拠をお忘れじゃないかと思いましてね」

「ああ？」黒川が目を見開く。

「現場――青木さんの仕事場に、この財布がありましたよ。見つけてなかったんですか？」

「何でお前がそんなものを持ってる？」黒川が詰め寄って来た。「まさか、家を引っ搔き回しているんじゃないだろうな？手出し無用だと、正式に言ったはずだが」

「待て」管理官の富永が立ち上がる。「証拠は証拠だ。受け取ろう」

「いや、しかし、管理官……」黒川が抵抗した。

「目録にはないのか？犯行現場にあったものは、全部チェックリストに入れてあるだろう」

黒川が、むっとして財布を受け取る。傍らの若い刑事に、「チェックしろ」と命じて財布を渡した。若い刑事が慌ててパソコンに向かう。

「お前、勝手に捜索《ガサ》をかけたのか?」眼鏡の奥から、冷たい目で富永が睨みつけてくる。「余計なことはしないように、理事官の方から正式に依頼したはずだ。聞いてなかったわけじゃないだろう」

「支援課の業務として家に行っただけです」私は、玲子を案内して、直美との面会を準備したことを説明した。富永が唇をきつく引き結んだが、さすがにこれに対して文句は言えない様子だった。

「それで? この財布はどうした」

「娘さんから教えられました」

「何だと」いきり立って黒川が前に出る。「勝手に容疑者と接触したのか」

「容疑者ではなく、被害者家族です」すかさず訂正する。この男だけは、どうしても凹ませてやりたい……。「彼女が、この財布があることを教えてくれました。そちらは聴いていないんですよね?」

「何でそんな話を」黒川の鼻息は荒い。

「単に話の流れです……被害者家族と話すのは、我々の仕事ですから。あるいは、そちらを信用できないから、私に話したのかもしれませんね」

「冗談じゃない！」

「怒っても、あなたたちが那奈ちゃんときちんと話せなかった事実は消えませんよね」

「ふざけるな！」

「あ、あの……」

若い刑事がおずおずと手を挙げる。黒川と富永が同時に刑事を見た。

「ありました。ヴィトンの財布、現金二万円——一万円札二枚入りです」

「ちゃんと把握してたぞ」富永が、さらに冷たい視線を私に向ける。「これの何が証拠品なんだ」

「元々この財布には、現金が二百万円ほど入っていたそうです」実際には百万円なのか二百万円なのか分からないが。

「ああ？」富永が立ち上がる。「どうしてそんなことが分かった？」

「娘さんの話です」

「そんなものが信用できるか！」黒川が怒鳴る。いつの間にか、こめかみには汗が浮いていた。

「そもそも、現場で見つけたものについて、全部家族に確認したんですか？」

「それは――」黒川が勢いこんで言ったものの、言葉を呑みこむ。すぐに開き直ったように、「一々確認するような余裕はない」と言った。

「だったらこの財布については、何も情報がないんですね」

黒川も富永も黙りこむ。高まる緊張感のせいか、若い刑事はその場で固まってしまい、目がおどおどと動くだけだった。

「那奈ちゃんを容疑者扱いするだけで、捜査の本筋については外していたんじゃないですか」

「ふざけるな」黒川がいきり立ったが、顔は蒼褪めている。

「中学生の犯行でまとめようと考えていませんでしたか？　これが冤罪《えんざい》になったらどうするんですか？　成人の場合とは比べ物にならないぐらい、厄介な問題になりますよ」

「お前みたいに一課から逃げ出した人間に、そんなことを言う資格があるのか？」黒川が皮肉を飛ばす。

「資格？　ないでしょうね」私は認めた。「しかし、支援課の人間としては言うべきことがあります。あなたたちは、深い傷を負った人に対して、きちんと心遣いができているんですか？　適当にあしらっていませんか」

「そんなことはない！」黒川が叫んだが、大声は空しく消えた。

「それで？　お前はこれが何の証拠になると思っているんだ」冷静な声で富永が訊ねる。

「物盗りの線は考えられませんか？　現金だけを抜いたとか」自分でもその可能性は否定していたのだが、とりあえず言ってみた。

「検討には値するな」

富永がうなずく。どうやら私は、この男に関して多少誤解していたようだ。面子《メンツ》も大事にするが、あくまで捜査優先ということか。その辺、黒川よりは話しやすそうだ。

「この財布は預かる。少なくとも指紋は検出できるだろう」

「結構です。そのために持って来たんですから」

「金は、娘が抜いたんじゃないか？」黒川が突然言い出した。

「はい？」私は目を細めて聞き直した。「何を言ってるんですか」

「泥棒の犯行に見せかけようとしたとか。頭のいい子なんだろう？　それぐらいのことは考えそうだ」

「那奈ちゃんの部屋も調べたんでしょう？　何か出てきましたか？」

「いや」黒川が悔しそうに否定する。

「出てくるわけがないでしょう」

「それは……別のところに隠しているかもしれない」

「頭のいい子なら、あなたたちがすぐに見つけられるような場所に、それもいかにも怪しく見えるように置いておくでしょうね。彼女には、警察の裏をかくぐらいの知恵はあるかもしれませんが、そんなことをするはずがない」

「どうしてそう言える？」黒川の呼吸は荒かった。

「私の印象です」

「そんなものが当てになるのか？」黒川が鼻を鳴らす。

「私がどれだけ多くの被害者家族に会ってきたか、ご存じですか？　人の本性を見抜く力はあるつもりです」

「あの子にはアリバイがないんだ。空白の一時間について、絶対に喋ろうとしない」

「それを喋らせるのは、黒川さんたちの仕事でしょう。私の仕事は、あくまで被害者家族である那奈ちゃんを守ることです」

「特捜本部からもか？」

富永が冷たい声で訊ねる。私はしばし、彼と視線をぶつけ合った。

「場合によっては」

冷たい捨て台詞を残し、私は特捜本部を後にした。


「昨日は証拠品を届けに行った、と聞いていましたが」

翌朝、本橋の口調は、富永のそれに劣らず冷たかった。

「証拠品は届けましたよ」課長室のデスクの前で、私は「休め」の姿勢を取った。話が長くなりそうだ。

「ついでに啖呵《たんか》を切ってきたそうですね」

「いえ、真っ当な批判です」

本橋が鼻から息を吐き、椅子に背中を押しつけた。そのままぶらぶらと左右に揺れる。

「昨夜遅く、富永管理官から、私の携帯に電話がかかってきました」

「それは、申し訳ありません」私は頭を下げた。「安眠妨害でしたね」

「冗談を言っている場合じゃないですよ」本橋が溜息をつく。「まあ、それはともかく……財布の件はどう見ますか？　強盗？」

「違うと思います」昨夜何度も考えたが、やはり犯人が二万円だけ残して現金を抜いたとは考えられない。「青木さんの方で、何か急に金が必要になる事情があったんじゃないでしょうか。それがこの事件の裏にあるかもしれない。百万、二百万の大金は、十分犯罪の動機になりますからね」

「となると、交友関係の捜査が重要になりますね」本橋の怒りは消え、いつの間にか捜査官の口調になってきた。

「ええ。その辺は当然、特捜でも重点を置いているはずですが、潰しきれているかどうか……もちろん、金の流れを追うことはできると思います。銀行の口座を調べれば、出入りは分かりますからね。ただ、現金の動きは簡単には把握できないでしょう」

「人間関係を理解していないと難しいでしょうね」

「ちなみにあの家に、防犯カメラはないんですか？」

「残念ながら。警備会社とは契約していますが、それは非常通報用だけです。ちなみに、青木家が映るような位置にも防犯カメラはありません」

「そうですか……」私は顎を撫で、次の一手を考えた。人間関係——もしかしたら、愛がヒントをくれるかもしれない。かつては青木と一緒に仕事をしようと考えていたのだし、同じ業界の人間として、何か情報を知っている可能性もある。

私は体重を右足から左足へ移し替えた。何だか、無為な張り込みをしているような気分になる。

「直美さんの方はどうですか」本橋が、唐突に話を本来の業務の方へ引き戻す。

「あまり芳《かんば》しくないです。詳細は、これから長池先生に聞きますが、昨日も渋い顔をしてましたからね」

「そちらも忘れないように」本橋が釘を刺した。「本来の仕事はそちらです。支援センターと連絡を密にして、今後のフォローアップの方法を考えて下さい」

「分かりました。いずれにせよ、これから支援センターに行く予定です。昨日の面談の件で、正式に報告を受けますから」

「結構です」本橋がうなずいた。何となく、迷惑そうな表情が浮かんでいる。「まあ……何ですね。たまには、ここでいい話が聞きたいものです」

「申し訳ありません」

私は反射的に頭を下げた。確かに、彼の言う通りである。私が課長室で話をする時は、だいたいろくでもない報告なのだ。彼の鷹揚《おうよう》さに甘えているだけだと実感する。

4

支援センターは新宿区の北部、繁華街からは外れた住宅地にある。新宿という言葉からイメージされる喧騒と程遠いのは、長い間「陸の孤島」だったからかもしれない。東京メトロの副都心線ができてからは交通の便がよくなったが、それまではどこの駅からもかなり遠い場所だったのだ。

入居しているビル自体が古く、一刻も早い建て替えが必要な感じである。しかし支援センターに入ると、精一杯温かな雰囲気を出そうとしているのが分かる。職員たちが詰める事務スペースは至って素っ気ない造りなのだが、相談者を迎える相談室や会議室、子ども用の遊び場などは、それぞれの目的に応じて整備されている。相談室や会議室は什器《じゅうき》類も含めて落ち着いた色合いでまとめられているのだが、子ども用の遊び場は原色のオンパレードである。ただし、そこで子どもたちが遊んでいるのを見る度に、私は胸が痛む。子どもたちがそこにいるのは、親が問題を抱えて支援センターに来ているからだ。

「お待ちしていました」

玲子が丁寧に出迎えてくれたが、表情は厳しい。それで私は、直美の分析結果が芳しくなく、今後の対応が難しくなっているのだと悟った。

相談室に入ると、どこか落ち着かない気分になる。二つあるうちの片方——ベージュと茶を基調にした室内には、日差しが直に射しこまないようになっていた。薄いカーテンが引かれ、灯りは間接照明で補っている。奥にデスク、手前に応接セット。ソファは上等なものだ。人造皮革なのだろうが、パンと張って座り心地がいい。やたらと柔らかく、腰が沈みこむようなソファだと、話がだれてしまう。ローテーブルは、座ると膝の位置よりも低く、面会する職員はメモも取れない。それ用には、肘を上げるとちょうどいい位置にサイドテーブルが置いてある。

ドアを開け放したまま、玲子が奥のソファに座る。私はドア側。玲子はすぐに、昨日の面談をまとめたレポートを渡してくれた。支援課の仕事を始めてから、多少心理学は齧《かじ》っているのだが、玲子のレポートは当然専門用語の羅列で、すっと頭に入ってこない。

「あなた、大学に入り直す気はない？　支援課の仕事を続けるなら、心理学を勉強し直した方がいいんじゃないかしら」

「それは考えないでもないですけど、時間も金もないですよ」

「お金は、警察の方で出してくれるんじゃないの？」

「どうかな……聞いたこともないですけど」

　将来的には、スタッフ育成の問題も考えねばならない。今は、警視庁のあちこちの部署から集められた混成部隊で、手探りで支援活動を行っている状態である。本当は優里のように、大学で心理学を学んだ「専門家」を集めるべきなのだ。ただし、警察に入ってからずっと支援課の仕事をしていると、捜査の実態を知ることはできない。普通に警察官の仕事をしつつ、大学で心理学を学んで支援課の専任スタッフに育てあげるのが理想だろうが、実現はなかなか難しい。

「それはともかく、簡単な言葉で説明した方がいい？」

「できれば」

「一言で言えば、抑圧状態」玲子が一言でまとめた。レポートに視線を落としていたが、すぐに顔を上げて眼鏡を外す。「自分の身に起きたことを、現実として受け止めていないようね。夢だ……とは言わないけど、とにかく考えないようにしている。何もなかったことにしようとしている。だから、事件のことを話そうとすると、パニックになるのよ」

「考えないわけがないと思いますけどね。考えているからこそ眠れないで、過労で倒れたんですから」

「とにかく時間をかけて、専門家の診察を受ける必要があるわ。私の方で紹介はできるけど、問題は本人にその気がないことね」

「診察を受けたくない、と？」

「昨日話を聞いた段階では、明らかに嫌がってたわ。そもそも、人と話したがらないし」

「京都から母親が来てるんですけど、それでも駄目ですか」

「あれは……むしろ逆効果かもしれないわよ」

「そうなんですか？」

「昔から、かなり厳しいお母さんだったみたいね」

「ああ……そうだと思いますよ。思い込みも激しいですし」

「子どもの頃は、相当辛い思いをしたはずよ。娘さんは二人とも東京に出て来たわけでしょう？　はっきり断言はできないけど、厳しい母親から逃げる意味もあったかもしれない。要するに、抑圧状態からの逃避」

「娘が、そんなに母親を避けるものですかね」

「もちろん。珍しいことじゃないわ」玲子が眼鏡をかけ直した。「うちの娘と私の関係、知りたい？」

「いや……」急に話がプライベートな領域に入ってきて、私は顔が引き攣るのを感じた。「ええと……娘さん、抑圧状態なんですか？」

「自分で自分を分析するのは難しいけど、厳しくし過ぎたのは間違いないわ」

「それで、娘さんは？」

「フランスにいるわ」玲子が溜息をついた。「絵の勉強がしたいって言って、二年前にふらりとフランスに行っちゃって。それで今、妊娠中」

「相手はフランス人ですか？」

「そう……らしいけど、私はまだ会ってないから」玲子の表情が曇る。「何というか、奔放に生きることが、ずっと厳しくしていた私に対する復讐なのかもしれないわね。臨床心理士なんて、親に持つものじゃないわよ？　何でもかんでも、すぐに心理分析に結びつけるんだから。子どもの様子がおかしい時も、心配したり怒ったりするより先に、心理的には……なんて考えるんだから」

「確かに、反動もあるかもしれませんね。それで、ボヘミアン的な生活に走ったんですか？」何というか……今時あまり考えられない話ではある。親に反抗する子どもというのが、そもそも今風ではない。

「ボヘミアン、は古いわね」玲子が冷たく笑う。「そういうのって、昭和の時代の話じゃない？」

「そうかもしれません」

「ごめんなさい、脱線したわね」

玲子がレポートに視線を落とす。私は妙な居心地の悪さを感じ、もぞもぞと身を動かした。玲子の個人的な事情など、ほとんど知らなかったのだと気づく。最近は、こういうのばかりだな……仕事でどれだけ濃密につき合っても、互いの私生活についてはまったく知らない場合も珍しくない。

「救いの材料は、那奈ちゃんだけね。母親と娘の立場が逆転してるわ。那奈ちゃんがいなかったら、今頃もっとひどいことになっていたかもしれない」

「その娘ですけど……那奈ちゃんはどうですか？　どう見ます？」

「しっかりした子ね。それは間違いないわ」本気で感心した様子で玲子が言った。

「でも私としては、那奈ちゃんも心配なのよ」

「気を張り過ぎですか？」

「そう」玲子がうなずく。「確かに頭もよくて優秀でしょうけど、やっぱり十五歳なのよ。こういう状態を長く続けていると、いつか反動がくるわ。それに、学校でもけっこう問題があるみたい」

「ああ」一気に暗い気分になる。

「彼女は淡々と話していたけど、かなりダメージを受けてるのは間違いないわね。露骨ないじめじゃなくて、冷たく見られている——無視とか。家の中がこういう状態で、学校でもそんな感じだったら、きついわよ。手厚いフォローが必要ね」

「特捜本部が、彼女を容疑者扱いしています」

「まさか」玲子がさっと眼鏡を外した。眉間に深く皺が寄っている。

「まだはっきりと容疑を固め切れたわけではなくて、アリバイがはっきりしない一時間があるだけなんですが……父親との関係もよくなかった、という情報も得ているようです」

「彼女はやってないわよ」玲子が即座に断言した。「ちょっと話しただけだけど、父親が亡くなったことに関しては、普通にショックを受けているわ。特に複雑な感情は抱いていない」

「特捜に話しておきますよ。あいつら、間違った方向に向かいそうだから」

「それは警察内部の話だから、私には何も言えないけど……私の印象では、普通の被害者家族よ」

「そうですよね」彼女の言葉に意を強くして、私は膝を摑んで身を乗り出した。「だから、犯人を見つけるのが一番いいんです。那奈ちゃんの潔白を証明するために」

「それは支援課の仕事じゃないでしょう」玲子が話をまとめにかかった。「とにかく、直美さんについては時間をかけましょう。専門家に紹介するにしても、もう少し時間がかかると思うから。それは、支援センターの方できちんとやります。あなたたちは、那奈ちゃんのケアを考えて下さい」

「本人は、ケアは必要ないと思っているようですけど」

「その強がりも危険なのよ。折れた時の反動を考えると、怖いわ」

「学校では、孤高の存在なんです」

「ああ……なるほどね」玲子がうなずく。「それなら心配はいらないかもしれないけど……こういう事件があると、中学生は敏感に反応するのよね。被害者家族を色眼鏡で見るようになる。そこから無視やいじめが始まったりするんだけど、元々自分から進んで孤高の存在になっているなら、そういう心配はいらないでしょう」

「ええ」

「いずれにせよ、注意して。やっぱり中学生だから、何が起きるか分からないわよ」

「了解です」私は玲子のレポートをバッグにしまいこんでから訊ねた。「今日、西原は来てますよね」

「そうね」玲子が左腕を持ち上げて時計を見た。「ちょうど電話番が終わる頃だけど」

「ああ、そうですね」私も腕時計を見た。この部屋には時計がないのだ。相談に来た人に、時間を気にせず話をしてもらおうという狙いである。「ちょっと会ってきます」

「デートの誘い？」

「違いますよ」立ち上がりながら、私は苦笑した。私と愛をもう一度くっつけようとしているのは、優里だけではない。「IT業界の実情調査です」

支援センターの大きな仕事の一つが、電話での相談だ。世の中には、自分が犯罪被害に遭っても、一人で抱えこんでいる人がどれだけ多いか……警察に駆けこめない、という人も少なくない。やはり、普通の人にとって警察は敷居の高い存在なのだ。だからこそ、民間の支援センターがある。特に多い相談は、女性の性犯罪被害で、そういう話を引き受けるために、基本的には女性の職員と女性ボランティアが、電話での相談を引き受けている。

電話での相談スペースは、事務室の一番奥にある。ちょっと大きい電話ブースという感じ……集中して話を聞くために、事務室からは隔離されているのだ。畳一畳分ほどもない狭さで、奥にデスクと椅子があるだけ。電話とパソコン、大判のメモ帳が載ったデスクは傷だらけで、職員たちの長年の苦闘を想像させた。壁には当番表、関係機関の電話番号などが乱雑に貼りつけられている。

ちょうど、愛は電話当番を終えたようだった。普通の椅子ではなく車椅子に乗っているのだが、がくんと首を後ろに倒して、両腕を脇に垂らしていた。何とか体から緊張を追い出そうとしている様子である。そういえば彼女は、肩が凝りやすい体質だった。つき合っていた頃には、よく肩を揉まされたものだ。

愛が狭いスペースで器用に車椅子を回し、ドアの方へ向かって来る。私はドアを開け、そのまま押さえておいた。

「どうも」いつもの素っ気ない口ぶり。

「ちょっと時間あるかな」

「いいわよ。私も少し話があるし」

愛は自分で車椅子を動かし、先ほど私と玲子が打ち合わせをしていた相談室に入った。ソファの脇に素早く陣取ると、私が座る前にいきなりきつい批判の言葉を浴びせてくる。

「警察はなってないんじゃない？」

「何が？」

「今回の特捜。私のところにも、例の青木さんとのメールの件で連絡が入ったけど、まあ、失礼だったこと」愛は本気で怒っているようだった。「礼儀というか、社会人として話し方の基本をちゃんと勉強すべきじゃないの？」

「そんなに失礼だったのか？」

「録音してあるけど、聞く？」

「いや、そこまでは……」愛は怒るとしつこくなる。延々と文句を聞かされることを考えるとたまらなかった。「それより、ちょっと相談に乗って欲しいんだけど」

「ランチ一回奢りで？」

そう言えば、そろそろ昼時だ。早いランチを一緒にしながら話をしてもいい。

「もちろん。今からどうだろう」

「いいわよ。近くに新しいお店ができたけど、そこでどう？」

「あまり高いのは勘弁して欲しいな」自分で会社を回している愛と違って、私はただの月給取りである。ランチで三千五百円取られるようなフレンチのコースだったら、財布が悲鳴を上げる。

「それは大丈夫。千円ぐらいで……ただしそこではお茶が飲めないから、後で別のお店でね」

「分かった」

少しほっとして、彼女に先導されるように支援センターを出る。愛は基本的には一人でどこへでも行くのだが、やはり日本は——東京は、まだ車椅子の人に優しくない。時折、どうしても一人で乗り越えられない場所があり、そういうところでは私が手を貸すしかなかった。

支援センターから五分ほどのところにある、古びたマンション——愛が誘ってくれたのは、その一階にある天ぷら屋だった。確かに店の造りはまだ新しく、のれんも綺麗である。この辺はよく通る場所なのだが、初めて見た。「こんな店、あったっけ？」と思わず聞いてしまう。

「先月できたばかりなの」

「天ぷら——揚げ物は、あまり好きじゃないだろう」

「運動不足になりがちだから、カロリーは制限しないといけないんだけど……でも、ここの天ぷらは特別扱いね。それに、お店がバリアフリーなのもいいのよ」

彼女が言う通り、店に入るのに段差を乗り越える必要はなかった。店内に入った途端に鼻を刺激する、濃厚なゴマ油の香り……思わずひるむほどだったが、愛はまったく平気な様子で、テーブル席に向かった。店員がさりげなくやってきて、椅子を一脚片づける。愛が素敵な笑みを浮かべ、「ありがとう」と言って空いたスペースに入りこんだ。私は向かいに座る。

私は店内を見回した。狭い店だ。L字型のカウンターの奥が揚げ場、他にはテーブル席が三つあるだけ。全体に白木を使った内装は、清潔感に溢れていた。壁には単品のメニューもあるが、私はテーブルに置かれたランチ用のメニューを取り上げた。天丼の並、上、特上の三つだけ。下から千円、千二百円、千五百円だった。「お勧めは？」

「並で十分よ」

「上でも特上でもいいけど」二人で三千円なら、そんなに懐は痛まない。

「私は普通の天丼で。あなたは好きなものを食べれば？」

「じゃあ、思い切って特上でいくかな」チェーンの天ぷら屋と比較するといい値段だが、高級な天ぷら屋に比べれば安いものだ。

「へえ」愛がにやにや笑っている。

「何か？」

「自分の目で確かめれば？」

確かめた。そして仰天した。意外に早く出てきたのだが、思わず体が固まってしまう。丼の直径の二倍ほどもある穴子の天ぷらが横たわり、巨大な海老も二本。さらに分厚いかき揚げに野菜の天ぷらまでついていた。おいおい……これで千五百円なら、店は確実に赤字だ。

「びっくりした？」

「最初にちゃんと言ってくれよ」

「大丈夫よ、食べられるから」そういう愛の並天丼も相当なものだった。やはり海老が二本、それにかき揚げも載っている。昼飯としては十分以上だ。

やはりごま油の香りが強く、重たい感じがする。しかしいざ口に運ぶと、香ばしさと程よいタレの味つけで、箸が止まらなくなった。特に穴子が絶品……長さ三十センチはあろうかという大きな穴子も、あっさり胃に収まった。

早々に食べ終えて店を出ると、長い行列ができていた。

「人気なのは分かるよ」さすがに重くなった胃を摩りながら、私は言った。

「ちなみに、夜だと一万円のコースもあるみたいよ」

「昼飯を安くして宣伝しておけば、一万円のコースを食べる人もいるだろうな」ランチとディナーであまりにも値段に差があり過ぎる感じがするが……とにかく味は確かだ。

「お茶にしましょう。ちょっと水分を補給した方がいいわよ」

「そうだね」

彼女と何度かランチを摂ったことがある、近くのオープンカフェに寄る。今日もかなり寒いのだが、私はアイスコーヒーを頼んだ。重たくなった胃には、冷たいコーヒーの方が合っている感じがする。

「それで？　相談って？」

愛はロイヤルミルクティーを頼んでいた。天丼の後に、牛乳がたっぷり入ったミルクティー……それでいて、一向に太る気配がない。彼女の体の構造は、いったいどうなっているのだろう。

「青木さんのことなんだけど」

「特捜と同じ？」愛の目つきが険しくなる。

「特捜と同じじゃなくて、別の目線で」私は、見つけた財布のことを話した。

「変な話ね。現金決済することなんか、ほとんどないのに。ほかに、現金がいるようなこともないはずよ」愛が首を傾げる。「着払いで宅配便を受け取る時とか……そんなの、ポケットの財布から出せばいいわよね」

「ああ」

「もちろん、現金を仕事場に置いておく人もいると思うけど……それこそ癖みたいなもので」

「でも、百万とか二百万というのは、多いよな。しかも、それがなくなっている」

「銀行に入れたとか？」

「そういう形跡はない」特捜が銀行口座を調べ、私もその情報は入手していた。青木の名義で現金が振りこまれた形跡はない。もしかしたら、まだ把握できていない口座があるかもしれないが……一人で商売をやっているのだから、税金対策などでいろいろ考えていたかもしれない。

「IT系って、変わった人が多いのか？」

愛がキョトンとした表情を私に向けた。次の瞬間には、声を上げて笑い出す。

「そんなことないわよ。完全文系の人は、変な思いこみを持ってるのね……でも、ウエブデザイナーは、ちょっと変かもしれない」

「そうなのか？」細分化された業態それぞれについて、私は想像もできない。

「ウエブ系に限らず、デザイナーみたいな人種は、発想方法や生活習慣がちょっと変わってるのよね。山崎君のデスクも、大変だから」

「何が？」彼女の会社で、山崎のデスクを見たことはない。

「フィギュアだらけ。それも怪獣限定」

「どうして？」

「さあ」愛が肩をすくめる。「聞かないのが礼儀、みたいなところもあるから。とにかく、プログラマーは力仕事、デザイナーは発想で勝負……みたいな感じかしら」

「だから変人も多いのか」

「一種の工業デザイナーだけど、基本は芸術家だからね」

「青木さんは、儲けてたのかな」私は話を本題に引き戻した。自宅に百万円の札束の話は、やはり引っかかる。

「他人の懐事情はよく分からないけど、大金持ちだったわけじゃないと思うわ。会社を作って節税するほどは儲けていない感じかな。ただ、この業界で長く仕事をしてるから、築き上げてきたものはあるはずよ。二〇〇〇年頃……ＩＴバブルの頃って、うちの業界は活況だったの。だいたい、企業の依頼でホームページを作るような仕事は、基本的に制作者側の『言い値』だしね」

「いくらでも高くできる？　君の会社も？」

「うちは良心価格よ」愛が反論する。「昔は、発注する方も事情がよく分からなかったし、標準的な価格もなかったから、基本的には売り手市場だったのよ。ホームページの構築と年間メインテナンス込みで一億円、なんていう話もよく聞いたけど」

「それってぼろ儲けじゃないかな」

「メインテナンスまで請け負う契約だと、決して高くはないと思うけど……特に、二十四時間三百六十五日対応の契約だと、いつ何時電話がかかってくるか分からないでしょう。しかも即座に対応しないといけないから、休みなんか取れないし、仮に取れても、気が休まらないわよね」

「なるほど」私は実際には、青木は相当儲けていたのではないかと想像していた。文京区内に大きな一戸建て、それにベンツの新車。

「ちょっと動いてみようかと思う」

「大丈夫なの？」愛が眉をひそめる。

「ばれなければ問題ないだろう。俺は、一刻も早くこの案件を普通に戻したいんだ」

「犯人が捕まって、被害者が普通に悲しむ——私たちがそれをフォローする」

「そういうこと」

「間違いなく、那奈ちゃんは犯人じゃない？」

「特捜本部の考えがおかしいんだよ」

「そうじゃなくて」愛が苛立たしげに言った。「客観的に考えて、那奈ちゃんが父親を殺したとは考えられないの？」

「そんなこと、松木に言うなよ。あいつ、この件では感情的になってるんだ」

「あなたもね」愛が、スプーンの先を私に向けた。「松木に引っ張られてるんじゃないの？　冷静さをなくしたら、この仕事はやっていけないと思うけど」

「確かに冷静じゃないかもしれないけど、こういう風になることもあるんじゃないか？」

愛が力なく首を横に振った。皮肉をぶつけてくるかと思ったが、彼女の口を突いて出てきたのは、反論しようのない説教だった。

「私たちに必要な能力は、冷静さだけよ」

「被害者家族を思いやる気持ちは……」

「そんなのは、あって当然。でもそれに流されちゃ、プロとは言えないでしょう」愛がぴしりと言った。

私はアイスコーヒーを一口飲み、気持ちを落ち着けようとした。確かに、優里に流されて、那奈を庇っていると言えないこともない。もちろん、真犯人を知りたい気持ちもあるのだが。

「誰か、青木さんと親しい人を紹介してくれないかな。話を聴いてみたい」

「それは大丈夫だけど、支援課本来の仕事とは関係ないでしょう」

「大丈夫。課長が尻拭いしてくれることになってるから」

「本橋課長が？」愛が目を見開く。「あなた、本橋課長に散々迷惑をかけてるでしょう」

「今年はお歳暮でも送っておくよ」

「まったく……」愛が苦笑して、スマートフォンを取り出す。しばらく何かを調べていたが、ほどなく目当ての相手を見つけ出したようだった。スマートフォンを耳に当てて、話し始める。

「ああ、杉本《すぎもと》さん？　どうも、西原です。ご無沙汰してます」愛想のいい喋り方。普段、私と喋っている時とはだいぶ違い、営業用という感じだった。「ちょっとお知恵をお借りしたいんですよ。ええ。杉本さんに会いたいという人がいるんです。杉本さんなら、情報を知っているんじゃないかって……そうです、やばい話なんですよ」

おいおい、煽《あお》ってどうする……私は目配せしたが、愛は無視して声を上げて笑った。

「はい、あのね、彼じゃなくて元彼ですから……そうそう、警察官です。大丈夫、基本的に優男《やさおとこ》だから、怖くはないですよ。情報が欲しいだけですから、ちょっと会って話をしてもらえれば。はい。ええと、今日ですか？　ちょっと待って下さい」

優里がスマートフォンを耳から離し、送話口を手のひらで覆う。「今日の夜なら会えるって言ってるけど、どうする？」

「俺は大丈夫だ」

「名古屋だけど」

「え？」

「名古屋で会社をやっている人なのよ……名古屋なら、日帰りでも大丈夫よね。泊りにならなければ、本橋課長も出張をＯＫしてくれるんじゃない？　じゃ、それでいいわね？」

「いや、ちょっと――」

私を無視して、愛は電話に戻ってしまった。

「ちょっと早い方がいいと思うんですけど、五時半？　無理？　じゃあ、六時。うん……大丈夫です。場所は……会社でいい？　あ、それ、本当に助かります。じゃあ、六時に会社に行く感じで。ええ、村野さんです。村野秋生さん。じゃあ、よろしくお願いします……ええ、今度東京に来られた時にでも、お礼に奢りますよ」

愛がぽん、とスマートフォンをタップした。にっこり笑って、「ＯＫ」と嬉しそうに言う。

「今のは？」

「業界の重鎮。私に青木さんを紹介してくれたのもこの人なの」

「そうか……でも、勝手に俺の予定を決めないでくれよ」

「手間がかからなくてよかったでしょう？　何だったら、私が本橋課長に電話してあげようか？」

「まさか」

「あなた専属のマネージャーとして」

「自分のことぐらい、自分でできるよ」

「そうかな」愛が首を捻る。「今回の件を見てると、とてもそうは思えないけど」

まさか……愛に全てをコントロールされることを考えると、ぞっとする。彼女は極めて有能であり、私の仕事を一分単位で仕切ってくれるだろうが、それはすなわち、完全に彼女の監視下に置かれるのと同義である。

今の自分が、そういうプレッシャーに耐えられるとは思えなかった。

5

意外なことに、本橋は出張を許可してくれた。止めれば、休暇を取ってでも私が勝手に行く、とでも考えたのだろう。「自分の財布を軽くする必要はありませんよ」と言ってはくれたが、どうにも皮肉っぽい言い方だった。

名古屋まで、新幹線「のぞみ」で約一時間半。車中、私はひたすら考え続けた。那奈が父親を殺した可能性はあるのか……ないはずだ、と思いたかったが、アリバイのない一時間が棘のように頭に刺さっている。その時間、彼女が何かしていたのは間違いないが、説明できないようなことなのだろうか。話せば黒川たちはすぐに裏を取り、疑いは晴れるはずなのに。

誰にも説明できないような事情……説明すれば破滅する事情がある……後ろ向きに考えては駄目だ、と私は首を横に振った。何度も。つまり、何度も那奈の犯行を考えた。十五歳の少女が、背後から忍び寄って父親の頭を一撃し、さらに背中を刺す――不可能ではない。しかしもしもそうだったら、那奈は凶器をどうしたのだろう。現場からは凶器は発見されていないが、果たして処理する暇があったかどうか。

十五歳の少女が、そこまできっちり計画を練り、冷静に実行に移したとは、どうしても思えなかった。那奈の口から動機めいた話を聴いたこともない。もちろん玲子は魔法使いではないから、相手の心情を完全に読み取れるわけでもないのだが。

「とにかく、会ってみないとな」つぶやき、私はあれこれ考えるのをやめて目を閉じた。すぐに睡魔が襲ってきたが、次の瞬間には目が覚めてしまう。一時間半というのは意外に短く、寝過ごすのが怖かった。スマートフォンで目覚ましをかければいいのだが、そのセッティングさえも面倒だ。

夕方六時前に名古屋着。初めて来る街だった。さすがに東海地方の中心……というより日本の五大都市の一つである。駅も巨大で、うかうかしていると迷いそうだった。

名古屋は地下街が極度に発達していて、地上に出ても人は誰もいない、という噂話は私も聞いていた。杉本の会社は駅から歩いて五分ほど。地下街ではなく、あえて表に出てみる。

噂は単なる噂だった――巨大な駅を中心にした、いかにも大都会然とした光景の中、サラリーマンが忙しく行き来している。東京に比べて多少寒さは緩く、コートなしでもぎりぎり我慢できる気温だったが、コートを脱ぐ間も惜しく、私はそのまま歩き出した。背筋を伸ばし、忙しそうな名古屋のサラリーマンに負けないように、と。

駅前は、繁華街というよりビジネス街の趣が強かった。なかなか活気に溢れた街で……高層ビルが建ち並んでおり、銀行の支店などが多いのも、金の匂いを感じさせる要素だ。

杉本の会社は、オフィスビルの十五階に入っていた。かなり大きなビルのワンフロア全部を占めていることから、会社の規模もうかがい知れる。もちろん、東京に比べれば賃料も安いのだろうが。

六時を回っているのに、受付にはまだ人がいる。受付を置くほどの余裕がある会社なのだ、と改めて思い知った。来訪を告げると、「少々お待ち下さい」と丁寧に応対される。受付の前にはベンチがいくつもあったのだが、私は座らずに待った。代わりに、ガラス張りのショーケースを見学する。どうやらこの会社は、パソコンソフトの開発も行なっているようだ。ショーケースの中には、パッケージ商品の見本が入っている。今時、こういうパッケージ売りのソフトはあまり見かけないが、以前の製品だろうか。

「村野様」

涼し気な声で呼びかけられ、受付に向かう。

「社長がお待ちしております。ご案内いたしますので」

言われるまま、受付の女性の後について歩き出す。ふと思いついて訊ねてみた。

「ちなみに、社長はおいくつなんですか？」

「六十二歳ですが」振り向き、怪訝そうな表情を浮かべて、受付の女性が言った。

「ああ……そうなんですか」

「何か、問題でも？」

「ＩＴ系っていうから、もっとずっと若い――私よりも若い社長かと思っていました」

「弊社は、一九八九年創業でございます」

「平成元年ですか？」

「そうなります」

結構な歴史――四半世紀も生き延びてきたということは、優良企業なのだろう。

私たちは、会社の中を通り過ぎた。まだほとんどの社員が居残っているようで、キーボードを打つ音、電話で喋る声がざわざわと活気のある雰囲気を作っている。応接室にでも通されるのかと思ったが、受付の女性が案内してくれたのは、フロアの中程にある社長室だった。大部屋の中で区切られて設置されているのは支援課の課長室と同じだが、規模はずっと大きく、二十畳ほどもありそうだった。ＩＴ系と聞いてイメージするシャープさやポップさとは縁遠く、昔ながらの社長室という感じである。全く読めない字で書かれた、相当大きな書。分厚い本が並んだ本棚。会議用のテーブルも素っ気ない長方形で、社長本人の好みなどを感じさせる材料はまったくなかった――いや、一つだけある。この社長は喫煙者だ。部屋には煙草の臭いが染みこみ、いましも社長は新しい一本に火を点けようとしていた。私の顔を見ると、煙草を口から引き抜く。来客の前でいきなり煙草を吸うのは失礼だ、とでも思っているのだろうか。

「お待ちしていました。どうぞ」

声をかけられ、一礼する。座る前に名刺を交換した。代表取締役社長――その肩書きがある名刺は縦書きだった。会社名もカタカナで「フラックス」だから、特に違和感はない。

杉本は、六十二歳という年齢なりの外見だった。薄くなりかけた髪を、きちんとオールバックに固めている。目尻には皺が目立ち、顔のところどころにシミもあった。とはいえ、きちんと背広を着こなしてネクタイを締めている姿は、百年以上の歴史を持つ会社の社長の雰囲気である。

ソファに腰かけると、杉本がまだ右手の人差し指と中指に煙草を挟んでいるのに気づいた。

「煙草、吸っていただいて結構ですよ」

「あなたは吸われます？」

「いえ」

「それならやめておきます。失礼ですから」

「いや、出したのを戻すのも変じゃないですか。私は気になりませんから、どうぞ」

「そうですか？」探りを入れるように杉本が言った。「いや、警察の——それも東京の人がわざわざ来るなんて、大変なことですからね。緊張しますよ。煙草の助けは必要だ」

「緊張するような話ではないですが、どうぞ」

私は杉本に向かって手を差し伸べた。杉本はまた煙草をくわえ、スーツのポケットからライターを取り出して素早く火を点ける。さすがに百円ライターではなく、銀色に鈍く光るガスライターだった。杉本が満足そうな笑みを浮かべ、煙草の煙を吹き上げる。

「それで今日は、どういったご用件でしょうか」

「実は、青木哲也さんのことを調べています」

「ああ」杉本の顔から血の気が抜ける。「私も通夜には行かせてもらったんですけどね……残念なことでした」

「私もです」残念なことはもう一つ。上手くいけば、通夜の席で顔見知りになれていたかもしれないのに。ただあの時点では、支援課としてどういう風に動いていくか、まったく決まっていなかったのだが。「青木さんとは、そもそもどういう関係ですか？」

「我々の先生です」

「先生？」

「ええ。十年ほど前かな……彼に、ウエブデザインの基礎について、会社で講義してもらったんです」

「御社で、ですよね？」

「実はその頃、名古屋にＩＴ系の専門学校を作ろうという計画があって、模擬授業の意味もありましてね。結局その計画は潰れてしまったんだけど、それ以来、彼のことは『先生』と呼んでいました。いい関係でしたよ」

「ビジネス的には……」

「それもあります。いまのうちのホームページ、青木さんのデザインですから」

「そうなんですか」

「私は週に一度は東京に行くんですけど、その時によく飯を食ったり酒を呑んだりします」

「青木さんは、あまり外に出ないイメージがあるんですが」

「そんなこともない。誘えば出て来ますよ。基本的には、座っていないと仕事にならない商売だから、毎日のようにふらふら出歩くわけにはいかないでしょうけどね」

「なるほど……ちなみに、お通夜に参列された後、警察の方からは接触がありましたか？」

「ええ。何だか、無礼な感じでしたけど」杉本の顔が歪む。「いや、無礼と言っては失礼かもしれませんが」

「いろいろあって、捜査を担当している刑事たちは焦っているんです」

「あなたは担当していないんですか？」杉本が驚いたように目を見開く。

「私は、別の側面から捜査を支えています。名刺の通りで、被害者支援が本来の担当なんですよ」

「難しそうな仕事だ」

「簡単ではないですね……それで、あなたに接触した刑事は、何を聴いてきたんですか？」

「私のアリバイです」杉本の顔がさらに不快げに歪む。「いきなり、ね。それで私もかちんと来て、少し言い合いになったんだけど……ただ、社会人の基本として、ああいう聞き方はないと思う。教育がなってないですな」

「失礼しました。警視庁を代表して謝ります」私は素直に頭を下げた。「私は、青木さんの最近の様子を調べています」

「その件も聞かれましたけどね」杉本が不快そうに言った。「あまりにもむっとしたんで、思わず『知らん』と言って電話を切ってしまいましたよ。まずかったですかね」

「ボタンのかけ違いみたいなものですから、気にしないで下さい。向こうも悪気はないはずです。焦っていただけだと思いますから」何で自分が弁解しなければならないのかと思いながら、私は言った。「改めて、青木さんの周辺情報を教えていただけますか」

「周辺情報といってもねえ」杉本が、煙草を持ったまま、右手で器用に顎を撫でる。

「親しいんですよね？　だから、西原も紹介してくれたわけですし」

「あなた、西原さんの元彼ですって？」急にくだけた口調になって杉本が言った。

「ええ。彼女が——我々が同じ事故で怪我するまでは、つき合っていました」

「失礼」

杉本が咳払いする。その拍子に煙草の煙にむせてしまい、しばらく咳が止まらなくなった。ようやく落ち着くと、もう一度「失礼」と言って煙草を灰皿に押しつける。大きなガラス製の灰皿は、吸い殻で一杯になっていた。いったい、一日に何本吸うのだろうか。最近、こんなヘビースモーカーも珍しい。

「昔の話です」私はさらりと言った。「今でも仕事上のつき合いはありますしね」

「いろいろ大変ですな」

「慣れますよ」私は薄い笑みを浮かべた——嘘をついたことを多少反省しながら。

「それで、青木さんはどういう人だったんですか？　我々には、何だかずっと引きこもりっぱなしで仕事をしていたようなイメージしかないんですが」

「基本的には、ね。まあ、彼のような仕事では、外を歩き回る必要もないですから……必要がある時だけ、外出すればいいわけです。だいたい最近は、そんなに仕事を入れていないはずですよ」

「そうなんですか？」

「新規のクライアントは獲得しないというか……知り合いの紹介でしか仕事を受けない方針にしたそうです。これまでたっぷり稼いだし、そろそろ本当にやりたいことを始めるつもりだったんじゃないかな？」

「ウエブデザイナーが天職じゃないんですか？」

「彼は、本当はイラストをやりたかったんですよ」杉本が、宙に絵筆を走らせる真似をした。「しかも手書きでね」

あの仕事場にそういう形跡があっただろうか、と私は訝った。イラストを描くなら、せめてスケッチブックなどの画材があってもおかしくないのに、鉛筆一本さえ見当たらなかった気がする。

「それは初耳です」

「ウエブデザイナーは、今は需要がたくさんあるけど、イラストレーターとなるとまた別なんです。老後の資金まで稼いだら、好きなイラストを仕事にしたいと言ってましたよ」

そんなことを考えていたのか……意外な感じがして、私は目を細めた。杉本が、何かを納得したようにうなずく。

「家族を大事にする人だから、無責任なことはできないと考えていたんでしょうね」

「家族は当然大事ですよね」本当に？　那奈を引き取る過程で、家族の間に「軋み」が生じていたかもしれないのに。

「何しろ、娘さん――養子にした娘さんね、その子のためにあの家を建てて、在宅勤務にしたんだから」

「娘さんのために家を建てた話は聞いていますが……」私は思わず身を乗り出した。古傷の残る膝がテーブルにぶつかり、声が漏れそうなほどの痛みが走ったが、何とか歯を食いしばる。

「もともとは――あの家を建てる前はマンションに住んでいて、仕事場は外に持っていたんですよ。でもそれだと、娘さんの面倒を見られないでしょう？　奥さんも働いているし」

「ええ」

「自分は家でも仕事ができるからってね……優しい男でしょう？」

「奥さんは、どうして働いていたんでしょうね。那奈ちゃんの面倒を見るために、仕事を辞める選択肢もあったと思いますけど……青木さんの稼ぎで、十分な暮らしができたでしょう」

杉本が、かすかに非難するような目つきで私を見た。ワイシャツのポケットから新しく煙草を引き抜き、火を点ける。

「人生は、金だけじゃないんだよね……仕事が、その人を支えるアイデンティティーになっている場合もあるでしょう。奥さんは司書の仕事にプライドを持っていた。だから続けてもいい、自分でも、できる限り那奈ちゃんの面倒を見る——それが青木さんのやり方だったんですよ。もちろん、そんなに大層なことができるわけじゃないけど、那奈ちゃんが学校から帰って来た時には、家に誰かいた方がいいでしょう？　だから家も、変な造りにしたそうですね。まず仕事場を通り抜けないとリビングルームに入れない。それなら必ず、那奈ちゃんが帰って来た時に顔を合わせるわけだから」

子煩悩《こぼんのう》——というか、親馬鹿と言っていいかもしれない。それでも、親子喧嘩ぐらいはするだろう。那奈からすれば、過干渉で鬱陶《うっとう》しかったかもしれないし。

おそらく、青木は変わったのだ。最初は子どもの存在が迷惑で、「引き取る」と決意した妻の直美と衝突したかもしれないが、一緒に住んでいるうちに、愛情も生まれたのだろう。「親子関係がぎすぎすしていた」「実質的にネグレクト」などの情報は、やはり無責任な噂話に過ぎなかったのではないか。

「一緒に吞んでいても、娘さんの話ばかりでね……すごく優秀だそうですね」

「ええ」

「何となく、自分と同じような仕事をして欲しいと思ってたみたいだね。それで娘とよく喧嘩する、と言って落ちこんでましたよ」

その話は本当だったのだ……しかし杉本の喋りを聞く限りでは、深刻な喧嘩だったとは思えない。

「ＩＴ系の仕事は、簡単にはできないんでしょうか」

「プログラマーなら、訓練次第で何とでもなります。勉強は相当大変だけどね。でも、デザイナーとなると……最後はセンスの問題ですね。東京藝大へ行くのは、ある意味東大へ行くより難しい——そういうことですよ」

「なるほど……那奈ちゃんに会ったことはありますか？」

「一度だけ」杉本が左手の人差し指を立てた。「半年ぐらい前かな？　向こうのご家族と食事をしましてね」

「その時、どんな様子でしたか？　その、二人の関係は」

「普通の親子でしたよ。もちろん、那奈ちゃんは中学生だから、父親とそんなに仲良くするわけじゃないけど……お母さんとは、本当に仲がいいみたいですね。こんなことを言うと何だけど、本当の親子みたいだった」

「事情はご存じなんですね？」

杉本が、立ち上る煙の向こうでうなずく。ゆっくりと煙草を一吸いすると、「立派な人たちですよ」と心底感心したように言った。

「青木さんは、最近何かトラブルを抱えていませんでしたか？」

「はい？」杉本が目を細める。

「仕事上のトラブルとか、私生活のトラブルとか……何か、事件に巻きこまれるきっかけになるようなことです」

「それは……そうだね」杉本が前屈みになり、煙草の灰を灰皿に落とした。「ちょっと様子が変だな、と感じたことはあったけど」

「どんなことですか？」私はまた身を乗り出した。今度は膝をぶつけないように気をつける。

「この前――一か月ぐらい前にも呑んだんだけど、変なことを言ってたんですよ」

「と言いますと？」

「金で解決できない問題もあるとか、一度起きたことは永遠に続くのか、とか……」

「どういう意味でしょうね」私は首を傾げた。

「さあ？　ただ、けっこう深刻な様子ではありましたよ」

「金銭的な問題でも抱えていたんでしょうか？」

「可能性はありますが、それ以上のことは分かりません」

「昔の話ですかね」

「そんなニュアンスではありました」

「青木さんの昔のことを知っている人は……」一度起きたことは永遠に続く——私はその言葉に引っかかった。まるで、過去の因縁が今まで続いているようではないか。

「そうですね……彼が以前、一緒に組んで仕事をしていた人がいますけど、今は没交渉かなあ」

「教えて下さい」私はそこで初めて手帳を広げた。ここからさらに本気になった、と示すために。

次はこの人に会ってみよう。青木にまつわる過去の因縁を知っているかもしれない。礼を言って立ち上がると、杉本が「今夜はこちらに泊まりですか？」と訊ねる。

「いや、帰ります。まだ早いですし」

「残念ですね」杉本が愛想のいい笑みを浮かべる。「名古屋の食事を楽しんでもらいたいところですが」

「またの機会にします……お時間を割いていただいて、どうもありがとうございました」ちらりと壁の時計を見ると、まだ七時前だった。七時台の上りの新幹線は本数が多いから、上手くいけば九時前には東京に戻れる。これで明日も、朝から普通に動けるわけだ。

会社の入ったビルを出て、スマートフォンを取り出す。着信があった――ほんの数分前である。確認すると、優里だった。留守電が入って、メールも来ている。先にメールを確認することにした。


那奈ちゃんが行方不明。失踪課にも連絡済み。


「何なんだ！」私は思わず声を張り上げてしまった。すぐに優里に電話をかけたが、つながらない。既に走り回っているのかもしれないと思い、支援課に電話を入れる。

「支援課です」すぐに梓が出た。声が緊張している。

「村野だ……松木から電話をもらった。優里ちゃんが行方不明って、どういうことなんだ？」

「六時過ぎに、おばあさん……節子さんからこちらに連絡があったんです。最近はずっと三時過ぎに家に戻って来るのに、今日は帰って来ない、電話もつながらないということでした」

「誰が現場に出てる？」

「松木さんが家に向かいました。芦田係長と課長には連絡がついて、またこちらに向かってもらっています」

帰宅途中で呼び戻されたわけか……大変だと思ったが、一番大変なのは私だ。何しろ、東京まで一時間半かかる名古屋にいる。

どうしようもない……那奈が行方不明になるなど、予期できるわけもないが、自分の判断の甘さを私は恥じた。那奈にはもっと目を配っておくべきだったのではないか？　あんな事件から十日ほどしか経っていないのだ。気丈に振る舞っていた強さが、ついに折れたのかもしれない。

6

名古屋駅に駆けこみ、七時十六分発の東海道新幹線に間に合った。東京駅に八時五十六分着、それから動き出したとしても、今夜のうちに何ができるか……やはり、滅多なことでは東京を空けるべきではない。

クソ、何もできない。梓と話すぐらいしか思いつかないが、彼女の方にもまだ情報は入っていないだろう。しかし、節子は神経質過ぎるのではないか……普段帰って来る時間よりも三時間遅いだけ――しかし今、青木家は異常事態にある。これまでの那奈の態度を見ていると、母親と一秒でも長く一緒にいて、面倒を見ようとしていた。塾も休んでいるというし、よほどのことがない限り、遅くなるようなことはないだろう。

よほどのことがあった？

苛々する。腹が減っているせいかもしれないが、かすかな胃の痛みを感じた。せめて何か飲み物をと思って席を立ったが、確か東海道新幹線の自動販売機は廃止されていたはずだ。踏んだり蹴ったり……は大袈裟だが、ますます苛立ちは募る。幸い車内販売が来たのでコーヒーを買い、砂糖とミルクを加えた。普段はブラックなのだが、少し甘い物を入れてやる必要を感じる。

黙って座っていられない……最初に支援課に電話を入れてから三十分経っているから、何か新しい情報が入っているかもしれないと思い、デッキに出た。スマートフォンを取り出した瞬間に鳴り出したので、慌てて出る。優里だった。

「帰って来たわ」口調は静かで、動揺は感じられない。

「そうか……」思わず長々と吐息を漏らしてしまう。「家に？」

「つい、五分ほど前に。まだ事情は聴いてないけど……聴けるような状況でもないわね。節子さんが激怒していて」

「何とか事情を聴き出してくれ。無事に帰って来たから問題ないとは思うけど、気になる」

「こっちへ戻るのは何時？」

「九時前。東京駅へ着いたら電話するから、どこへ行けばいいか、教えてくれ」

「たぶんその頃には、片づいていると思うけど」

「分かった。とにかく何か状況が分かったら、また教えてくれないか」

「了解」

通話を終え、安堵の息を吐く。まったく、人騒がせな話だ……しかし那奈を怒る気にはなれない。彼女が遅くなるからには、何かちゃんとした理由があったはずだ。

優里とは、青木家ではなく、根津駅前の喫茶店で落ち合うことにした。東京駅からタクシーを飛ばし、慌てて店に飛びこむと、優里は涼しい顔でコーヒーを飲んでいた。その姿を見た瞬間、私は夕飯がまだだったことを思い出し、強烈な空腹感を覚える。

「食事は？」げっそりした私の表情に気づいたのか、席に着いた途端、優里が訊ねる。

「まだだけど、とりあえず事情を聞かせてくれ」

「お墓参り」

「え？」私は思わず間抜けな声を上げた。「墓参りって、まさか……」

「亡くなった本当のご両親の月命日が一昨日だったのよ」

「ああ……だけど、何もこんな時に行かなくても」

「違うのよ」優里が、両手で包みこむように持っていたコーヒーカップをゆっくりと下ろした。「月命日は、毎月お墓参りに行く——それが決まった習慣なの。それが今回、こういうことがあって行けなくて……それで今日、学校帰りに行った、と那奈ちゃんは言ってるわ」

「お墓はどこなんだ？」

「世田谷——烏山《からすやま》の方」

「なるほど」寺がたくさんある街だ。「それにしても、ずいぶん遅くないか？」

「いろいろ考えることもあったんでしょうね」優里は、この事情に納得している様子だった。「お墓参りには青木さんと行ったり、直美さんが一緒だったり……今回初めて、一人で行ったんですって。はっきり言わないけど、やっぱり相当参っていたのは間違いないわ。ご両親のお墓の前で、いろいろ相談してたのかもしれない」

「それで、こんなに遅くなったのか……」

「相談することもたくさんあったと思うから」優里がうなずき、コーヒーを一口飲む。

一応、納得できる理由ではあった。私は安心して店員を呼び、アイスコーヒーとカレーを注文した。とにかく何か、腹に入れておかないと。

「君は、その説明で納得したんだね」

「ええ」

「本人に直接話を聴いたんだよな？　どんな様子だった？」

「落ち着いてたわ——今までにないぐらいに。今まではかなり無理していた感じだったけど、今日は憑《つ》き物が落ちたみたいだった。那奈ちゃんにとっては、お墓が一種のパワースポットなのかもしれないわね」

「お墓をパワースポットとは言わないと思うけど……でも、とにかくよかったよ。連絡が取れなかったのは、褒められたことじゃないけど」

「誰にも邪魔されたくなかったんですって」優里が肩をすくめる。「だから家族にも連絡しないで、携帯の電源も切っていた。気持ちは分かるわ。那奈ちゃんは、たぶん節子さんを鬱陶しがってるわね——口には出さないけど」

「ああ」私も苦笑せざるを得なかった。「あの人と一緒だと、苦労すると思うよ。口《くち》煩《うるさ》いからね……でも、節子さんは節子さんで、直美さんの面倒を見るためにこっちに来ているんだから。悪気があるわけじゃないと思う」

「あなた、そんなお人好しだった？」優里が首を傾げる。

「お人好しじゃなくて、純粋な人間観察の結果だよ」

注文してから三分と経たないうちに、カレーがやってきた。まさかの大盛り——チェーンのカレーショップだったら、百円増しになる分量である。

「大盛りは頼んでないけど」私は思わず店員の顔をまじまじと見て言ってしまった。

「うちは、これで普通盛りです」真顔で言って、店員がアイスコーヒーをカレーの皿の横に置いた。

独特なカレーだった。紡錘形《ぼうすいけい》に盛られたライスが皿の中央に置かれ、ルーが周囲を満たしている。色はどす黒く——ほとんど黒一色と言っていい——具はひき肉だけのように見える。野菜っ気がないなと思いながら、私はスプーンを突っこんだ。最初に感じたのは柔らかい甘み。フルーツが隠し味のようだが、すぐに喉の奥で辛さが自己主張し始めた。食べ進めるに連れて辛さが強くなり、後で額に汗が滲《にじ》む味つけである。コクのある欧風や本格的なインド風とも、家庭で作る昔ながらのカレーとも違う、独特の味わいだ。私は頭の中で、都内のカレーランキングを作り直し始めた。

「そっちはどうだったの？」

「ああ」私は皿から顔を上げた。驚いたことに、いつの間にか半分ほど食べてしまっている。食べているうちに勢いがつく食べ物があるが、このカレーがまさにそうだった。

「具体的じゃないけど、気になる情報があった。青木さんが、最近ちょっと悩んでいたらしい」

杉本から聴いた情報を話す。優里は相槌《あいづち》を打ちながら耳を傾けていたが、私が話し終えたところで手帳を広げた。顎に手を当て、無言で手帳を凝視していたが、ほどなく顔を上げて難しい表情を浮かべる。

「何か、気になることでも？」

「お金の話、よね」

「ああ」

「八年前の事件の時にも、ちょっとそういう話が出て……彼が零しているのを聴いて、確認してみたのよ」

「それで？」

「警察のお世話になるようなことじゃないって、あっさり言われたわ。あの頃から素っ気ない人だったわね」

「たぶんそれは、警察に対してだけなんだ。俺が会って来た人は、仕事の関係を超えて家族ともつき合いがあったし」

「要するに、私たちが嫌われたわけね」鼻を鳴らし、優里が手帳を閉じた。「それと、ちょっと気になる話を聴いたんだけど」

「何だ？」

「那奈ちゃんの件、一応失踪課にも連絡を入れたのよ」

「ああ、その件は安藤に聞いた」

「相談は安藤にやってもらったんだけど、その時、変な話が出たらしいわ。『またか』って言われたって」

「またかって、那奈ちゃんが何度も家出しているっていう意味か？」

「違う、違う」優里が顔の前で手を振った。「同じ中学の別の子が行方不明になっていて、家族が相談に来たらしいの」

「そんな偶然、あるのか？」

「多感な年頃だとは思うけどね」

何かが気になる。偶然なのか？　那奈は何か別の事件に巻き込まれているのではないか？

「行方不明になっているのは？」

「中三の男の子らしいけど、詳しいことは分からないわよ。安藤が小耳に挟んだだけだから」

「ちょっと聴いてみようかな」私はスマートフォンを取り出した。

「何で？　うちには関係ないじゃない」

「警察官には警察官の勘があるんだ」

三十分後、私は千代田線の日比谷駅で降りた。既に午後十時過ぎだが、目当ての人物はまだここにいる。「署に住んでいる」と聞いた噂は、本当かもしれない……。

交通課の隣にある、失踪課の分室に顔を出す。失踪課——失踪人捜査課は、都内に三か所の分室を持っており、千代田署には一方面分室が入っている。管轄は二十三区の東側だ。所轄が家族から相談を受けると、その情報は必ず失踪課に上がって一元管理され、各分室が直接捜索に乗り出す。

一方面分室の室長である高城賢吾《たかしろけんご》は、ある意味伝説の人物だ。元々捜査一課の敏腕刑事だったようだが――私は在籍時期が被っていないので直接の面識はない――娘が行方不明になり、その後転落の人生を辿って失踪課に流れてきた。ただ、転落しきったわけではあるまい。そうでなければ、失踪課の室長になどなれない。室長の階級は警視。試験ではなく、仕事の評価のみで昇任が決まるから、上の受けも大事――むしろそれが全てである。

果たしてどんな人物なのかと思ったが、顔を見た瞬間に私は気合いが抜けるのを感じた。「敏腕」の称号など絶対に贈りたくない、冴えない中年のオッサンだったのである。しかも、署内は全面禁煙のはずなのに、堂々とタバコを燻《くゆ》らせている。さらに左手には、小さなグラス。中身は多分、ウィスキーだ。禁煙の署内でタバコを吸い、酒を呑む――こんな習慣が上にばれたら、絶対に警視になどなれないはずだが。

「よお」

高城が気軽な調子で、煙草を持った右手を挙げる。私が軽く一礼すると、高城は立ち上がって、部屋の片隅にある応接セットの方に向けて顎をしゃくった。さすがに煙草は揉み消し、グラスもデスクに置いたままだ。

ソファに浅く腰かけると、高城が足を組む。酔っている様子はないが、少しだるそうだ。スーツは皺だらけ、ネクタイは外しており、ワイシャツの左側の襟が折れ曲がって、下半分が上を向いている。家に帰らないだけではなく、着替えもしていないのかもしれない。

「文京区の、中学生の家出のことだったな」

「ええ」

「早川陸《はやかわりく》、十五歳。昨日から行方不明になっている。午後九時、所轄に家族が相談に来て、今朝になって失踪課に報告が上がってきた」

何も見ないですらすらと説明する。ただの酔っ払い、だらしない男というわけではないようだ。私は少し安心して話を始めた。

「その、早川君と同じ中学校に通っている女の子——青木那奈さんが、今日行方不明になる騒ぎを起こしました」

「知ってる。びっくりしたけど……まあ、事情は分からないでもない」

「どういうことですか？」

高城が早口で説明し始めた。いちいち腑《ふ》に落ちる——それより何より、失踪課の

「能力」に驚く。それほど時間があったわけでもないのに、ここまで事情を把握しているとは。高城本人が調べたわけではないかもしれないが、少なくともスタッフは優秀なのだろう。

「引っかかりますね」

「引っかかる——でも、想像だけで走ると、ろくなことにはならないぜ」高城が忠告した。「ただ、これで彼女の家出の原因は分かるんじゃないかな」

「墓参りに行っていた、と言っているそうです」

「嘘だな」高城があっさりと言った。「まあ、中学生らしい、浅い嘘だろう」

「墓参りは本当かもしれませんよ。複雑な家庭の子なので」

「それも聞いてる。しかし、毎月月命日に墓参りっていうのは、相当なもの……ちょっと異例だと思うな。田舎のジイサンやバアサンならともかく、東京に住んでいる中学生の女の子が、そんなに熱心に墓参りするものかね」

「あると思います。そういう子なんです」

「あんたがそう言うなら、そうなんだろうな」高城がうなずく。

「失踪課としては、これからどうするんですか？」

「早川陸は捜すよ。単なるプチ家出かもしれないが、中学生だからね。何かあってからじゃ遅いんだ。で、そっちはどうする？」

「正直、方針が定まらないんですよ」私は正直に打ち明けた。何だかこの男の前では、嘘はつけない気がする。これまでの状況を、全部説明してしまった。

「過去とのつながりだな」話を聞き終えた高城が、いきなり断言する。「人間、簡単には過去と決別できないんだ。それは、あんたもよく分かってるだろう」

「何が言いたいんですか」

「あんたは、ある意味俺と同じなんだよ。ちょっとしたトラブルがあって、捜査一課という警視庁の本筋から零れ落ちたんだろう？」

「私は、別に……」

「支援課の仕事に専念するだけなら、ここまで事件に首を突っこむ必要はないだろう。むしろ、特捜に迷惑がられてるんじゃないか？」

私は苦笑してうなずいた。高城にも当然、捜査一課とのパイプがあるだろう。そこから、私たちと特捜本部のトラブルを聞きつけたのかもしれない。高城が、膝に拳を一度、二度と打ちつける。

「正式に抗議も受けましたよ」

「大人しそうな顔して、あんたも相当なもんだね」高城がにやりと笑う。「まあ、別にそれは悪いことじゃない。衝突を恐れていたら、何もできないからな。そういうのは、うちもしょっちゅうだよ……遠慮しないで、がんがんやればいいさ」

「煽らないで下さいよ」私は苦笑した。

「いや、真面目な話だ」高城が身を乗り出した。「捜査一課だから絶対に間違わないってわけじゃないんだから。全員が優秀でもない。当然、ミスもする。だからおかしいと思ったら、どんどん自分の判断でやればいい。結果的には、犯人を挙げることが最優先事項なんだから——いや、あんたのところはそういうわけじゃないか。うちもそうだけど」

「でも、警察の仕事に変わりはありませんよ」

「それが分かってないのが、捜査一課の連中の弱点だよな」高城がにやりと笑う。

「まあ、あまり気にする必要はないよ。自分が正しいと信じたことをやればいい」

「今は、犯人を見つけることですね。結局それが、那奈ちゃんを守ることにつながる」

「そうだな」高城が、無精髭の浮いた顎を撫でる。「犠牲者の過去を探ってみろよ。絶対に何かあるから」

「そんなに、過去が現在に影響を与えるものですかね」

「そんなこと、自明の理だろう」高城が真顔になった。「あんたも俺もそうだ。過去の出来事が現在を決めた——違うか？」

「……そうですね」

「過去は、いつまでも消えないんだ。それにすがって生きていく人もいるし、苦しめられる人もいる。ついでに言えば、恨みは怖い」

「それは分かりますけど」

「恨みの感情は長く続く。それこそ、相手が死ぬまで——いや、相手が死んでも、今度はその恨みが家族や知り合いに向く可能性もあるんだ」

7

翌日の午後、私は優里と一緒に那奈に面会した。

ゆうべは「落ち着いた様子だった」と優里は言っていたが、実際に会ってみると非常に不機嫌だった。墓参りの効果は一日も続かなかったのか、あるいはまた彼女を不機嫌にさせるようなことでもあったのか。

節子には席を外してもらった。彼女が一緒だと、那奈も微妙に緊張することは既に分かっていたから。

「お墓参りは、毎月必ず行くんだね」事前に打ち合わせた通り、私が切り出した。

「そうです」

「今月は、行きそびれるところだったんだね」

「いろいろありましたから」ぶっきら棒に那奈が言った。

「でも、ずいぶん時間がかかったね。烏山からここまで、そんなに遠くないと思うけど」

「千代田線で代々木上原《よよぎうえはら》まで出て、下北沢《しもきたざわ》から井の頭線で明大前《めいだいまえ》へ行って、そこから京王線――千歳烏山の駅からお寺まで、けっこう遠いんです。片道一時間ぐらいかかります」

往復で二時間。寺に一時間いたとして三時間――その想定よりもかなり長い時間、那奈は姿を消していたことになる。学校を出たのが三時過ぎ、家に戻ったのは七時半ごろだ。今の計算を元にすれば、また二時間ほど空白が生じていることになる。どうしても、彼女が何かを隠しているのではないかと引っかかった。

「早川君を知ってるね？　早川陸君」

「同じクラスですけど」相変わらず不機嫌な調子で那奈が答える。毛先を弄る仕草は、「不貞腐《ふてくさ》れている」と評してもよかった。

「彼も家出しているそうだ」

「そうなんですか？」

「一昨日の夜、家族が警察に届け出た。だから、昨日も学校には来ていないはずだよね」

「ああ……いなかったかもしれません。よく分かりませんけど」

「同じクラスなのに？」

「人のことは気にしてませんから」

「そんなものかなあ」私はできるだけ気軽な調子で話しかけた。「今は、一クラスに三十人ぐらいしかいないだろう？　そんなに人数が多いわけじゃないから、誰か休んでいればすぐに気づくと思うけど」

「私は、人のことは気にしませんから」那奈が強い口調で言った。

「那奈ちゃん、あなた、ボーイフレンドはいない？」ここで打ち合わせ通り、優里が会話に割って入った。私が前座、優里が本番という組み合わせである。

「ええ？」那奈が甲高い声を上げた。「何でそんなこと、聞くんですか？」

「あなたの年頃なら、ボーイフレンドがいてもおかしくないでしょう」

「興味ないです。同学年の男子は……子どもだし、気持ち悪いし」

「同学年とは言ってないけど」

優里がさらりと指摘すると、那奈の耳が赤く染まった。うつむき、両手を組み合わせて指を弄り始める。

「早川陸君とつき合っているんじゃないの？」優里がなおも追及する。

「違いますよ」那奈が視線を下げたまま答えた。声は低く、元気がない。

「別に、隠すことはないわよ」優里が一転して優しい声を出した。「私たちに話しても、それが表に出ることはないから」

「違いますから」面倒臭そうに那奈が言った。

「何か知ってるなら、教えて欲しいんだけど……早川君も中学生なのよ。家出する中学生は珍しくないけど、危険だから」

「でも、知りませんから」那奈が顔を挙げる。眼差しはきつく、優里を視線で倒そうとせんばかりの勢いだった。

「那奈ちゃん……無理してない？」

「してません」

「昨日、本当に千歳烏山に行った？」

「私を疑うんですか？」

優里が黙りこむ。那奈の言葉に衝撃を受けているのは明らかだった。自分は結局、この娘《こ》に受け入れられていない……これまでの仕事を全否定されたような気持ちになっているかもしれない。これが優里の弱さだ。警察官になってから、被害者支援以外の仕事はほぼしていない――それ故か、打たれ弱い部分があるのだ。

「疑ってはいないよ」私は話を引き取った。「ただ、早川君のことも心配なんだ……それにしても昨日は、ずいぶん遅かったんだね。墓参り以外に、何かやってたのかな」

「ちょっと烏山の街をぶらついていました」那奈があっさり答える。「昔、お墓――お寺の近くの街に住んでいたんです。懐かしくなって、ちょっとあちこち歩いてました」

「千歳烏山、だね」

「そうです。いろいろ面白い街です」

「そういう評判は聞いてるけど、それにしても、結構長居したんだね」

「あそこ、私の故郷ですから」

故郷――言葉は重い。実際、那奈があの街で生まれ、七歳まで育ったのは間違いない。嫌な記憶もある街のはずだが。

「街をうろついたりするんだ？」

「お墓参りに行く時は、たまに……小学校の頃の友だちも住んでいるんです」

「昨日は、そういう人に会わなかった？」

「会ってません。ただ、街を歩いていただけで」

話が先へ進まなくなった。こちらがいくら手を替え品を替えて質問を繰り返しても、那奈の答えは常に同じ。ここまで徹底していると、嘘をついているとは思えなかった。私は優里と目配せして、この事情聴取を打ち切ることにした。しかし最後にさらに一つ、彼女に聴いておきたいことがあった。

「お父さんのことなんだけど……昔からずっと悩んでいることがなかったかな」

「ずっとって……」

「何年も前から」言葉を換えて言い直したが、意味は同じである。我ながらまずい質問の仕方だと思った。

「私は分かりませんけど……仕事のことですか？」

「それは分からない」

「仕事のことはよく分かりません。そういう話はあまりしないので」

「八年前のことを聞いていいかな」

「……はい」那奈の声が一段低くなる。

「その頃と比べて、お父さんは変わったかな」

「変わったかどうかは……どうなんでしょうね。ずっと一緒にいると、変化が分からないって言うじゃないですか」やけに大人びた口調だった。

「そうか」何というか、那奈にはある種の癖がある。強い断定。再質問を諦めさせるような強さが常に感じられる。まるで何かを守っているようだ、と私は感じた。

自分？

自分を守るために、バリアを張り巡らせているのかもしれない。質問は受けつけない、余計なことは決して言わない……私はもう一度優里と目配せし、席を立った。時間を無駄にした、という想いしかない。

その瞬間、階段を降りて来る直美に気づいた。二階にいるはずの節子はつき添わず、一人きり。

「ママ！」那奈が慌てて立ち上がる。「寝てないと駄目じゃない！」

「大丈夫よ」

かすれてはいたが、直美の口調はしっかりしていた。しかし那奈は慌てて直美に駆け寄り、それ以上の前進を阻《はば》むように両手で彼女の腕を押さえた。

「すみません、いろいろご迷惑をおかけして」

「大丈夫なんですか」私は思わず訊ねた。見た目は、まったく大丈夫そうではない。やつれたせいか、トレーナーがやけにだぶだぶに見える。頬もこけ、化粧っ気のない顔は蒼白い。明らかに、寝ているべき体調だった。

「大丈夫です」

直美が気丈にうなずく。それで那奈は、ようやく彼女の前からどいた。しかし脇に立って、支えるように腕を摑んだままである。直美も、那奈に体重を預けていた。

「今回は、本当にご迷惑をおかけしてしまって……何もできずにすみませんでした」一礼したが、頭の重みに耐えかねたようにしか見えなかった。

「こういう時は、しょうがないですよ」優里が前に進み出る。「お座りになりませんか？」

促されるまま、那奈に支えられて直美がソファに腰を下ろす。慎重に、ゆっくりと……浅く腰かけて背筋を伸ばすことで、何とか気持ちをしっかり保とうとでもいうようだった。

「私、何の役にも立たなくて」自分に罰を与えるような言葉。

「気にしないで下さい」

座りながら優里が言った。私は立ったまま、彼女たちのやりとりを見守ることにした。

「こんなこと……私、ショックに弱いのかもしれません。義理の兄があんな目に遭った時も、姉が亡くなった時も、何日も寝込みました」

「それが普通の反応だと思います」優里が言った。「とにかく今は、無理をしないのが一番です。すぐに元に戻ろうとして、頑張る必要はありません。私たちも、そのお手伝いをしますから」

「ええ……」

「体調がいいようでしたら、これから私たちにもお話しさせて下さい。支援センターの臨床心理士にも、また会ってもらえると助かります。彼女はプロですから、必ず役に立つ助言をくれるはずです」

「そうですね……」直美が、ほつれ毛をかき上げる。「もう少ししたら、外へ出ることもできるようになると思います」

「まずは、食事をちゃんと摂って下さい。自分で気づいていないだけで、体力も落ちていると思いますよ」

「まだ食欲もないんですけどね」直美が寂しそうに笑う。しかし、笑顔が出るだけ大きな進歩だ。これまでは、ほとんど表情の変化もなかったのだから。玲子と話したことで、いい影響が出たのだろうか。

那奈がいる前では、昨日の空白の時間のことは言えないが、他にも聴きたいことがある……思い切って訊ねてみることにした。話せるうちに、何とか情報を引き出しておきたい。

「実は、ご主人は、以前から何かトラブルを抱えていたのではないかと思います。仕事のことか何かで……」

直美が黙りこんだ。隣に座った那奈が、心配そうにじっと母親を見ている。背中に手を回し、優しくさすり始めると、直美の背中がゆっくりと丸まっていく。やはり、母娘の立場が逆転しているようだった。しかし、私の質問を止めようとはしない。那奈とて、事件解決の手がかりになりそうな話なら、止めはしないだろう。彼女はただ、直美の体調と精神状態を案じているだけだ。

「あの、そちらにお話しして大丈夫なんでしょうか」

「もちろん」何か知っている、と確信し、私は彼女の向かいのソファにゆっくりと腰を下ろした。「警察は情報を共有していますから、何度も同じ話をする必要はありません。特捜本部に確実に伝えます」

「そうですか」一つ溜息をつき、直美が背中を真っ直ぐ伸ばした。目に力がある——こんな彼女を見るのは初めてだった。

「約束します」念には念を入れ、で私は彼女にうなずきかけた。

「私も、はっきりしたことは知らないんですけど……大事なことは話してくれない人なので。いつも、何でも自分で解決してしまう人なんです」

「独立して、一人で仕事をしている人は、そうなりがちかもしれませんね」

「仕事のことじゃないんです……たぶん違うと思います」

直美の打明け話——一部推測も混じっている——は私を震撼させた。特捜本部は、まったく筋違いの方向を調べていたのだ。

第四部　ある男

絶対に間違いない——とは、今の段階ではまだ言えない。しかしこの情報で、捜査は大きく前進するはずだ。

1

家を辞去してドアを閉めた瞬間、優里が「どうする?」と訊ねてきた。

「ちょっとこっちで調べてみよう」

「特捜に教えなくていいの?」

「綺麗にパッケージングして、熨斗《のし》をつけて提供してやるよ」私は皮肉をまぶして言った。「散々攻撃されたから、今度はこっちから逆襲だ」

「そんなことをしていいの?」優里が心配そうに言った。

「ある人に、『衝突を恐れていたら何もできない』って言われたんだ」

それに「捜査一課なら絶対に間違いがないわけじゃない」とも。どうも高城というのは、眠そうな見た目とは裏腹に、人に影響を与えやすい男のようだ。気をつけないと流されてしまう――しかし昨夜の彼の話は、やけに身に染みた。「元刑事」の本性が刺激されたのかもしれない。

「課長がまた苦労するわよ」

「後で謝っておくよ。とにかくこのままだと、俺自身、納得できない。それに、那奈ちゃんにいいところを見せたいじゃないか」

「犯人を逮捕したのは自分だって？」

「そういうこと」私は両手を揉み合わせた。「ヒントが幾つかあるんだ。ここで一気に攻めないと」

「安藤にも手伝わせる？」

「そうだな」私は一瞬、目を閉じた。「いや、安藤だけじゃ足りない。こうなったら支援課総出だ」

「こういうことに巻きこまないで欲しいんですけどねえ」長住がぶつぶつ文句を言った。支援課に戻って、午後五時……もう今日の勤務時間は終わりかけており、今から仕事を振られても困る、とでも言いたげだった。

「時間の勝負だ。特捜に勝つには、急いで動くしかない」

「勝ち負けの問題なんですか、これ?」うんざりしたような口調で言って、長住が足を組み替える。

「それに、余計なことをすると、また課長に迷惑をかけるぞ」芦田も心配そうに言った。「あちこちに頭を下げてばかりなんだから」

「それは分かってます……」今も、本橋は支援課にいない。もしかしたら、誰かに謝りに行っているのかもしれない。申し訳ないという気持ちを、私は何とか抑えつけた。遠慮が不要な時もある——まさに今だ。「分かってますけど、けじめですよ。ここまで関わったんですから、最後まで頑張らないと」

「筋違いじゃないですか」長住が耳を掻いた。まったく関心のない様子で、目はあらぬ方を向いている。

「そんなことは百も承知なんだよ。何があってもやらなくちゃいけないことが、男にはあるんだ」

「村野さん、そういう激しいタイプじゃないでしょう」長住が鼻を鳴らす。「とにかく、俺は乗りませんからね」あっさり立ち上がり、芦田を見下ろすようにしながら確認する。「こういうの、正規の命令としては出せませんよね」

「そりゃあ、ねえ」芦田が渋々言った。「課長の許可も取ってない——取れないだろうし」

「係長、そこは頑張って下さいよ」私は泣きついた。芦田は、長住のようにやる気がないわけではないが、面倒な事態に直面すると及び腰になる悪癖がある。いや、管理職としてはこれが当然かもしれないが。

「無茶言うなよ、村野」逆に芦田が泣きついてきた。「こっちはいつも板挟みなんだからな……」

「じゃあ、黙認して下さい」私は最後の手に出た。「ただ見守っていてくれればいいですから。絶対に失敗はしません」

「しょうがねえなあ」芦田が頭を掻く。そういえば彼もだいぶ白髪が増えてきたが、そのうち何本かは私に責任があるかもしれない。

私は乱暴なタイプではないし、自分では暴走癖があるとも思っていない。ただし時に、意識しないでとんでもない方向へ突っ走ってしまうことはある。上の人間から見れば、その方がよほど質《たち》が悪いだろう。

「じゃあ、勝手に動きます」私は宣言した。人手は足りないが、このまま説得を続けている時間もない。

「俺は何も見てないからな」芦田が両目を手で覆う真似をした。「とにかく、怪我しないようにしてくれよ」

「ええと……」梓が遠慮がちに手を上げる。「私はお手伝いします」

「安藤、お前、損するだけだぞ」長住が忠告する。

「いえ、何でも経験だと思いますから」

「優等生のつもりかもしれないけど、俺に言わせれば、阿呆な話だぜ。こんなことしても点数は稼げない」

「もういい、長住」私は冷たく言った。「お前と話してると、先に進まないんだよ」

「元々進まないような話だからでしょう？」長住が皮肉っぽく言った。「とにかく俺は、この件には乗りませんからね」

長住と芦田を巻きこんだ相談は、これでお開き……結局、私と優里、梓の三人でやるしかない。まあ、いつものことだと自分を慰めた。とりあえず、芦田に方針を伝えただけでも、今の相談の意味はあったのだと自分に言い聞かせる。

「フル活動になると思うけど、大丈夫か？」私は梓に訊ねた。最終的に、頼りになるのは彼女一人。夜まで——下手したら朝まで動くような状況に、家族持ちの優里を巻きこむのは気が引ける。彼女は彼女で、昼間の仕事で頑張ってもらえばいい。

「私は大丈夫ですから」梓が両手を胸元に当てた。「別に、夜にやることもないですからね」

「右に同じく、だ」にやりと笑ってみせる。「寂しい限りだけど、時間潰しにもちょうどいい」

「そういう風に悪びれないで」優里がぴしりと忠告した。「私たちは、まっとうなことをしようとしているだけなんだから」

「そういうことで……じゃあ、まず、ターゲットAに会いに行こう」

「昨夜名古屋で紹介してもらった人ですね？」梓が確認する。

「そう……その人に話を聞いて、外堀を埋める。それから本丸に突入だ」

「私は？」優里が不満そうに自分の鼻を指差す。

「バックアップ」私は即座に言った。「何かあったら助けを呼ぶけど、それまでは待機で頼む。だいたい、家のことを放ったらかしにしておくのもまずいだろう？」

「それは何とでもなるけど……」優里はなおも不満そうだった。自分の立場と仕事──天秤にかけて、あれこれ考えているのだろう。

「とにかく、今は俺と安藤で動く。誰かさんが動いてくれないから、少し時間はかかるかもしれないけど……」私は首を伸ばし、自席にいる長住に険しい視線を向けた。

「何とかするから」

「分かった。何かあったら、いつでも連絡して」

「了解」

そこで散会——私はすぐに荷物をまとめた。梓が「もう行きますか？」と不思議そうに訊ねる。私があまりにも急いでいるように見えたのだろう。

「課長に会わないうちに、消えようかと思って」

「あ、そうですね」梓もこそこそと荷物を片づけ始める。彼女は堂々としていてもいいのだが、つい私に調子を合わせてしまったようだった。

「じゃあ、行こうか」

大股で支援課を出て行く。途中、もう一度長住を睨みつけてやったが、完全に無視された。まったく、この男は……捜査一課に根回しして、絶対に戻れないようにしてやろうかと、私は暗い嫌がらせを考えた。

桜田門《さくらだもん》から練馬《ねりま》へ——会うべき相手が住む最寄駅は、西武池袋線の江古田《えこだ》駅だったが、私たちは有楽町線の小竹向原《こたけむかいはら》駅で降りて、少し歩くことにした。乗り換えの時間を考えたら、この方が早い。

とうに陽は暮れ、寒さが身に染みる。歩いているうちに背中が丸まってしまった。

この辺りは基本的に静かな住宅街で、駅から離れるに連れ、人通りも少なくなる。低い位置にある小さな看板で、自分たちが歩いている道路が「小竹通り」だと知った。ひたすら歩き続けるだけで、二人とも無言。私は頭の中で、どうやって相手を攻めるか、シミュレートしている。梓も同じだろう。

「ここですね……」梓が立ち止まる。どうやら考え事をしていたわけではなく、頭の中で地図を確認していたようだ。

「ああ」

目の前には一戸建ての民家。ごく普通の、何でもないような二階建ての家である。家の電話番号を割り出して事前にかけてみたが、反応はなかった。携帯にかけても出ない。待つことになるかもしれないと思いながら、私は改めて家を見上げた。二階の窓に灯りが灯っている——少なくとも、誰かは家にいるようだ。

「呼びますよ?」言って、梓がさっさとインタフォンを押す。支援課に来た頃は何かと遠慮がちだったのだが、少し大胆に——図々しくなってきたようだった。

家の中でインタフォンが鳴った。小さな音……続けて、どたどたと階段を降りる音が響いてくる。当たり、と私は内心にんまりして、ドアの前に立った。

「はい」とインタフォンから声が聞こえる。澄んだ女性の声だった。

梓が身を屈め、インタフォンに向かって話しかける。

「警視庁犯罪被害者支援課の安藤と申します。三宅《みやけ》さんですよね？」

「はい、そうです」すぐに認めたものの、声は後ろへ一歩下がった低いものだった。

「名古屋の杉本さんにご紹介いただいたんです」

「ああ、はい」

「ちょっとお話を聴かせていただきたいのですが……青木哲也さんのことです」

「青木……」声に戸惑いが混じる。「今さら、何でしょうか」

「青木さんが亡くなった——殺されたのはご存知ですか」一段声を低くして、梓が言った。

「……ええ」向こうの声もさらに低くなる。「お葬式にも行きました」

「その件で、お話を聴きたいんです。ご協力願えませんか」

「はい、あの……外でもいいですか？」

「もちろんです」

梓が即座に言った。外で話ができる場所があるかどうかは分からなかったが、このやり方は正解である。まずは家から引っ張り出すこと——そこから全てが始まる。

「ちょっとお待ち下さい」

がしゃり、とインタフォンが切られる音がした。梓が振り向き、「大丈夫ですかね」と心配そうに言った。

「大丈夫だと思うよ。話をすれば分かってくれるはずだ。彼女は容疑者でも何でもないんだから」私は手帳を開き、これから会う人間の名前を再度確認した。三宅陽子《ようこ》、四十二歳。かつて青木と組んで仕事をしていた仲間である。杉本の話では、八年前――那奈が父親を亡くした事件の後で結婚し、仕事は辞めてしまったという。

一分ほどして、ドアが開く。陽子は極端に背の高い女性で、ヒールが全くないサンダルを履いているのに、軽く百七十センチはありそうだ。ハイヒールを履いたら、身長的に釣り合う男性はなかなかいないだろう――それを見て、彼女が通夜に参列していたのを思い出す。背が高くて目につくタイプなので、記憶に刻まれたのだろう。ひどく急いだ様子で、フリースのパーカーに腕を突っこみながら出て来た。途端に、「失敗した」という顔つきになる。

「寒いですね」が第一声だった。フリースのパーカーだけではこの寒さには耐えられないと思ったのかもしれない。実際、既に息が白くなるような陽気なのだ。

「暖かい格好をしてきて下さい」梓が愛想よく言った。

「じゃあ、ちょっといいですか」さっと頭を下げた後、陽子が家の中に引っこんだ。

無理にドアを引っ張ろうとはせず、自然に閉まるに任せる。

「話してくれそうな人ですね」梓が振り向き、少しだけ上気した顔つきで言った。一歩前進、と思っているのだろう。

「たぶん、大丈夫だな」私もほっとしてうなずいた。警察のバッジを示せば、誰でもぺらぺら喋ってくれるわけではない。

「どうも、お待たせして」再度ドアが開き、今度は膝まであるウールのコートを着こんで陽子が出て来た。

私はすぐに後ろへ下がって、彼女が通れるだけのスペースを作ったが、陽子は何かに気づいたようにはっと立ち止まった。

「話は……難しい話ですよね」

「そういうわけでもありません」

梓が答える。そう、その通り……陽子が一切隠さず話してくれれば、話はすぐに終わるのだ。

「どうしようかな……外で話すといっても、ここで立ったままというわけにはいきませんよね？」

「どこでも大丈夫ですよ」梓が愛想よく言ってうなずいた。

「じゃあ、そこで——公園があるんです」

吹きさらしの中で話すのは気が進まなかったが、まあ、仕方がない。私は道路まで下がって周囲を見回した。公園らしき場所などないが……陽子がすたすたと歩き出す。

あそこか、と私は苦笑した。あれを公園と言っていいのかどうか……マンションとマンションに挟まれた狭小な三角形のスペースを生かした「空き地」である。ベンチがあるだけで、遊具の類もない——いや、そもそも遊具を置くほどのスペースもないか。道路とは、背の低い金網のフェンスで仕切られているだけだった。

フェンスの隅にあるドアを引き開け、陽子が中に入る。後に続いた私は、コンクリート製の低い標識を見つけた。「緑地」の文字がある……もっとも、細長い三角形の敷地内には、木が数本植わっているだけである。地面もタイル貼りで、緑地のイメージはない。それでも、話す場所としては悪くなかった。三角形の二辺がマンションに、一辺が道路に面しているのだが、フェンスに囲まれているせいか、隔絶された感が強い。

陽子がコートのポケットから煙草を取り出し、火を点ける。こういう場所は禁煙のはずだが……どうも昨日から、高城といい陽子といい、ルール破りを何とも思わない人にばかり会っている感じがする。漂う紫煙の香りを嗅ぎながら、私は切り出した。

「先ほども申し上げましたが、名古屋の杉本さんに紹介してもらいました」

「ああ、杉本のおっちゃんね」途端に陽子の顔が明るくなり、それまでかすかに漂わせていた緊張感が失せる。

「いろいろ参考になる話を聞かせてもらいました」

「あの人、私たちにとっては大先輩なんですよ。なにしろあの会社を作ったのが、もう三十年近く前ですから。ＩＴなんていう言葉が出てくるずっと以前です。『俺はニューメディアの申し子だから』っていうのが、杉本さんの口癖なんです。昔はＩＴなんて言わないで、ニューメディアって言ってたそうですね」

やけにペラペラとよく喋る。この分だと、上手く情報を引き出せるかもしれない、と私は期待した。もっとも、このタイプは危険でもある。ただ話しているだけで、まったく中身がないこともあるし、話の洪水の中で肝心のポイントが流れてしまうこともある。本音を隠すにも、ひたすら言葉をつなぐのは上手い手だ。早く本音を見抜かないと、と私は警戒した。とりあえず質問を梓に任せ、私は観察に集中することにした。

「亡くなった青木さんとは、昔一緒に仕事をしていたんですよね」

「ええ」急に陽子の声が低くなった。本筋に入ると用心深くなるタイプかもしれない。

「何年ぐらい、一緒に仕事をしていたんですか」

「十年ぐらいかな……八年前に、あの事件が起きるまでです」

「事件と、一緒に仕事をしなくなったことと、何か関係あるんですか」

「まさか」陽子が即座に否定した。「たまたまです。私は結婚することになってたし、彼の方は……いろいろあったでしょう？」

「義理のお兄さん夫婦から娘さんを引き取ったりとか」梓が合いの手を入れた。

「あれは、ねえ……変な事件でしたよね」

「そうですか？」梓が首をかしげる。「事件としてはそれほど難しくなくて、比較的早く解決したはずです。裁判でも特に問題なく、刑は確定していますよ」

「うーん……」陽子が黙りこむ。

「難しい話があったんですか？」梓がさらに突っこむ。

「あの、うーん……喋りにくいな」

「何を知っているんですか」梓が一歩詰め寄る。もう、手を伸ばせば陽子に触れられそうな近さだ。

「裁判は終わって、犯人も出所したんですよね？」陽子が助けを求めるように、振り返って私の顔を見た。

「そのはずです」

「犯人の人、今、どうしてるんですか？」

「え？」

「警察も、そういうことは知らないんですか？」

「調べることはできますけど、それが何か？」

「その犯人の人……青木さんは知ってたはずなんですよ」

2

「さっきの話、本当なんですかね」梓はなおも疑っている様子だった。「そんなつながりがあるなんて、偶然過ぎませんか？」

「俺だってそう思うよ」私は両手で頬を張った。陽子の打ち明け話はあまりにも唐突で、梓が言う通り、にわかには信じられなかった。「とにかく、確認するのが先決だ。まず、犯人——那奈ちゃんの父親の鏑木さんを殺した犯人が出所しているかどうか、確かめないと」

「どうします？」

「松木に任せよう。この時間だと難しいかもしれないけど、話を振っておけば、明日早い時間には調べてくれると思う」

「私たちがやっても同じじゃないですか？」

「いや」私は緩やかに否定した。「彼女にやってもらいたいんだ。家族持ちだから無理はさせられないけど、この捜査から仲間外れにされたと思って欲しくないから。そもそもこの案件は、彼女の担当なんだし」

「分かりました。電話しましょうか？」

「頼む」

私たちは、江古田駅に向かって歩いていた。電話をかけやすい場所は……すぐ近くにコンビニエンスストアがある。梓も気づいたようで、私に向かってひょこりと頭を下げ、そちらに向かって行った。道路から少し引っこんだところにあるので、何となく話しやすいのだろう。

私は横に立って、彼女が優里と話すのをぼんやりと聞いていた。この情報を、これからどうつなげていけばいいのだろう。次に会う相手から、何かいい情報を引き出せるといいのだが。

「——はい、そういうことです。ええ、もちろん明日の朝ですよね。はい、こちらはもう少し動いてみますけど、何かあったらまた連絡します」

電話を切り、梓がほっと息を吐く。何だか、優里との会話が大変な作業だったように見えた。

「松木さん、前のめりでした」

「やっぱりな……今夜も連れ出せばよかったかな」

「それはそれで大変だったと思いますけど……どうします？」梓が左腕を持ち上げて見せた。言いたいことはすぐに分かる。少し早いが、夕飯の時間——梓は絶対に食事を抜かないタイプだ。十分しか時間がなければ、立ち食い蕎麦屋にも平気で飛びこむ。

「取り敢えず、現場近くまでは行こうか」

「保谷《ほうや》でしたね」

「ああ」

「江古田の方が、いいお店が多そうですけど……」この街に、いかにも未練がありそうな感じだった。

「確かに、ここは学生街だからね。でも、できるだけ近くまで行っておきたいんだ」

今は一刻も早く、相手の顔を拝んでおきたかった。

「応援、いらないですかね」梓が急に不安そうに言った。

「大丈夫だろう。そんなに急に何か起きるとは思えない」私は自分に言い聞かせるように言った。不安がないわけではないが、二人いれば何とか対処できるだろう。もちろん、面倒なことになれば、また本橋に頭を下げてもらうことになるのだが……それが一番の不安のタネであった。

江古田から保谷までは、西武池袋線で二十分ほど。帰宅ラッシュがまだ続いていて、車内では事件の話もできない。私は暇潰《ひまつぶ》しに、クイズめいた話題を持ち出した。

「保谷って、昔は独立した市だったの、知ってるか？」

「西東京市じゃないんですか？」

「二十一世紀、最初に合併でできた市が、西東京市なんだ。それまでは、保谷と田無《たなし》という二つの市だった」

「平成の大合併の前ですか？」

「ああ」

「よく知ってますね。私は、大合併以降の自治体の名前しか知らないかも……」

「実は、学生の頃に保谷に住んでたんだ。ちょうどその頃合併して、地元ではけっこう大騒ぎだったんだ」

「何だ、地元の人だったんですね」

「そういうこと」

しかし、学生時代に住んでいたアパートを出て以来、保谷——西東京市に足を踏み入れたことはほとんどない。当時とはだいぶ、様子も変わってしまっているはずだ。——あまり変わっていなかった。私は当時駅の南側に住んでいたのだが、駅から少し離れるといきなり畑が広がるのは、記憶にある通りだった。初めて見た時には、ここが東京なのかとがっくりきたものだが、しばらく住むうちに慣れてしまった。都心へ出るにも便利だし、のんびりした雰囲気のお蔭で、あくせくせずに済んだと思う。

問題の家までは歩いて十分ほど。周辺は、低層のマンションが並ぶ住宅街だった。そう言えばこの辺りからは、高さ二百メートル近いスカイタワー西東京——私たちはもっぱら田無タワーと呼んでいた——がよく見えたのだが、さすがに夜だと見つけられない。いや、この場所だとちょうど見えないだけか……確か夜間には、天気予報として色を変えたライトアップをしていたはずだ。紫色が「晴れ」だったか。

古い一戸建ての家に、灯りは灯っていなかった。かまぼこ型の屋根を持つガレージにも、車はない。

「どうします？　待ちますか？」

「いや、飯にしよう」私は腕時計を覗いた。午後七時半——一戸建ての家だから、後でまた確認すればいい。帰って来ていれば、すぐに分かるはずだ。念のためにインタフォンを押してみたが、反応はない。

「駅まで戻るしかないみたいですね」梓が周囲を見渡しながら言った。乏しい街灯の灯りと、家々から漏れる灯りぐらいが頼りで、全体に街は薄暗い。「何にします？」

「何でもいいけど、早さ優先だね」当時はよく、駅前で食事をしていたのだが、あの頃馴染みだった店はまだあるだろうか……。

「戻りましょうか。戻りながら検索してみます」

　梓は小柄な割に歩くのが速いのだが、スマートフォンを弄りながらだとさすがにスピードが出ない。警察官が平然と歩きスマホをしているとまずいんだよな、と苦笑しながら、私は前方を警戒した。とはいっても、歩いている人もほとんどいない。

　梓は次々と店の名前を挙げていったが、ぴんと来ない。駅前まで戻るのも面倒になってきた。往復で二十分と考えると、時間を無駄にしているような気分になる。覆面パトカーがあれば、コンビニエンスストアで弁当を仕入れて、車中で夕飯を済ませるところだ。

そうこうしているうちに、目の前に中華料理屋の派手な看板が見えてきた。

「そこに中華があるけど」私の記憶にはない店だった。

「あ、駅前だけ見てたので……すみません。そこでいいですよ。あまり離れたくないですし」

「そうだな」ビルの壁にかかった看板に「高級中華」と謳われているのが気になったが、この際時間優先だ。この店なら、問題の家まで五分で戻れる。

しかし、店内に入った瞬間にやはり躊躇した。客席の丸テーブルや椅子にはやけに派手な装飾が施されており、壁には様々な絵がかかっている。確かに雰囲気は「高級中華」だし、外にメニューの表示がなかったのも気になる。しかし梓は気にする様子もなく、先にさっさと店の奥へ進んだ。

メニューを広げてほっとする。単品で料理を並べたら結構な値段になるが、焼きそばなどの麺類なら千円でお釣りがくる。私は豚肉細切り焼きそば、梓は五目チャーハンを頼んだ。

「私、まだ接点が見つからないんですけど、鈍いですか？」遠慮がちに梓が訊ねる。

「いや、それは俺も同じだ。絶対的に情報が少ないんだよな」

「もうちょっと、周辺を調べないと駄目かもしれませんね」

「ただ、な……」私はウーロン茶を一口飲んだ。意外に本格的な味で驚く。「もしも青木さんが、八年も前からずっと苦しんでいたとしても、その原因を調べるのは相当難しいと思う。ほとんどの人は、そんな昔のことは忘れるからね」

「強い恨みでも、ですか？」

「恨んでいる人自身は忘れないと思う。でも、その周りの人は……」私は肩をすくめた。「俺だって、八年前に何をしていたか、覚えてないよ」

何となく会話が行きづまり、気まずい雰囲気になる。ちょうど料理ができあがったので、いい気分転換のタイミングになった。値段の割に味はしっかりしており、私の選んだ焼きそばは、特に麺が美味かった。基本はとろみのついた醬油味で、途中から酢を、さらに辛子を加えて味を変化させていく。

ほぼ食べ終えたところでスマートフォンが鳴った。見慣れぬ電話番号……他に客がいないので、とりあえずその場で電話に出る。

「ああ、村野か？　高城だ」

「どうも……昨夜はお騒がせしまして」

「いや、それはいいんだけど」高城は、どこか喋りにくそうだった。この前の図々しい物言いからはほど遠い。「今、話せるか？」

「ちょっと待って下さい」

私は梓に目配せして、席を立った。店の外へ出て、スマートフォンを再度耳に当てる。

「大丈夫です。どうぞ」

「行方不明になってる男の子——早川陸のことだけどな」

「見つかったんですか？」

「いや。ただな……俺が言っていいことかどうか分からないんだが」

「言って下さい。そのために電話してきたんでしょう？」

「ああ」電話の向こうで、高城が息を呑む気配が感じられた。「特捜の連中が、ここまで来た」

「どういうことですか？」私は思わず、スマートフォンをきつく握り締めた。「今回の特捜に関係あるとでも？」

「青木那奈ちゃんには、アリバイのない時間帯があるのか？」

「ええ、一時間ほど……学校を出て帰宅するまでの間です。特捜の連中はそこを気にしています」

「特捜は、問題の子——早川陸が、彼女のボーイフレンドだと断定したようだ」

「彼女は否定しましたよ」私は即座に言った。

「おいおい、よせよ。素人じゃないんだから」高城が非難するように言った。「本人が否定してるからって、それが真実とは限らないだろう。証言を簡単に信じるなよ。裏も取ってないんだろう？」

「……ええ」いきなり痛いところを突かれた。

「特捜は、本人から直接話を聴いたわけじゃないが、周辺の捜査から確証を得たようだな」

「まさか」

「まさか、じゃない」高城が厳しい口調で言った。「当然、早川陸からも話を聴きたいんだが、本人は行方不明だ。おかしいと思うのが普通だよな」

「ええ」

「それで、ついさっき、うちに事情を聴きに来た」

「どこまで話したんですか？」

「あんたが知ってる以上の情報はないよ。うちとしても、この件ではまだまともに動いてないからな。実際、事件性を疑う状況もないんだ」

「だったら、失踪課はどういう状況になったら動き出すんですか」かすかに非難のニュアンスをこめて私は言った。

「勘だな」高城があっさり言った。「特に俺の勘」

「そんな風に言われても……」

「高名な高城の勘って、聞いたことないか？」

「初耳ですね」

「あんた、本当に素人なのか？」

真面目なのかふざけているのか分からず、私に口を閉ざした。高城も沈黙——しかしそれは、長くは続かなかった。

「おいおい、電話で睨めっこしててもしょうがないだろう」高城が茶化すように言った。

「分かってます。考えてたんですよ」実際には、頭の中は空っぽだったが……私は、那奈に陸との関係を否定されてから、その件を頭から外していたのだ。それより犯人にたどり着く方が大事——そういう考えは間違ってはいないはずだが、私は刑事の基本を忘れていた。可能性が完全にゼロになるまでは、捨ててはいけない。

「これは単なるアドバイスだから」高城が話を締めにかかったが、何となく言い訳めいて聞こえた。「失踪課としては、聴いてきた人間がいれば、情報提供せざるを得ないんだ」

「それは分かります」

「こっちでも、ちょっと気合いを入れて捜してみるけどな。言われてみれば確かに気になる」

「高名な高城の勘は、発動したんですか？」

「いや」短い否定。「ただ、気にはなるから調べてみる」

「分かりました。何かあったら――」

「もちろん、教えるよ」高城の声は落ち着いていた。「特捜より先に、な」

「いいんですか？　一応、向こうは殺しの捜査なんですよ」

「今回の特捜の連中は、気に食わないんだよ」高城が言った。

「そんな、子どもみたいな」

「あんただって、特捜に対してむかついてるんだろう？」

「それは、まあ……」認めざるを得ない。実際、黒川や富永の顔を思い出すと、むかつくぐらいだった。

「ま、俺たち傍流の部署が事件のポイントを摑んだら、それはそれで面白いんじゃないか?」

「自分で自分を傍流って言っちゃいけないでしょう」

「事実は事実だ——とにかく、何か分かったら連絡するから」

「わざわざすみません」何だか角突き合わせるような会話になってしまったが、最後は丁寧に礼を言って電話を切った。

店内へ戻ると、梓も電話で誰かと話していた——正確には、相手が言うことを書き取っている。背中を丸めて手帳を広げ、ボールペンを忙しなく動かしていた。

「——はい、了解です。すみません」

電話を切った途端に、振り向いて私の顔を見る。うなずくと、まだ残っているチャーハンを平らげようと、レンゲを手にした。私が横に座ると、「松木さんからでした」と告げる。

「何だって?」

「確認取れました。八年前の事件の犯人だった望月亮平は、今年の二月に出所してます」声を低くして報告する。

「そうか……今どこにいるかは分かるか?」

「それはまだ確認が取れていないそうです。明日の朝以降、確認ですね。弁護士に当たるか、あるいは家族に話を聴くか……それは引き続き、松木さんが担当してくれるそうです」

「分かった。しかし、ずいぶん早かったんだな」

「気合いが入ってましたよ」

うなずき、箸を手にする。もう焼きそばはほとんど残っておらず、私は皿を持ち上げて一気にかきこんだ。下品なのは分かっているが、気が急く。

「今夜、どうするんですか？　つまり、ターゲットに会えなかったら？」

「それは、その時考える」やはり、覆面パトカーがないのが痛い。張り込みするにしても、立ったままでは近所の人に疑われてしまう。一晩中張り続けるのは、現実問題として難しいだろう。

「何となくですけど……戻って来ないような予感がします」梓もチャーハンを食べ終えた。

「どうして」

「勘が鋭い人って、いるでしょう？　自分に捜査の手が迫っているのが、何となく分かるとか」

「高名な勘、か……」

「はい？」

「いや、何でもない」

自分にはそういう勘があるのだろうか、と私は不安になった。刑事として過ごしたのは、実際にはほんの数年である。鋭い勘を育て上げる間もなかったのではないか。

3

問題の家に戻った途端に、私は今夜の空振りを予感した。やはり家の灯りは消えたままで、車もない。インタフォンにも反応はなかった。少し近所の聞き込みをしてみよう。人となりや普段の生活ぶりを知れば、何かが浮かび上がってくるかもしれない。

梓と手分けして、問題の男——新田《にった》隆志《たかし》について聞き込みをしていくことにした。免許証を調べて、住所や年齢——四十三歳だった——は分かっていたのだが、その他のデータはまだ不明である。家族がいるのか、仕事は何をしているのか、まったく分からない。

何軒かで空振りしてから、私は「当たり」に辿りついた。たまたまドアをノックした相手が、町会長だったのである。

「新田さん、ねえ」町会長は首を捻った。「独身だと思うけど……ご家族を見たことはないですね」

「仕事は何をしてるんですか？」

「勤め人じゃないと思うよ。毎日車で出かけて行くけど、時間がばらばらでね。それに、背広姿を見たことがない。もちろん、サラリーマンが背広を着なくちゃいけないっていう法はないだろうけど」

「そうですね……どんな人なんですか？」

「よく分からないなあ」町会長が首を傾げる。「会えば挨拶ぐらいするけど、その程度だから」

「昔からここに住んでたんですか？　家は結構古いですよね」

「何年か前に引っ越してきたんだけど、独身でこんな場所に住むのは、ちょっと変わってますよねえ」

「確かに、一人で一戸建ての家に住むっていうのは、珍しいかもしれませんね」東京で一人暮らししようとしたら、もっと便利な都心部で、コンパクトな家を選ぶのではないだろうか。それほど荷物が多いわけではないだろうし。

「ちょっと変わった人のようには思えるけど、ほとんど話したことはないから、無責任なことは言えないなあ」

「誰か、この辺で親しい人はいるんですか？」

「隣の人——菅《すが》さんという人は親しいんじゃないかな」

「そこは行ってみたんですが」私は腕時計を見た。既に午後九時。「いらっしゃいませんでしたよ。ご家族も」

「お出かけじゃないですか？　週末はよく、家を空けているみたいだから」

何だかんだで、近所の人の動きはよく見ている……監視しているわけではないだろうが、この辺りでは、濃厚な人間関係が残っているのかもしれない。

「もう一回行ってみます。ちなみに菅さんは、お仕事は何なんですか？」

「公務員ですよ。霞が関の」

「国家公務員ですか？」警察庁の人間だったらどうしよう、と思った。奇妙な事情聴取になりそうだが……。

「そう。総務省の人です。ただ、えらい人じゃないはずだよ」

「ああ、キャリアじゃないんですね」

「そうです。腰の低い、いい人です」

中央官庁は、キャリア官僚ばかりではなく、ノンキャリアの職員によって支えられている。むしろノンキャリアの職員の方が数は多いのだが、世間の人は、霞が関と言えばキャリア官僚ばかりが生息している街だと思っているのではないだろうか。私たちもそこの住人なのだが。

「ちょっと行ってみます。ありがとうございました」

丁寧に礼を言い、辞去する。すぐに、急ぎ足で菅の家に向かった。途中で新田の家の前を通り過ぎたのだが、やはりまだ帰っていないようだった。

菅の家の玄関には、梓がいた。私に気づくと、「あ」と小さく声を上げて頭をひょこりと下げる。

「同じところに辿りついたか」

「帰ってますよ。今、出て来てくれます」

梓が言い終わらないうちに、ドアが開く。ネクタイを外したワイシャツ姿に濃い緑色のカーディガンを着た、四十歳ぐらいの男が姿を現した。

「菅さんですか？」

私はすかさず訊ねた。菅が目を細め、私と梓を順番に見る——インタフォンを鳴らしたのが女性なのに、話を切り出したのが私だったから戸惑ったのだろう。

「警視庁犯罪被害者支援課の村野と言います」バッジを見せ、薄く笑みを浮かべた。

「同じ霞が関の住人ですよね」

「ええ、まあ」

「というより、お隣さんですか」合同庁舎二号館——警察庁も入っている建物で、私はよく、そこのコーヒーショップで朝食を摂る。

菅が話に乗ってこないので、私はすぐに話題を切り替えた。

「お隣の新田さんのことでお話を伺いたいんですが……まだ帰っていらっしゃらないようですね」

「そうですね」首を伸ばして、隣家をちらりと見る。「遅い時もあるみたいですよ」

「お仕事は何をしてるんでしょうか」

「雑貨商です」

「ああ、なるほど……どこか、都心部にお店でもあるんでしょうか」

「いや、家が事務所だと思いますよ。毎日出かけて行きますけど、それはクライアントに会ったり、商品の買いつけをしたりするためじゃないですか」

「結構儲けていそうですね」私は下世話な方向に話を振った。

「どうですかね……金の話はしたことがないので、よく分かりませんけど」

「親しいんですか？」

「普通です」菅は露骨に警戒していた。「彼、どうかしたんですか？」

「ちょっと話を伺いたいんですけど、なかなか摑まらない人なんです」携帯電話の番号も既に割り出しており、断続的に電話を突っこんでいたが、まったく反応しない。知らない電話番号は無視するポリシーなのかもしれない。

「忙しいみたいですよ」

「お隣だから親しくなったんですか？」

「まあ、そういうことですね。趣味も同じなので」

「趣味というのは？」

「囲碁」

「じゃあ、たまには二人で？」

「そういうこともあります」菅がうなずく。

「ちなみに、新田さんはどんな人ですか？」

「どんなって……囲碁は強いですよ」

「いや、性格とか、どんな生活をしてるのかとか」話が嚙み合わない。私は苦笑して、訂正した。

「ああ、静かな人です。あんまり商売には向いていないように見えるけど」言ってから菅が苦笑した。「そういうこと、言っちゃいけないですね」

「いや、それは個人の感想ですから」私はうなずいた。「ちなみに、家に入ったことはありますか？」

「ありますよ。囲碁を打つ時に」

「どんな感じですか」

「あの、これってそちらの捜査に関係あるんですか？」菅がやんわりと抗議する。

「失礼しました」私はすぐに頭を下げた。「警察官というのは、好奇心が強い人種なので。雑貨商って、儲かる仕事なんですかね」私は話を引き戻した。

「どうですかね」菅は話に乗ってこない。

「都内で一戸建てですから、儲かってるような印象があるんですけど」

「どうですかねえ」菅が苦笑する。「この辺は、地価もそんなに高くないですよ」

「新田さん、何年か前に引っ越してきたんですよね？　中古の物件ですよね」

「そうですね」

「何で保谷なんでしょうか」

「さあ……」菅が首を傾げる。

「ここに引っ越して来る前から、雑貨商の仕事をしてたんですか？」

「昔はサラリーマンだったと聞いてますよ」

「何か、雑貨商の仕事に関係しているような会社だったんですか？」取り敢えず話は上手く転がっている。小さな快感を覚えながら、私は質問を畳みかけた。

「いや、全然関係ないです。ＴＥＡっていう、小さな家電メーカーだったそうですけど」

その瞬間、私は梓と顔を見合わせた。言葉が出てこない――わけではなく、菅を前にして疑問を口にするわけにはいかなかった。

「あの、何か……」不安気に菅が訊ねる。

「いや……いつまでＴＥＡに勤めていたか、ご存知ですか？」

「こっちへ引っ越して来る直前まで、かな……だから、七年ぐらい前までじゃないですか」菅が顎を掻いた。

「安定したサラリーマン生活から雑貨商って、結構思い切った転職ですよね」梓が質問をぶつける。

「会社員時代に海外出張が多くて――特に東南アジアだったそうですけど――その時に、向こうの雑貨にはまったと言ってましたよ。実際、家の中はインドネシアの民家みたいな感じです」

「それにしても、脱サラは大胆ですよね」梓が感心したように言った——演技。

「会社員時代に、向こうにコネを作ったみたいですね。まあ、あまり詳しいことは知りませんけど」菅の説明は、最後は及び腰になった。喋り過ぎたと思っているのかもしれない。

「家は、退職金で買ったんですかね」私は訊ねた。

「どうですかね……でも、三十代半ばぐらいで辞めたら、退職金はそんなにはもらえないでしょうね」一般論的な答え。

なおも質問を続けたが、それ以上の情報は出てこなかった。丁寧に礼を言い、菅の家からは見えない位置まで引っこむ。

「引っかかる話ですね」梓が切り出した。

「まさか、ＴＥＡとはね。鏑木さんと同じ会社じゃないか」

「何か関係……ありますよね」

「あるかもしれない」

「徹夜、覚悟しますか」梓がふっと頬を膨らませる。「絶対、早く会いたいですよね」

「ああ」

私たちは張り込みに入った。道路の反対側に渡り、新田の家の玄関と車庫が正面から見える位置に陣取る。ずっと立ち尽くしていたら、近所の人たちに怪しまれるかもしれないが、何か言われたらその時はその時だ。

私たちは、過去の事件との絡みについてしばらく話し続けていたが、ほどなく言葉も途絶えた。まだ可能性が幾つか浮かんでいるだけで、はっきりしたことは何も分からない。

十時……寒さが身に染み、足先が冷えてくる。まだ十一月だというのに、もう真冬の陽気だ。この夜は、一体何時まで続くのか。どこかのタイミングで梓は引き上げさせないといけない。十一時が目途だろうか。

「来ました」

梓に声をかけられ、はっと顔を上げる。一台のステーションワゴン――古いタイプのボルボだった――が家の前に停まり、ハザードランプを点滅させている。運転席の窓が開き、ドライバーが顔を出す。左右を見回してから、ハンドルを大きく切って、道路の真ん中付近まで進む。バックで車庫に入れようとしている――私は駆け出した。梓もすぐに続く。

ステーションワゴンが車庫に収まった瞬間、私は道路を渡り終えた。車二台を入れられるだけのスペースがあり、運転席側が大きく開いていたので、私はそこに駆けこんだ。まだボルボの窓が開いたままだったので、すかさず声をかける。

「新田隆志さんですね？」

新田が不審げな視線を向ける。エンジンも切らず、両手はハンドルに乗せたままだった。私は新田という男を素早く観察した。座っているので身長は分からないが、それほど大柄ではないように見える。町会長が言ったように、スーツではなく、キャメル色のジャケットにジーンズを合わせていた。何となく神経質そうな印象があるのは、細い目と薄い唇のせいかもしれない。

「新田ですけど」渋々といった感じで認める。

「警視庁犯罪被害者支援課の村野と言います」今夜、何回同じ台詞を口にしただろう。「ちょっとお話を聴かせてもらえますか」

後から到着した梓は、私の横に立たず、ボルボのボンネットの脇に位置した。何かあったら止めようとでもいうつもりか……それは危ない。しかし、「どけ」と言うわけにもいかず、私は新田との会話に集中した。

「何ですか？」新田が低い声で訊ねる。

「青木哲也さんのことで、ちょっと教えてもらえますか？　ご存知ですよね？　先週殺された青木哲也さんです」

　無言。新田は無表情で、前方を見つめていた。細い目を大きく見開き、唇はきつく引き結んでいる。

「あなたは、青木哲也さんとよく会っていたんじゃないですか？　何度も自宅を訪ねていた——金のことですか？」

　前を向いたまま、新田が凄まじい形相を浮かべた。私は反射的に車に手をかけたが、その瞬間、新田がギアを「D」に叩きこみ、アクセルを踏みこんだ。

「危ない！」梓に向かって叫びながら、私も後ろに飛び退いた。梓は一瞬動きが遅れ、後ろ向きに転んでしまう。そのすぐ横を、急発進したボルボが猛スピードで通り過ぎた。怪我は……と彼女に駆け寄った瞬間、激しい衝突音が響く。道路に飛び出したボルボが、左側から来た車と衝突したのだ。

　クソ、何なんだ……しかし、新田をこの場に止めておくチャンスでもある。私は慌てて駆け出したが、新田はまだ冷静だった。すぐに車を少しバックさせると、大きくハンドルを切って急発進する。ボルボは安全な車だとよく聞くが、それは間違いないらしい。ボンネットの歪みを見た限り、結構な衝突のショックがあったはずなのに、走りには影響がない様子だ。どう考えても追いつけない。

私は振り返って「安藤！」と叫んだ。梓はちょうど立ち上がったところで、顔は真っ青だが怪我はない様子である。

「無事か？」

「大丈夫です」

ゆっくり私に近づいて来たが、歩き方がぎこちない……足でも怪我したかもしれない、と私は心配になった。足の痛み、そして満足に歩けない苦痛を、私は人よりもよく知っている。

「犯人ですね」怒りを押し殺したような口調で梓が言った。

「ああ。あれだけ急に逃げるのは、相応の理由があるからだ」私は拳を握りしめた。道路の真ん中で立ち往生してしまった車の運転手が、怒鳴りながら出てくる。

「何だよ！　当て逃げだろうが！」三十歳ぐらいの男が、顔を真っ赤に染め、携帯を持った右手をぶんぶん振り回している。私たちを見つけると、右手を思い切り伸ばして、「あんたら、見ただろう！」と声を張り上げる。

「ああ、見たよ」私は冷静な口調で答えた。

「警察――警察、呼んでくれよ。さっきのあれ、絶対に当て逃げだろう！」

「心配しないで」私はバッジを取り出した。「警察はもう、ここにいるから」

4

「いい加減にしろ」富永の声は、ぎりぎり聞こえるか聞こえないかぐらいの大きさだった。怒りを抑えようとするあまり、声が低くなってしまったのだろう。「何のつもりだ」

「容疑者を確保しようとしただけですよ」私は彼の怒りを無視して言った。

午後十一時半。現場はまず所轄のパトカー、その後特捜本部の覆面パトで覆い尽くされた。狭い道路に車がずらりと並び、現場は封鎖されている。

「何で最初からこっちに言わなかったんだ」富永が詰め寄って来る。

「海のものとも山のものともつかない話でしたから。もっとはっきりした時点で、ちゃんとお渡しするつもりでした」

「そういうことは、最初から専門家に任せろ」

「私たちの専門――被害者支援の経緯から出てきた話です。そちらは気づかなかったようですが。あるいは、青木さん一家は、そちらに話すつもりがなかったのかもしれませんね。だいぶきつく当たったようですから、嫌われてるんじゃないですか」

ぺらぺら喋りながら、私は暗い快感を感じていた。富永がいくら責めてこようが簡単に反論できるし、一歩踏みこめばやりこめられる。

「村野警部補」

呼ばれて振り返ると、本橋が暗い表情で立っていた。コートの襟を立てているのは、顔を隠すためのように見える。手招きされたのでそちらに向かわざるを得なかったが、暗い快感は消え去り、職員室に呼び出された中学生のような気分になっていた。

「ちょっと車の方へ」

長住が覆面パトカーを運転してきたのだろう。当の長住の姿が見当たらないので、私は後部座席に本橋と並んで座った。エンジンは切ってあるが、暖房の名残りが残っており、久々に体が緩むのを感じた――逆に気持ちは緊張していく。

「これはどういうことですか」

「報告が遅れて申し訳ありません」ここは頭を下げるしかない。

「さっき、芦田係長から簡単に聞きましたけど、こんなに少ない材料で動くのは無茶ですよ」

「結果的に当たりだったと思います」

「話を聞きましょうか――そもそも、どうして新田という男に目をつけたのか」

本橋が脚を組んだ。普通はリラックスするためにする仕草だが、前の座席がすぐ近くに迫っている覆面パトカーの後部座席では、窮屈な思いをするだけである。

「青木さん――直美さんの証言があったんです。ようやく何とか話せるようになりまして」

「それはよかったですが、どういう証言ですか？」

「青木さんがずっと、誰かに金を渡していたようだ、という話でした」

「それは……」本橋が眉根を寄せる。「恐喝ですか？」

「どういうことなのかは、直美さんも知らなかったようです。しかも証拠が残っていない――どうやら、現金で手渡しだった……この話は、那奈ちゃんが言っていたこととつながります。青木さんは、仕事場に現金、それもかなりの大金を常に用意していましたが、それは脅迫者に渡すものだったかもしれない」

「話はつながっていますが、仮定に過ぎませんよ」本橋が指摘する。

「ええ。ただ、直美さんは一度、自宅で新田に会っているんです」

「脅迫者が家まで来た？　それはちょっと大胆過ぎるというか、阿呆でしょう。脅迫者は普通、顔を見せないものですよ」

「どういう経緯かは分かりませんが、直美さんが早めに帰宅した日に、たまたま仕事場に男がいるのを見たんです。見ざるを得ませんよね、家の中に入るのに、あの仕事場は必ず通り抜けないといけないんですから」

「それで？」本橋が先を促す。自分の意見は控えることにしたようだ。

「打ち合わせなどで来客があることもあったそうですから、普通に挨拶したそうです。お茶を出そうかと、しばらくしてから顔を出したら、もう帰っていたそうですが……その時に、『どなた？』と聞いたら、青木さんが新田の名前を出したそうです。しかも『クソ野郎なんだ』と言って。びっくりしたそうですよ。青木さんは普段、そういう汚い言葉を使わない人なので」

「その時に直美さんは、恐喝の事実を知ったんですか？」

「ええ。長年、少しずつですが金を渡してきたと打ち明けられたそうです」

「何か弱みを握られていたとか？」

「違います」もちろん本当のことは分からないが、私は即座に否定した。青木、そして新田から直接話を聞いたわけではない。だから本当は、この情報も軽々に話すべきではない……そう思いながらも、私は青木の名誉のために、多少の推測を交えて話した。

「なるほど……」本橋が組んでいた脚を解く。静かに膝に両手を置き、フロントシートのヘッドレスト部分を凝視した。「となると、青木さんは全面的に被害者です」

「当然、那奈ちゃんは犯人ではありません」そこが一番肝心なところだ、と私は強調した。「那奈ちゃんの容疑を晴らすためにも、絶対に新田を捕捉しないといけません」

「手配は？」

「所轄の方で動いてくれています。とりあえず、当て逃げ犯として……私たちの目の前で起きた出来事ですからね」

「向こうの車も壊れているんでしょう？　遠くへは逃げられないでしょうね」

自分を安心させるように本橋が言ったが、私はその言葉を否定せざるを得なかった。

「ボルボは頑丈な車ですよ。フロント部分がかなり壊れていましたけど、走る分には何の問題もなかったと思います」

「無駄にタフですね」本橋が皮肉を吐いたが、表情は真面目なままだった。「今頃は、どこかに乗り捨てられているかもしれませんが」

「ええ」

「今のところこの件は、支援課の仕事の範囲内で収まっていますよ」本橋がさらりと言った。

「そうですか？」彼の言葉は、にわかには信じられなかった。

「我々は、アフターケアのために被害者家族に接触した。その時、たまたま回復して話ができるようになった奥さんから重大な証言を聴いた——そういうことですね？」

「ええ」

「流れですよ、流れ」

「課長……」私は思わず額を揉んだ。「私が言うならともかく、課長が言うのは無理がありませんか？」

「理論武装です。ちょっと、特捜と喧嘩しないといけないかもしれませんから」

「申し訳ありません」今夜二度目の謝罪で、私は頭を下げた。

一瞬の沈黙の後、本橋が「それで？」と口を開く。

「どういうことだと思いますか？　話の筋はつながっているんですか？」

「少しだけ。まだ穴が多過ぎますが、ある程度は推理できます」

私は、穴の部分は除いて話をした。本橋は腕組みしたままじっと聞いていたが、私が話し終えると「それほど矛盾はないようですね」と言った。

「いや、まだ調べないといけないことが多いです」

「新田を捕まえて調べるのが一番早いですね」

「しかしそれは、特捜の方が……」もちろん私も、自分の手で新田を捕まえたい。しかし残念ながら、支援課には人手が足りないのだ。ここは特捜に任せるしかないか。

「もちろん、特捜は必死に捜すでしょう。大事な仕事ですからね。ついでにうちも手を貸すことにしましょうか」

「そんなこと、できるんですか？」

「向こうだって、喉から手が出るほど人手は必要だと思いますよ」本橋がニヤリと笑う。「さて……それじゃ、少し管理官と話してきましょうか」

お手数おかけします、と私は心の中で礼を言った。卑屈になり過ぎるのも筋が違う気がする。私たちが犯人に近づいているのは、間違いないのだから。


まさか、検問を手伝わされるとは……私は憮然《ぶぜん》として、誘導灯を振り続けた。新田の自宅近くの路上。新田が逃げ出してから二時間近くが経ち、もはや近くにあの男がいるとは思えないのだが、所轄の交通課ではまだ検問は不十分だと考えているようだ。

しかし、この検問は緩い。所轄の交通課の連中は、気まぐれに車を停めているが、免許証を確認した後は、さっさと行かせてしまっている。何の意味があるのか……午前零時半、一台のパトカーが走ってきて、私と梓の前で停まった。助手席の窓が降りて、人の良さそうな顔つきの所轄の交通課長が声をかけてくる。

「ああ、お疲れさん。ここは撤収しますから」

「どうも……」むっとして私は答えた。体が芯から冷えこみ、震えがくる。特捜の連中ときたら……「手伝う」と本橋が言った時に検問を割り振ってきたのは、明らかに意趣返しである。しかし、こちらから切り出した以上、断ることもできなかった。

「ちょっと署の方で休んでいきませんか？　お茶でも出しますよ」

休んでいる暇などない……しかし、これから動き回ろうにも私たちには足がないし、とにかく少しだけでも体を温めたい。一も二もなく、私と梓はパトカーの後部座席に滑りこんだ。

西東京署は、旧田無署で、西武新宿線の田無駅近くにある。当て逃げ事件——実際には殺人事件の捜査が継続中ということで、一階の交通課、それに警務課付近は多くの警察官でざわついていた。私にとっては慣れた光景だが、まだあまり事件捜査の経験がない梓は、はっきり緊張していた。

梓がトイレに行っている間、私は当直の連中がいる警務課で休ませてもらった。エアコンは効いているが、今は石油ストーブの強い熱が恋しい。薄い緑茶を振るまってもらい、何とか体を内側から温める。

「しかし、あんたらも大変だねえ」交通課長が心底同情するように言った。

「目の前でしたからね。びっくりしましたよ」

「殺人事件の容疑者なら、いきなり逃げ出したくなるのも分かるな」

「まだ容疑者と決まったわけじゃないですが……話を聴こうとした瞬間に逃げ出したんだから、後ろめたいことがあるのは間違いないですね」

「まあ、うちとしては……おまけみたいなものかな」交通課長がにやりと笑う。「当て逃げがきっかけになって、殺人事件の犯人が逮捕されれば、儲けものだ」

ちょっとお人好し過ぎるのでは、と私は思った。人に手柄をあげるようなものではないか。しかし交通課長は、笑みを絶やさない。もしかしたらこれが地顔ではないかと私は思った。

梓がやって来て、若い警官から湯呑みを受け取る。梓はひょこりと頭を下げ、私と交通課長の会話に加わった。

「おたくら、特捜を怒らせたのか？」交通課長が、どこか嬉しそうな口調で訊ねる。

「いろいろありまして」私は苦笑いした。

「捜査一課の連中は、支援課の仕事に理解がないからねえ」

「交通課の人は、よく分かってますよね」

実際に支援が必要になるケースは、女性が被害者になる性犯罪、そして交通事故が圧倒的に多い。突然家族を奪われる交通死亡事故は、凶悪な事件に負けず劣らず残された家族に衝撃を与える。

「うちの支援員は、交通課から出してるからね」

「ああ、そうでしたね」管内が比較的穏やかそうなこの署では、初期支援員が活躍する場面は多くはなさそうだ。

「捜査一課の連中は、あくまで自分たちが主役だと思ってるんだろう？」ニヤニヤしながら交通課長が言った。「犯人を捕まえることこそが被害者支援だ、とか何とか言ってな。でも、警察の仕事はそればかりじゃないからな」

「仰るとおりです」分かっている人がいると思うと嬉しくなる。

「ちょっと先を越されたからって、嫌がらせするなんていうのは、了見が狭いとしか言いようがないね。まあ、うちとしては検問の人数が増えて助かったけど」

「いやいや……」あの検問は無駄だった、という思いは消えない。「何のお役にも立ちませんで」

「そんなことはない」交通課長が、急に身を屈めるようにして声を小さくした。「特捜の連中に、一泡吹かせてやりたいか？」

「そういう狭い了見で仕事はしてませんよ」交通課長には真意を見抜かれていたが、私は一応否定した。

「ああ、そうか。それは失礼。言葉を間違ったな。犯人は捕まえたいだろう？」

「もちろんです。何か手がかりがあったんですか？」今のところ、新田の捜索は二方向から行われている感じだ。通常の当て逃げ事件の捜査。一方特捜本部は、新田の周辺捜査から網を絞りこんでいるはずだ。

「新田が立ち回りそうな場所のヒントはあるんだよ」

「教えて下さい。どこなんですか？」どうして交通課長がそんな重要な情報を知っているのかと訝りながら、私は思わず詰め寄った。

「池袋。奴が借りているらしい部屋があるんだ」

「何でそんなこと知ってるんですか？」後回しにしていい質問だが、私は思わず聞いてしまった。

「まったくの偶然だけど、ついさっき分かったんだ。うちの署員が、新田からラグを買ったことがあってね」

「ラグって、敷物……」

「そう。親孝行っていうか、嫁の親孝行な奴でね。結婚記念日のプレゼントとしてネットで見つけて、実際に見てから決めた……その場所が池袋だ」

「新田はネットショッピングをやってたんですか？」

「奴のやってる雑貨商っていうのは、個人商店みたいなものだろう? 店を持たず、金をかけずにやるには、ネットショッピングが一番手軽だ。自宅だけじゃ倉庫としては狭くて、池袋にも倉庫代わりの部屋を借りていたようだな。倉庫兼ショールームってところか……うちの署員もそこへ見に行ったんだ」

「課長、お願いがあるんですが」

「何だ？」

「そちらも当然、新田の身柄は欲しいですよね？」

「もちろん。最終的には特捜に渡すことになるかもしれないが、こっちの調べもあるからね……ついでに言えば、特捜より先に身柄を押さえられれば、気分がいいだろうねえ」

私も思わずにやりと笑ってしまった。この交通課長とは気が合いそうだ。

「これから池袋に行きますよね」

「部下を行かせるよ」

「同乗させてもらっていいですか？　今、足がないんです」

「ああ、どうせついでだからな」

「それと……新田からラグを買った署員の方に、『でかした』と言っておいて下さい。支援課としても感謝します」

「そりゃあ、喜ぶだろう」交通課長がにやりと笑う。「支援課に褒められたら、今後の仕事にも気合いが入るだろうよ」

5

私と梓は西東京署のパトカーに乗せてもらい、まだ現場に残っていた本橋は、長住と一緒に池袋に向かった。

車中、梓がすぐに、新田が運営するサイトを見つけた。

「先にこれを見つけておけばよかったですね……というか、気づくべきでした。特捜はもう、分かっているかもしれませんね」

「池袋の部屋の件は出てるか？」

「いや……本社所在地は西東京市になっています」

「本社、ね」私は思わず鼻を鳴らした。自宅兼事務所ということか。

「結構、いろいろ扱ってるんですね」梓が、私の反応を無視して言った。「何か、センスいいんですけど」


「それは……俺には何とも言えないけど」インテリアのことを言われても、ほとんど理解できない。東南アジア風という言葉で浮かぶイメージは、何だか虫が湧いていそうだ、というぐらいだった。「とにかく、一応はまともに商売しているわけだ」

「ウエブを見ただけでは何とも言えませんけどね。こんなの、誰でも作れますから」

「そうかもしれない」うなずいたが、私にはよく分からない世界だった。「とにかく、本人に会ってみないことには何も分からないな」

「ですね」

梓がスマートフォンをバッグに落としこんだ。一つ溜息をついて目を閉じる。そう、少し休んでおいた方がいい……私もひどい疲労感を覚えていたが、目を閉じても眠気は訪れなかった。緊張感と興奮が、疲れを上回っている。

もちろん、そんなに上手くいくはずがない、という予感もあった。池袋の部屋は、逃亡しようとする新田にとってはアジト——あるいは中継点——になるかもしれないが、当然、いつまでもそこにいるとは思えない。立ち寄ったとしても、必要なものを持ち出したらすぐに逃げるだろう。仮に車を乗り捨てても、東京なら二十四時間、なにがしかの交通手段はある。

今夜は長くなる――それだけははっきりしていた。

・

新田の借りているマンションは、ＪＲ池袋駅の西側の、ごちゃごちゃした繁華街の中にあった。焼肉屋、ホルモン焼き屋と、肉絡みの店が目立つ。深夜なのにまだ営業している店もあり、タンパク質が焦げる香ばしい香りが街路に漂っていた。高い建物は見当たらず、ほとんどが三階、四階建ての雑居ビルばかりである。電線は地下化されておらず、頭上を蜘蛛《くも》の巣のように覆っていた。最近は電線がない街が増えてきたので、頭の上が危なっかしい感じがする。

当直責任者の交通課長は署を離れるわけにはいかないので、現場には当直の若い交通課員二人が送りこまれていた。二人とも、制服から背広に着替えている。あまりこういう捜査は経験していないのか、車を降り立つと、緊張した面持ちになっているのが分かった。すぐに、長住の運転する覆面パトカーが到着し、パトカーの後ろにぴたりとつける。運転席から出てきた長住が大欠伸《おおあくび》をした。まったく気合いが入っていない。

どうやらこの場で一番リラックスしているのは本橋のようだった。そもそも支援課へ来るまでは捜査一課一筋で、修羅場も散々経験しているから、これぐらいは何でもないのだろう。しかし本橋は、所轄の若い警察官に主導権を握るよう、命じた。

「この件は、あくまで当て逃げ事件の捜査です。あなたたちが主導してやって下さい」

「はい」ますます緊張した様子で、二人が声を揃えた。

「まず、部屋を確認します。当人が中にいない、あるいは返事がないようだったら、中へ入る方法を考えましょう。その間、二人が外で待機。警戒します」

主導してくれと言いながら、本橋は現場での手順をてきぱきと指示してしまった。この場では本橋が一番階級が上なので、仕切るのはやはり当然——警察内部での暗黙の了解だ。混乱する現場では、年齢や所属に関係なく、階級が上の人間が指揮を執る。トップに同階級の人間が二人いる場合は、年齢が上の方が仕切る——ある意味分かりやすい。

新田が借りている部屋は、三階建てのビルの二階だった。一階部分は整骨院。当然シャッターは閉じている。その横にガレージがあったが、そのシャッターも閉まっていた。念のため、ガレージのシャッターに手をかけてみたが、しっかり鍵がかかっている。二階から上は普通の住居のようで、物干し竿などが見えた。

二階へは、裏にある階段から上がる構造だった。交通課の二人が先に上がり、まず外廊下に立つ。新田の部屋は階段に一番近いところ……何度も塗り替えた形跡のあるドアには、「N.Project」と書かれた表札があった。ホームページ記載の会社名と同じ。

私は、一歩引いたところから見守った。中に新田がいて、ノックの音に呑気に答えるとはとても思えない。とりあえずノックした後は、捜索は次のステージに移るべきだろう。二人の警察官のうち、背の高い方が前に進み出て拳をドアに叩きつける。結構な力で、甲高い音が静かな街に響き渡った。三度……一度休んでまた三度。予想通り反応はない。

二人の警察官は後ろに下がり、周囲を見回した。ドアの横には小さな窓があるが、灯りは灯っていない。そもそも人の気配が感じられなかった。

二人が同時に振り返り、私の顔を見やる。口には出さないが、「どうしますか」と問いたげだった。

「とりあえず、ドアを引いてみたら？」

私の提案に、二人が怪訝そうな表情を浮かべる。だが、ドアをノックした背の高い警察官は素直に前に歩み出て、ドアノブをゆっくりと引いた。

開いた。

おいおい——私は予想外の展開に目を見開いた。普段から鍵をかけないとは考えられないから、新田は今夜、一度ここへ寄ったのだろう。大事な物を持ち出し、施錠もせずに慌てて逃げた。そう考えるのが自然である。

「ちょっと待て。中を調べるなら、もう少し人手が必要だ」

私は、階段の下の方に控える梓に目配せした。梓がさっとうなずき、階段を駆け下りて行く。ここは長住だな、と思った。あの男も捜査一課にいたから、家宅捜索には慣れている。一方、戸惑いの表情を浮かべて、ドアの奥の暗い空間を見詰めている二人の警察官は当てにならないだろう。普段交通課でどんな仕事をしているかは分からないが、こういう仕事は初めてかもしれない。

背の高い警察官が、ゆっくりとドアを閉め、私の方へ向かって来た。顔には依然として、強張った表情を張りつけたままである。

「中、どんな様子だ?」私は訊ねた。

「真っ暗です。誰かいるような気配はないですが……」自信なげだった。

「中の造りは見えたか？」

「玄関を入ってすぐキッチンのようですが、その奥は見えません」

「ところで君たち、拳銃は持ってないよな？」

私の問いかけに、二人が固まった。ほとんどの日本の警察官は、数十年の勤務の間、一度も現場で発砲せずに終わる。

「冗談だよ」背の高い警察官の肩を叩くと、彼がほっと息を吐いた。「さすがに向こうも、拳銃は持ってないと思う。そういう犯人じゃないはずだ」

「じゃあ、何に関わっているんですか？」

そう言えばこの二人には、何も説明していなかった。西東京署からここへ来るまで、車の中で話すチャンスはあったのだが……申し訳ないことをしたと悔いる。一時的にも一緒に仕事をしている限り、所属は別でも仲間として扱うべきだ。

「恐喝犯、だと思う」

「恐喝犯」背の高い警察官が、感情の抜けた声で繰り返した。警察官になって何年経つか知らないが、まだ出会ったことのない人種なのかもしれない。

「凶悪なタイプじゃないはずだ」

「そうですか……」

「まったく、夜中に捜索《ガサ》ですか？　勘弁して下さいよ」ぶつぶつ文句を言いながら、長住が階段を上がって来た。いかにも面倒臭そうだが、既にラテックス製の手袋を装着している。この辺は、さすがに慣れたものだ。

「安藤も手伝ってくれ」

私は梓に声をかけた。梓が無言でうなずき、やはりバッグから手袋を取り出す。支援課の仕事では、普通は必要ないものだが、彼女の場合異常に用意がいい。緊急に被害者家族と面会しなければならなくなった時に備えて、必ず小さなペットボトルの水を一本入れているだけでなく、相手が子どもである可能性も考慮して、キャンディまで持ち歩いている。

二人を中に入れてしまうと、外で警戒しているのは本橋だけになる。私も中の様子は見たかったので、西東京署の二人のうち一人を外へ回そう、と決めた。本橋の考えでは、二人がそれぞれ自分で決めて動く方がいいのだが、そこまで気を遣っている余裕もない。声をかけようとした瞬間、下から本橋の声が響いた。

「待て！」

反射的に私は駆け出した。階段を二段飛ばしで降り、転がるように道路に飛び出す。本橋が角を曲がって走っているのが見えた。いったい何が……慌てて踏ん張り、彼の後を追う。角を曲がって整骨院がある方へ出ると、いつの間にかガレージのシャッターが開いていて、道路に出た車が走り出すところだった……前部が大破したボルボ。奴は、ガレージの中で息を潜めていたのか——この期に及んで、まだ自分の車で逃げようとしているのか、と驚く。

驚いている場合ではない。すぐに止めなければ。本橋が先に追いつき、車の前に立ちはだかった。

「課長！」

慌てて叫ぶ。ボルボは真っ直ぐ本橋へ向かって突っこんでいく。ブレーキを踏むつもりもハンドルを切るつもりもない——むしろアクセルを一気に踏みこんだので、タイヤが軋み音を立てた。本橋は両手を大きく広げているが、新田はまったく停まるつもりがないようだった。ぎりぎりで本橋が横へ飛びのく。

ターゲットが消えて慌てたのか、新田がいきなり急ハンドルを切った。隣のマンションのホールに突っこみそうになったが、低い車止めにぶつかって停まってしまう。

フロントガラス越しに、新田の必死の形相が見えた。本橋は既に立ち上がり、ボルボに迫っている。私はダッシュして、運転席側に取り着いた。ドアハンドルに手をかける——ロックされている。バックしていたボルボが急停止した。再度前に出ようとするまで、一瞬間があく。私は思い切り右腕をふるって、肘をウィンドウに叩きつけた。ガラスはびくともしない……その奥で、新田が恐怖に顔を引き攣らせた。焦っているのか、車はなかなかスタートしない。再度ガラスに肘を打ちこむと、今度は粉々に崩れ落ち、新田と直接対面することになった。鈍い痛みが走り、ワイシャツの袖の中を血が流れ出すのを感じる。しかし私は痛みを無視して右腕を伸ばし、彼の胸倉を摑んで思い切り引っ張った。

本橋が加勢し、新田の腕を引っ張る。新田の上半身が外に出た。両腕をふるってばたばたと暴れ、何とか縛《いまし》めから逃れようとしたが、さすがに二人が相手ではどうしようもない。そこへさらに長住たちが殺到して手を貸した。

新田は外へ引っ張り出され、アスファルトの上に組み伏せられた。私は右肘を押さえながら立ち上がり、西東京署の二人に向かって叫んだ。

「手錠だ！」

戸惑う二人に向かってもう一度、今度は怒鳴りつける。

「手錠だ！」

手錠には固有の番号がついており、誰が使っているか分かるようになっている。二人が手錠をかけたら、後で表彰の対象になるわけだ。そしてこの男は、当面は当て逃げ事件の容疑者として、西東京署の獲物である。彼らが捕まえるのが筋だ。

新田はうつ伏せのままま暴れていたが、四人がかりで押さえつけられ、次第に力が抜けていった。ようやく手錠がかけられた時、私は軽い眩暈《めまい》を感じて電柱に寄りかかった。

「まったく、世話焼かせるんじゃないよ」長住が吐き捨て、新田の後頭部を平手で叩く。そのまま腕を摑んで立たせ、パトカーの方へ引っ張って行った。

本橋が、荒い息を整えようと深呼吸を繰り返していた。いつも定規で測ったように綺麗に七三に分けている髪型が乱れている。

「無理しましたね、課長」

「年は取るものじゃない」まだ呼吸が整わない。

「大丈夫ですか？」

「私はね」

「村野さん、血が」梓が蒼い顔で言う。

「ああ」

「ちょっとひどいですよ」

言われるまま手を見下ろすと、右手の先から血が滴っている。かなり深手の傷らしい。

「とにかく、必要な連絡を先に」

「それは大丈夫ですから、手当てをしましょう。病院に行った方がいいかもしれません」

何となく逆らえない感じだ。私はスーツの上から右肘を押さえたまま、覆面パトカーの方へ向かった。車に乗る前に上衣を脱ぎ、ワイシャツの袖をまくり上げる。途端に寒さを強く意識し、震えがきた。肘の下、手首に近い方がざっくりと切れ、腕全体が血に染まっている。確かに深い傷……縫う必要があるかもしれない。

私はドアを開けたまま、後部座席に腰かけた。梓がバッグからペットボトルを取り出し、傷口に水をかける。鋭い痛みに襲われ、思わず呻き声を上げてしまった。

「水じゃ、消毒にもならないよ」

「せめて綺麗にしないと……血は止まってますね」

言いながら、梓がバッグの中から小さな救急セットを取り出す。絆創膏じゃ間に合わないぞと思ったが、彼女は包帯まで用意してきていた。もちろん、きちんとした手当てができるほどではないが、病院へ行くまでの処置には間に合うだろう。梓が、肘が曲がらなくなるほどきつく包帯を巻きつける。それだけで痛みが薄れたようだった。

「これで、後は病院へ――」

「いや、まだだ」

私はゆっくりと立ち上がった。肘を曲げ伸ばしするのが怖いので、だらりと垂らしたままにする。

「無理は禁物ですよ」本橋が忠告する。いつの間に撫でつけたのか、髪はいつも通り整っていた。

「大丈夫です。煩くなる前に、新田から話を聴いておかないと」

「すぐ済ませて下さいよ。西東京署には連絡を入れておきますが、あまり長くここに留め置くことはできない」

「分かってます。ちょっと揺さぶっていいですか？」

「暴力は厳禁で」本橋が釘を刺す。

「この腕じゃ無理ですよ」私は右手をぐっと握った。筋肉が引き攣れ、傷に鋭い痛みが走る。

一つ深呼吸して、前に停まったパトカーにゆっくりと近づいて行く。新田は後部座席に押しこめられ、両側を西東京署の警察官二人が固めていた。ドアを開け、二人にはとりあえず外へ出るよう促す。心配そうな表情になったが、「外で両脇を固めてくれ」と頼みこんだ。

パトカーのルーフに手をかけて突っ立っていた長住が、白けた口調で言う。

「まだやるんですか？　もう、特捜に任せておけばいいじゃないですか。ここで吐かせても、点数稼ぎにはなりませんよ」

「そんなこと、考えてもいなかったな」

長住が、私の右腕を見下ろした。ふっと息を吐き、「この捜査、コスパが悪過ぎますね」と断じる。

「俺たちはコスパで仕事してるわけじゃない」

「ま、どうぞご自由に」長住が肩をすくめ、煙草をくわえる。

「おい、この辺は路上喫煙禁止だぞ」

「池袋ですよ？　池袋でそんなルール作ってもしょうがないでしょう」

池袋にどんな偏見を持っているのか、と私は呆れた。長住は気にする様子もなく、煙草に火を点けると、パトカーからぶらぶらと遠ざかって行く。

私がパトカーに乗りこむと、梓が助手席に素早く体を滑りこませた。車内に三人……外では二人の若手警官も控えているし、新田は両手錠の状態だから、逃げられる心配はない。

「当て逃げで逮捕されたのは分かってるな」

「まあね」新田の口調はふてぶてしかった。

「その件は別に捜査するとして……俺が知りたいのは、あんたと青木哲也さんの関係だ」

新田がぴくりと体を震わせる。私は言葉を切って間を置いた。この男は喋る、と確信する。もっと図太い、あるいは犯罪慣れした人間なら、簡単には態度を変えない。

「あんたは、青木さんを恐喝して金を受け取っていた。違うか？」

「さあね」惚《とぼ》けた口調だが、声は震えている。

「否定してもいいけど、時間の無駄だ。これからもっときつく責められる——あんたには想像もできないぐらい、きつくだ。そうならないためには、今のうちに喋っておいた方がいい。素直に喋れば、今後はずっと楽になるよ」

「俺は、別に……」

「金は、いつも現金で受け取っていたんだよな？」事実がある前提で、私は話を進めた。新田の銀行口座を調べたわけではないから分からないが、長く細く恐喝を続けていたとしたら、証拠が残らないように注意を払うはずだ。「青木さんはそのことで悩んで、ある人に愚痴を零していた」

家族にも言えない事情……しかし、親しい年上の友人である杉本に対しては、つい悩みを吐露していた。抽象的に話すのが限界だっただろうが。

「あんたは、青木さんの家で、奥さんにも顔を見られている。覚えてるか？　恐喝犯にしては詰めが甘いな」

無言。横を見ると、新田は唇を噛み締め、両手をきつく握り締めていた。もう少し――もう少しで落ちる。口調はふてぶてしいが、態度は既に諦めた人間のそれだ。

「恐喝に殺人がくっついていたら、裁判では圧倒的に不利になる。どうなるかは裁判員次第だけど、市民感覚では、あんたは死刑に該当するといってもおかしくない」

「冗談じゃない」新田が声を荒らげたが、顔面は真っ青で、組み合わせた手が震えている。

「そう、冗談じゃないんだ」私は軽い口調で言った。「裁判員の決定に影響を与えることは難しい。普通の人の感覚なら、散々相手を脅迫して、しかも殺してしまうような人間は、絶対に許せない存在だよな。死刑を言い渡されるのはどんな気分だと思う？」

「あの人が……望月さんを破滅させたんだ」新田が、いきなり核心を口にした。

「望月、か。あんたの元同僚だな」

「ああ」

「青木さんの義理の兄――鏑木さんともTEAで同僚だった。望月はもう出所してるな？」

「ああ」

「TEAの関係者が三人もいる。いったいどういう関係なんだ？」

新田の喉仏が上下する。目を大きく見開き、顔を上げて私の顔をちらりと見た。

「なあ、俺は甘い方なんだ」私は少しだけペースを緩めた。「この事件の捜査には、直接関係していない。だからこの程度で済んでるんだぜ？　担当者の取り調べは、ずっときつい。社会から隔絶されて、毎日ぎりぎりまで追いこまれる――それがどれぐらいきついことか、想像できないか？」

実際には、取り調べ担当者がそこまで厳しくすることなど、今時はほとんどない。何かにつけ、警察の仕事も丁寧になっているのだ。私に言わせれば、容疑者に気を遣い過ぎだが……本当にケアすべきは被害者なのだ。

「今のうちに喋っておけば、俺がちゃんとフォローする。本番の担当者に口利きして、素直に反省してきちんと喋った、と言っておくよ。そうなれば、印象が全く違う。なあ、諦めるべきところは諦めろよ。これで人生が終わるわけじゃないんだから、やり直しできる。そのためには、できるだけいい条件で取り調べを受けて裁判を受ける——早く社会復帰するためには、素直に喋るしかないんだ」

「八年前の事件……あんたらはどこまで知ってるんだ？」

「新聞に載ったこと、裁判で出たこと以外には分からない。俺は直接担当したわけじゃないからな」

「じゃあ、本当のことは何も知らないんだ」新田が鼻を鳴らす。「表面的なことだけ調べて、それで終わりにした」

「表面的も何も、難しい事件じゃない。金の問題から始まって、一人の自堕落《じだらく》な人間が被害者を逆恨みした——そういうことじゃないのか？」

「望月さんだけを悪者にするつもりか？」

「望月は、決していい人とは言えないだろう」私は指摘した。「いい人は、かっとなって殴りかかったりしない。いくら恨みがあっても、自分が破滅した理由は分かっていたはずだ」

「望月さんが、ＴＥＡでどれだけいい仕事をしていたか、あんたらは知らないだろう」

「知らない」私は認めた。

「あの会社の営業は、望月さんで持っていたようなものなんだ。凄い人だったよ。実際、望月さんが会社を辞めてから、赤字続きで会社が傾いたぐらいだから。今は、中国系の企業集団に買収される話まで出ている」

「まさか」私は唖然とした。一人の人間の影響力がそれほど大きいとは思えない。

「望月がいなくなって、それで会社が危なくなる？　そんなこと、あり得ないだろう」

「実際、そうなんだ。俺はその過程をこの目で見ている。だいたい、ＴＥＡは小さな会社なんだぜ？　スーパーマンが一人いれば、大きく変わる」

「ヤンキースにおけるデレク・ジーターみたいなものか」

「何だ、それ」

「いや……何でもない」

同列で語ったら失礼か……ヤンキース一筋で引退したデレク・ジーターは、リーダーシップも含めて余人をもって代えがたい選手だった。

「あんたは、望月とはどういう関係だったんだ？」気を取り直して私は質問を続けた。

「俺をＴＥＡに引っ張ってくれたのが、あの人だった……もともと、大学の先輩だったんだ。俺が前の会社で腐ってる時に声をかけてくれて――それで俺は生き返ったんだよ。ＴＥＡは、小さいけど――小さいからこそ、いい会社だった。やりがいがあった。それがおかしくなったのは、望月さんが辞めさせられてからだ」

「辞めさせられるだけのことをしたからだろう。望月はギャンブルにはまって、金の問題を起こした。同僚にも迷惑をかけたんだから、馘《くび》になるのは当然じゃないか？」

「誰も、そんなことは思ってなかったんだよ！」新田がいきなり、激しい言葉を叩きつけた。「望月さんは結果を出していた。それを、ちょっとした金の問題で……大騒ぎしたのは、鏑木一人なんだ」

「鏑木さんは、まっとうな正義感からやっただけだろう。それが普通の感覚だよ」

「毒を食らうぐらいの気持ちがないと、仕事はやっていけない――鏑木はあの会社の創設メンバーの一人で、社長にも平気で物が言える人間だった。社長は騙されたんだよ。鏑木は、望月さんが力をつけて、自分の座を脅《おびや》かすのが怖かったんだ。それで、望月さんを潰しにかかった――それがあの事件の真相だ。裁判では、そんな話はまったく出なかったけどな。望月さんだけが悪者にされた」

「あんた、裁判をずっと傍聴してたのか？」

「当たり前だろう。兄貴分の裁判なんだから」新田が涙声になった。「あんなに痛めつけられて……あんなに落ちこんだ望月さんを見たことはなかった。何回か裁判を見に行って、望月さんの弁護士にも相談したんだ。望月さんが辞めさせられたのは、会社側の陰謀——鏑木の嫌がらせなんだって」

「弁護士は、その話には乗らなかったんじゃないか」

警察官である私にも、弁護士の考えはある程度理解できる。確かに会社内に権力闘争はあったかもしれない。しかし望月は、同僚からも金を借りて、社内で問題を起こしていたのだ。それは簡単に許される事情ではなく、仮に権力闘争に負ける形で会社を辞めさせられたとしても、情状酌量の余地はない。量刑に影響しない事情なら、何もわざわざ苦労して調べ、裁判に持ち出す必要はない——弁護士だって、常に正義と真実のために動くわけではないのだ。仕事には常にコスパ感覚が必要だ……それこそ、長住のように。

「結局有罪判決で……しかも刑務所に入った」

「ああ」

「俺は、望月さんに拾ってもらった人間だから、望月さんがいない会社に残る意味はなくなった」

「それで、前から興味があった雑貨商の仕事を始めたわけだ」

「ああ」

「分かった。それで、だ」私はようやく本題に入った。「青木さんを恐喝したのはどうしてだ？」

「本当に知らないのか？」新田が疑わし気に言った。

「ああ。だから、教えてくれると助かる」

「俺が言ったら、望月さんは助かるのか？」

「青木さんを殺したのは望月だな？」

新田が黙りこむ。それで私は、自分が組み立ててきた推測の正しさを確信した。新田が即座に否定しないのは、まさに推測が当たっているからだろう。

「どうなんだ？　この事件――八年前の事件と今回の事件の裏には何があったんだ？」

6

本部に戻って短い仮眠――椅子を並べた上で寝るのは徹夜以上の苦行だった――を取った後、私は再起動した。再起動できる状況ではなかったが、全ての決着を今日中につけてしまいたい。

朝八時、いつもより少し早く出勤してきた優里が、私を見て目を見開く。

「ここに泊まったの？　怪我したって聞いたけど」

「ああ」私は右腕を上げて見せた。それほど重傷ではなかった――結局あの後、病院に行って治療を受けたのだが、四針縫うだけで済んだ。今は、引き攣るような痛みが残るだけである。

「ぼろぼろじゃない」

それは認めざるを得ない。血のついたワイシャツはそのままで、先ほどトイレの鏡で自分の姿を見たら、爆発にでも遭遇したかのようだった。

「着替えるよ。綺麗なシャツを着れば、少しはましになるだろう」

「昨夜、安藤から話を聴いたけど……」

不安そうに優里が言って、梓の席を見た。もちろん、まだ来ていない。遅刻ではないのだが、彼女が不在である事実に、私も不安になった。今回の一件では、梓はよく働いてくれた。何より「バランサー」としての役割を果たしてくれたと思う。私と優里だけだったら、今頃はもっとひどいことになっていたかもしれない。

「とにかく、話は着替えてからにしよう」

本橋がやって来た。私をちらりと一瞥してうなずくと、すぐに課長室に入る。わずかに遅れて梓が出勤してきた。顔色は悪いが、一応家に帰って寝たせいか、まともに見られる感じだ。私とはずいぶん違う。わざと明るい口調で声をかけた。

「元気か？」

「元気じゃないですけど、何とか」梓がうなずく。「今、お茶の用意をします」

毎朝のお茶を用意するのは、支援課で最年少の梓の役目である。所轄の刑事課でよくある習慣だが、何故か支援課にもこれは引き継がれていた。

まず、課長室にお茶を運ぶ。すぐにドアを開けて顔を出し、着替え終えた私と優里に声をかけた。

「課長がお呼びです」

「気合い、入れないとね」優里が立ち上がる。

「ああ」私も続いて席を立った。やはりきつい……怪我のせいというより、寝不足のためだ。

四人が揃うと、課長室の中はどんよりとした空気に覆われた。事件が大詰めを迎え、真相が明らかになる直前だというのに、どうにも気合いが入らない。優里ではないが、「気合い、入れないと」と言うのは、まさに覇気に乏しいが故だ。

本橋が淡々と話し始めた。

「昨夜のうちに、富永管理官には話をしました。今日これから、もう一度話をしにいかないといけません。それは村野警部補、お願いします」

「狼の群れの中に羊を放りこむつもりですか」

梓がくすくすと笑った。緊迫して、かつ疲れ切ったその場の雰囲気を崩すような、軽やかな笑い。

「何だよ」私は思わず文句を言った。

「村野さん、狼ってわけじゃないでしょうけど、羊でもないですよね」

「まあまあ」

本橋の顔にも薄い笑みが浮かんでいる。私は、バランサーとしての梓の役割を再認識した。所轄から引き上げ、支援課に引っ張っておいてよかった……恐らく彼女なら、どこへ行っても同じように場の雰囲気を和ませるだろうが、こういう天性の資質は、被害者家族相手にも発揮される。

「とにかく、まず特捜に顔を出して事情を説明。その後、青木さんにも話をして下さい」本橋がぴしりと言った。

「かなりショッキングな話ですが……」私は腰が引けているのを自覚していた。直美は昨日はきちんと話せたのだが、今日の具合は分からない。それに事実を知ったら、さらに状態が悪化する恐れもある。

「そこは、万全の態勢でいきましょう。松木警部補も同行。できれば、支援センターの長池先生にも同行してもらって下さい。万が一に備えるんです」

「分かりました」優里が真剣な表情でうなずく。彼女だけが、この案件の最初から最後まで緊張感を抜かずにやっている。そろそろ精神的なスタミナが切れてきそうなものだが。

「では、これできちんと片をつけましょう」本橋が両手を叩き合わせる。「支援課本来の仕事に戻って、この案件に取り組みます」

散会。本橋の言う通り、これからの仕事は被害者支援という本来のものになる。しかしその前に、大きな壁が立ちはだかっているのを、私は意識していた。

那奈の壁を壊さないと。

那奈は普通に学校に行っていた。学校で何を言われているのか、何を考えているのか、不安にもなったが、取り敢えず直美に話をするに相応《ふさわ》しい状況はできた。節子には二階で待機してもらい――彼女の口出しは避けたかった――私と優里が揃ってソファで向き合う。わざわざ他の仕事を調整して同席してくれた玲子は、ダイニングテーブルについていた。少し距離を置き、様子を観察しようということか。

話を始める前に、私はかっかする気持ちを何とか鎮めようとした。特捜本部での説明では、黒川や富永と正面から衝突し、最後はやはり喧嘩別れになってしまったのだ。向こうにすれば、支援課が勝手に動いて事件を引っ掻き回したようにしか見えず、しかも一番おいしいところを持っていかれたことになる。もちろん、犯人逮捕については特捜本部に任せたのだが、それで連中の気が晴れるわけではないはずだ。捜査を担当するわけでもない支援課に出し抜かれた事実は、永遠に消えないのだ。またしても、警視庁の中に敵を作ってしまったかもしれない。

私は、節子が淹れてくれたほうじ茶に口をつけた。少し冷めたが、やはり香り高く美味い。それで少しだけ気持ちが落ち着いた。扱いにくい女性ではあるが、彼女にもちゃんと美点がある――これだけ美味くお茶を淹れられる人は多くないだろう。

「まず、報告させていただきます」私はすっと背筋を伸ばした。「本来、私たちが言うことではないのですが、特捜本部の方が捜査にかかりきりなので」

「はい」

直美の背中も真っ直ぐに伸びた。今日は、濃紺のブラウスと、少し色褪せたジーンズ姿で、薄く化粧もしている。ダメージからは、急速に回復しつつあるようだ。この状態で真相を告げると、また悪化してしまうのではないかと懸念し、玲子にも相談してみたのだが、彼女の答えは「やってみた方がいい」だった。どうなるか予想できないが、一歩前に進めるのは間違いない。

「ご主人を殺した犯人が分かりました。間もなく逮捕される予定で、それですべてが明らかになるはずです」

「分かりました」直美がすっと息を呑んだ。今のところ、危険な兆候はない。目にも光がある。

「ご主人を殺したのは、望月亮平です」

「まさか」

一言発しただけで、直美が両手で口を覆った。見る間に涙が膨れ上がり、零れ落ちそうになる。優里が腰を浮かしかけたが、私は目線で彼女を制した。まだだ……まだ話は始まったばかりだ。直美を気遣う気持ちはあるが、私は少しでも早く、全てを話してしまいたかった。

「望月亮平は、ご主人にずっと恨みを抱いていたんです」

「でも主人は……八年前の事件とはまったく関係ないんですよ」直美が口から手を放

し、不安気に言った。

「もちろんそうです。ＴＥＡで働いていたわけでもないですしね。でもご主人は、鏑木さんと仲が良かった」

「ええ……」

「言ってみれば家族ですよね」

「もちろんです」姉妹の夫二人。あまり親戚づきあいをしないのは最近の傾向だが、この二組の夫婦はよく会い、話もしていたようだ。

「鏑木さんは、望月亮平を切る時に、ご主人と相談していたようです」

「そんな話、初耳です」直美がはっと顔を上げる。

「家族には言えないことだったんだと思います。というより、家族には関係ない仕事の話……男同士の相談のようなものですから、敢えて言う必要もなかったんだと思います」しかし青木は、三宅陽子には話していた。家族でないからこそ話せたのかもしれない。

「でも、あの人……望月という人は、刑務所に入ったんでしょう？」

「ええ。でも、代理人がいたんです」

「代理人？」直美が目を見開く。

「望月の会社の後輩で、彼を崇拝しているといってもいい人物でした。彼も、望月が会社を馘になった後に辞めているんですが、望月の裁判は全て傍聴し、刑務所に入った後も何度か面会しています。そこで、望月がなおも鏑木さんに恨みを抱いているのを知りました。そして、鏑木さんがご主人に相談していたことも、望月の口から聞いたんです。望月が、その事実をどうやって知ったかまではまだ分かりませんが」

「まさか、それで……」直美がまた口を両手で覆った。

「ふざけた話です」私は怒りをぶちまけた。「要するに、単なる逆恨みですよ。でも、その後輩——新田という男は、望月の恨みを晴らすためにご主人に接近した。望月が今でも鏑木さんを恨んでいる、望月を追い出すように鏑木さんにアドバイスしたご主人も同罪だ、と。それで恐喝を始めたんです。新田にすれば、その金を溜めておいて、望月が出所した後に渡すつもりだったようです。実際、望月は今年の二月に出所しているんですが、新田はそのタイミングで望月に金を渡した、と証言しています」

もしも直美が、恐喝の事実をもう少し早く明かしてくれれば、事件はとうに解決していたかもしれない。ただその場合、事件は私たちの手からすり抜けていただろうが。

「そんな……関係ないじゃないですか。だいたい、主人がお金を払う理由がありません」直美が強い口調で反論する。「主人は……詳しいことは話してくれませんでしたけど」

「向こうは、あなたたち家族のことを持ち出したんです」言ってから、私はすっと息を呑んだ。ここからが正念場である。「新田はクソ野郎です。金を払わなければご家族――あなたや那奈ちゃんに危害を加えると脅しました。ご主人は、家族を守るために金を渡し続けていたんです」

「私は何も知らなかった……」直美が唇を噛む。

「ご主人は、あなたたちを心配させないために、詳しい事情を打ち明けなかったんだと思います。警察に届けなかったのも、そのためじゃないでしょうか。警察が介入すれば、あなたや那奈ちゃんを不安にさせる。そうなるよりは、多少の金を払って相手を黙らせる方がまだましだと考えたんでしょう」

やはり相談してくれていれば、という想いがある。それこそ、支援課に駆けこめば、いくらでも打つ手はあった。その時点で青木は「犯罪被害者」になり、私たちが手を差し伸べる理由もできたのだから。家族に知らせず、穏便に事件を解決する方法もあったはずだ。

「自分で事情を全て呑みこみ、何とかするつもりだったんだと思います。だから、ご主人を責めないで下さい。青木さんにとっては、あなたと那奈ちゃんを守ることが何より大事だったんです。那奈ちゃんを、本当の娘のように思っていたんでしょう」

嗚咽《おえつ》が静かに流れ始める。私は言葉を切り、泣き始めた直美を見守った。本当に辛い話はここからだが、今は泣かせておくしかない。

玲子がダイニングテーブルを離れ、直美の傍らに跪《ひざまず》いた。そっと膝を叩く……直美が二度、三度とうなずき、手首で涙を拭った。優里がすかさず、ポケットティッシュを手渡す。直美をサポートする二人の動きに、私はまだ話を続けて大丈夫だと確信した。直美は何度かしゃくりあげていたものの、ティッシュペーパーを目に当ててしばらくじっとしているうちに、落ち着いたようだった。

「……すみません」小声で謝ると、丸めたティッシュペーパーを右手の中に握りこむ。

「もう少し話して大丈夫ですか?」私は訊ねた。

「はい……いつか聞かなくてはいけない話ですよね? それに私が、那奈に話さないと」

「では続けます」私はまた姿勢を正し、スーツの前をきっちり合わせた。右肘の部分が少し破れている……一度家に戻って着替えてくるべきだったと悔いる。きちんとした服装は、被害者家族を安心させるのだ。「出所してきた望月に、新田は金を渡しました。その額は、数百万円に上ったと見られます。ご主人は家に多額の現金を置いておく習慣があったようですが、それは誰にも見られず、自宅で金の受け渡しをするためだったかもしれません……しかし望月は、これだけで納得したわけではなかったようです。今度は、自分でご主人を恐喝しようとした。残念ですが、一度金を払ってしまった人間は、恐喝犯にとってはいいカモになるんです。当然、新田も望月と一緒に恐喝を続けようとしたんですが、今度はご主人は拒否しました。さすがに何百万円も払ってしまって、さらに今後もとなると、もう続けられないと判断したんでしょうね。結局それが、望月の逆鱗《げきりん》に触れた……二人でこの家に来てご主人を脅したんですが、ご主人は最後まで拒否を貫いたようです。望月は、話し合いを続けるふりをして、背後からいきなりご主人に襲いかかった——新田の証言によれば、それが事件の真相のようです」

「そんな……そんなことで?」また直美の目から涙があふれ出した。「どうして相談してくれなかったのか……家族のことでしょう?　問題があったら家族で悩んで、家族で解決すればよかったのに」

「これは一般論で、ご主人に当てはまるかどうかは分かりませんが……」私は遠慮しながら切り出した。「男は時々、馬鹿みたいに格好をつけたくなるんです。ご主人は、自分一人で家族を守ろうとした。心配させまいと、事情も話さなかった。結果的にこれが悲劇を生んだのかもしれませんが、私には理解できます。実際に体を張ることは難しいかもしれませんが、ご主人はそうしたんです」

暗く、重たい沈黙。玲子がすっと立ち上がり、ダイニングテーブルに戻った。衝撃の事実を聞いた後でも、直美は大丈夫と判断したのだろうか。その目が、リビングルームと仕事場をつなぐ出入り口の方に向いているのに私は気づいた。慌ててそちらを見ると、制服姿の那奈が立っている。

「今の話、本当なんですか？」

部屋の空気が凍りついた。

7

それからの那奈の行動は、私の予想を超えていた。泣き叫ぶか激怒すると思っていたのに、いきなりスマートフォンを取り出したのだ。私たちに背を向けて話し出す。

「うん……もう、いいから。大丈夫……帰っていいから」

那奈がスマートフォンを耳から放し、振り向く。その顔には、これまで私が見たこともない、安堵《あんど》の表情が浮かんでいた。

「ちょっと待った」

ピンときて、私は思わず声を張り上げた。那奈がぴくりと身を震わせ、スマートフォンを持った左手をゆっくりと体の脇に垂らす。

「那奈ちゃん、今、誰と話してたんだ？」立ち上がり、一歩を踏み出す。優里に右腕を摑まれ、激痛が走ったが、何とか無視して那奈に近づいた。那奈は逃げ出しもせず、その場で棒立ちになっている。しかし啞然として動けないというわけではなく、表情を見た限り、私と対決する意志を固めたようだった。

どうしてこんなに強いんだ？　まだ十五歳の少女の芯は、どうして折れない？

「調べることはできるんだ。でも、君が直接説明してくれないか？」

「知る必要があるんですか？」

「ある。全ての出来事にきちんと説明がつかないと、警察は納得しないんだ」

「それは、警察の勝手な事情ですよね？」那奈が皮肉っぽく言ったが、強がっているようにしか聞こえなかった。

「君は――君たちは、いろいろな人に迷惑をかけている。だから説明責任があるんだ。俺が今、『君たち』と言ったのには気づいたよな？」

那奈の顔から血の気が引く。唇が震え、助けを求めるように母親の背中を見た。直美がゆっくりと上体を捩《ね》じり、娘の顔を凝視する。

「那奈……」

「ママは……ママはいいから」巻きこみたくないと真剣に願うような口調だった。

「よくないわよ」直美がぴしりと言った。初めて聞く、親らしい厳しい口調。「ちゃんと話しなさい。皆さんに迷惑かけてるんだから」

「直美さん、無理しないで下さい」

優里がすかさず忠告する。あまりにも急激に回復しているのが、逆に心配になったのだろう。自分に無理を強いていて、また過度なストレスがかかったら……しかし私は、大丈夫だと判断した。直美の口調は静かで、怒っているというよりあくまで那奈が話すのを促している様子だ。玲子に視線を送ると、彼女も同じように感じていたようで、素早くうなずいた。

「那奈ちゃん、説明責任っていう言葉は知ってるよな？」

私の問いかけに、那奈が無言でうなずく。

「だいたい、説明しようとしない人に対して、『説明責任がある』って追及する感じで使うんだけど、起こしてしまったことに対しては、きちんと事情を話す義務があると思うんだ。それは、大人でも子どもでも関係ない」

「分かってます」

怒ったように那奈が吐き捨てる。それから急に心配になったように、直美の顔をちらちらと見た。直美は真っ直ぐ那奈の顔に視線を据えている。

「那奈」直美が低い声で促す。

「あの……」那奈が両手でスマートフォンを握り締める。まるでそれしか頼りになるものがないとでもいうように。

「誰かを庇っていたんじゃないか？」

いつまでも答えが出てこないのに苛立ち、私は思わず推測を口にした。那奈がぴくりと身を震わせ、視線を直美から私へと移す。思わず「怒らないから言ってごらん」と言いかけ、言葉を呑みこんだ。彼女には、こんな子どもじみた説得の言葉は似合わない。

「この前、お墓参りした時なんですけど……」

「ああ」

「行ってません。お墓には行ってないんです」

「じゃあ、どこへ？」

「ホテル」

「ホテル？」何を言い出すんだ……。

「ホテルに隠れている人がいて」

「那奈！」直美が鋭い声を上げた。「あなた、何言ってるの？　ホテルなんかへ行ったの？」

「ママが考えているようなことじゃないから」直美に対して、那奈の声はむしろ低く、落ち着いていた。

「一人じゃないよな」私は指摘した。

「……はい」

「相手は、早川陸君じゃないか？」

「早川君？　本当に早川君なの？」直美の声は悲鳴のようになっていた。

那奈がこくりとうなずく。悪びれた様子がないことから、私は陸があくまで那奈のボーイフレンドに過ぎないのだと確信した。敢えてゆっくりした口調で、直美に話しかける。

「早川陸君、知ってるんですか」

「ええ……何度か家に遊びに来たこともあるし……近所の子です。小学校の時から知ってます」直美の中では、あくまで「幼馴染み」の感覚かもしれない。

「それで？　何でまた早川君はホテルなんかにいるんだ？　家出したんじゃないかって、ご両親が大騒ぎして警察に届けたんだぞ」

「私が、隠れるように言ったんです」

「何かやったのか？」

「違います」那奈がむきになって言い張った。「私……私のせいです」

「君が？　何かしたのか？」

「私は何もしてません！」那奈が一歩私の方へ詰め寄る。「してないのに、警察が……何度もしつこく話を聴いてきて。あの日——パパが亡くなった日の一時間のことです」

空白の一時間。特捜はまだそこにこだわっていたのか。

「その時間、早川君と一緒にいたんだね」

私の指摘に、那奈が無言でうなずく。直美の耳は赤くなっていた。立ち上がり、那奈に迫って行こうとしたので、私は慌てて腕を摑んで止めた。

「まず、那奈ちゃんの話を聴きましょう。最後まで知りたいんです」

「私は……駄目だって言ったんです。あの子とつき合ったら駄目だって」直美の声は震えている。

「どうしてですか？」

「つき合う相手は選ばないと……那奈がつき合って、いいことがある子じゃないんです」

「そんなの、勝手に決めつけないで！」那奈がとうとう爆発した。「ママはいつもそうだよ。いろんなこと、勝手に決めて……早川君は、成績は悪いかもしれないけど、いい人なんだよ。表面だけ見ないで！」

中学生らしいと言えば中学生らしい、浅い好意……しかし私には意外だった。那奈は年齢の割には大人びていて、こんな風に子どもじみた言い訳をするようなタイプには見えなかったから。恋愛に関しては、年齢なりということだろうか。

「とにかく君は、家に帰る前に早川君と会っていた。もともと、お母さんに会うことを反対されていたから、そのことは警察にも話せなかったんだね」

那奈がこくりとうなずいた。ひどく頼りなく、子どもっぽく見える。今までかぶっていたヴェールが、一気に全部剝がれたようだった。

「それで、今回の件は？」

「早川君に迷惑かけたくなかったから」

　その一言で、全ての糸が繋がった。直美はまだ怒っている様子だが、無視して続ける。

「警察が厳しく事情聴取してくるかもしれない。もしかしたら、君と早川君がつき合っていることを知って、早川君も調べるかもしれない。そういうことで、早川君に迷惑をかけるのが嫌だったんだね？　早川君まで事情聴取を受ければ、絶対に学校でも噂になるし。君は、そういうことは嫌いだろう？」

「……はい」

「だから、しばらくホテルに隠れているように、早川君に勧めた」

「そうです」

「この前、墓参りだと言っていた時も、彼と会っていたんだね」

「はい。食べ物を差し入れました」

「しかし、中学生が一人でホテルに泊まれるのか？　ホテル側が怪しむだろう」

「そこは何とか……親の名前を使って予約すれば、何とでもなります。受験の時なんか、そうするでしょう？」

「それでホテル側は何とも言わなかったのか？」私は思わず目を見開いた。

「お金さえ払えば」那奈の険しい表情が緩む。緊張が少しだけ解けたようだ。

「さっきも早川君に電話したんだね？　もう犯人は分かったから、話を聴かれることもない。出て来て大丈夫だって……そういうことだろう？」

「そうです。すぐに家に帰ると思います」

この件については……あれこれ言っても仕方ないだろう。帰宅すれば陸は両親からこっぴどく怒られるかもしれないし、これがきっかけになって、二人の関係は壊れてしまうかもしれない。だが、事件全体の流れに比べれば些末《さまつ》なことだ。

「分かった。でも、雷は覚悟しておいた方がいいよ」

那奈がぺろりと舌を出した。初めて見る、子どもっぽい仕草——十五歳というのは、やはり微妙な年齢なのだと意識する。ホテルに隠れるのは上手い作戦だったかもしれないが、底が浅い。いかにも、大人と子どもの間にいる人間が考えそうなことだ。どうやったら彼女を、普通の十五歳の生活に戻してあげられるか。一つはっきりしているのは、彼女は未だに殻に閉じこもっている……あるいは高い塀の向こうにいるということだ。このまま黙って、後は直美に任せる手もある。だがこの時点で、那奈は依然として被害者家族であり、私たちには彼女に寄り添う義務がある。やり過ぎかもしれないが、もう一歩を踏み出して何とかすべきではないか。

ふいに思いついた。那奈が一番素直になれる状況は何か――一つだけ、間違いない場所がある。

「事件のことや早川君のことがあったから、今月はまだ墓参りに行ってないんじゃないか？」

にわかに那奈の顔が緊張する。私は笑みを浮かべ、彼女に一歩近づいた。

「ご両親――鏑木さんのお墓には、毎月必ずお参りしてたんだよね？」

「……はい」

「その習慣は大事だと思う。ずっと続けていくべきだ。だから今月も、ちょっと遅くなったけど、行ってみないか？　俺たちもつき合うから」

「村野？」意図が読めないのか、心配そうに優里が言った。

「もちろん、君もつき合ってくれ」最後は優里が頼りだ。那奈の心を解すのに一番適した人材は彼女だし、それにこれは、優里自身を救うことにもなる。

「いいの？」

「ああ。今日は車で来てるし、ちょっとドライブしようよ。那奈ちゃん、車での行き方は分かるかな」

「いえ。いつも電車だから……」

「まあ、いいや。近くまで行けば分かるだろう」

「私は……」直美が心配そうに言った。

「ああ、直美さんは、少し私と話して下さい」玲子が私に目配せしてから助け舟を出した。「節子さんも一緒に。これは面談ですから、ご協力いただけますか」

「はあ……」納得しない様子だったが、直美がうなずいた。

「じゃあ、行こうか」

私は那奈に声をかけた。彼女も直美同様、明らかに納得していなかったが、結局私の後についてきた。

今日は、事件のあった仕事場の中を通り抜けて正面の玄関に向かう。

事件の衝撃は、確実に薄れつつあるのだ。もう一歩……もう少し踏みこんでいくと、那奈のこれからの人生は決まる。

8

京王線千歳烏山駅の北側、甲州《こうしゅう》街道と中央自動車道を越えた付近には、寺が密集している。関東大震災後に、浅草や築地から寺院が集団移転してきたのだ、と以前聞いたことがあった。住所表記は「世田谷区北烏山」、通称は「烏山寺町」らしい。まさにその名の通り、寺ばかりが目立つ一角である。

夕暮れが迫る中、私たちは那奈の本当の両親の墓にお参りした。優里は何度か来たことがあるようだが、私は初めて。普段は宗教と縁遠い暮らしを送っているのだが、線香の香りが漂う中で手を合わせていると、やはり神妙な気分になる。

最初に車に乗りこむ時、私は優里に「任せた」と下駄を預けた。優里はそれで私の狙いを察したようだ。「いいの？」と確かめてきたので、無言でうなずく。

これは那奈のためだけでなく、優里のためでもある。二人の人間が新たなステージに立つためには、今いる場所から抜け出さねばならない。

「ちょっと、いい？」手を合わせた後、優里が那奈に向かって切り出した。

「何ですか」那奈は少し警戒している様子だった。覆面パトカーの中では私がハンドルを握り、後部座席に座った那奈と優里は、他愛もない話を、さして盛り上がりもせずに続けていただけである。今、優里の口調は真剣で、表情にも一種の凄みがあった。

「私、今回の事件で、一つだけ不思議なことがあったの。あなた、一度も泣かなかったわね」

那奈がきょとんとした表情を浮かべる。何を言われているのか分からない様子だったが、すぐに口をきゅっと引き締めてうつむいた。優里が静かな声で続ける。上空高く、どこかでカラスが啼《な》いていた。

「大変な事件だったでしょう？　それにあなたにとっては、二度目の事件だった。こんな経験をする人なんか、ほとんどいないわよね。だから、あなたがどれほど大きなショックを受けたかは、私たちにも想像がつかない。でもあなたは、しっかり自分の足で立っていた。泣き言一つ言わなかった。どうして？」

「だって、ママが……」那奈がすっと顔を上げ、優里の顔を真っ直ぐ見る。「誰かがママを守らなくちゃいけなかったんです。他に誰もいないんだから」

「節子さんもいたでしょう。むしろ、あなたが直美さんに守られるべきだったのよ。でも実際には違ったわね」優里がすっと息を吸った。「あなたが直美さんを守っていた。本当に頑張ったと思うわ」

那奈がこくりとうなずいた。普通なら、涙が零れる瞬間である。犯人は逮捕され――望月逮捕の一報は、車の中で優里が受けた――母親も何とか元気になってきている。家族が立ち直る第一歩の段階で、それまでの頑張りを褒められたのだから、涙腺が緩むのが普通だ。

しかし那奈はまだ堪えている。唇は震えているが、目は乾いたままだった。

夕暮れの冷たい風が吹きつけ、私を凍えさせる。しかし、制服だけでコートも着ていない那奈は、少しも寒そうな様子を見せなかった。

「那奈ちゃん、私はしばらくあなたと会っていなかったわね。だからこの何年かで、あなたがどう変わったかは知らないの」

「私は変わってません」

「でも、小学生から中学生にかけては、一番大きく変わる時なのよ。自分で意識するしないにかかわらず」

「私は……ずっと私のままです」

「私には、あなたが無理しているようにしか見えない。辛いことがあった時、思い切って気持ちをぶちまけるのも一つの手なのよ。そのために私たちがいるんだから」

「大丈夫です。私は泣かないんです」

「どうして」

「約束したから」

優里が助けを求めるように私を見た。私は首をゆっくりと横に振った。大丈夫。私は口出ししない。今のところ那奈は、優里の問いかけに素直に答えている。優里がうなずき返し、また那奈に向き直った。

「約束……誰と？」

「ママ」

「直美さん？」

那奈が素早く首を横に振る。私にはそこでピンときた。優里も気づいたようで、一歩だけ那奈に歩み寄る。

「美春さん？」

優里の問いかけに、那奈がこっくりとうなずく。いつの間にか、両手をきつく握り締めていた。ゆっくりと肩を上下させると、また優里の顔をしっかりと見る。

「いつ約束したの？」

「病院で……」

「美春さんが入院している時ね？」

鏑木が殺された時、那奈の母親美春は闘病中だった。実に間が悪い……夫が殺された心労も重なり、事件から半年後には美春も亡くなっている。それから那奈は、青木家に引き取られたわけだが……。

「どういう約束だったの？」優里の声が柔らかくなる。目つきも優しい。

「泣かないようにって。もう絶対に泣かないようにって、約束しました」

「あなたは……泣いたわよね？　お父さんが亡くなった時」

「気持ち悪くなって、途中からは全然覚えてません。パパが急にいなくなるなんて、信じられなかったから」

「分かるわ。私も、お葬式で見ていて胸が痛くなるほどだった」

「でも、入院中のママに言われて……たぶんママは、私がすぐに一人きりになることが分かっていて、強くなれって言いたかったんだと思います」

「辛い約束ね」

「辛かったです」那奈がうなずく。

「お母さんのお葬式、私も行ったわ」

「ごめんなさい、覚えてないです」那奈がさっと頭を下げる。

「覚えてなくて当然よ」優里が微笑んだ。「八年も前のことだから。那奈ちゃんはまだ小学生――一年生だったし」

「でも、必死でした。ママとの約束を守らなくちゃいけないって。絶対に泣いちゃいけないって、自分に言い聞かせました。だから私、我慢して……」

「倒れたのよね」優里の顔に影が射した。その時のことを思い出したのだろう。

「だから、途中から全然覚えていません。だらしないですね」

「それが普通よ。本当なら、どんなに泣いても許される場面だから、それを我慢してたら、気を失うのも当然でしょう」

「それから私……ママとパパには本当によくしてもらいました。パパは口煩かったけど、私を守るために頑張ってくれているのは分かってたし。ママは優しくて、本当のママみたい……本当のママなんです」

「だから今回、直美さんを守るために、必死に頑張ったのね？　泣かないで？」

那奈がうなずく。その態度が、特捜本部の疑念を買ってしまったのかもしれないが……父親を亡くしたばかりの中学生が、涙も見せない。何かこじれた関係だったのでは、と疑うのは刑事の思考回路では自然だ。

「そうか……那奈ちゃんは頑張ったんだ」優里が静かに言った。「ママとの約束も守ったのね」

「那奈ちゃん」

私が呼びかけると、那奈がゆっくりとこちらを向いた。やはり目は乾いている。だが、唇はへの字になっていた。

「約束は大事だと思う。でも君は、ママが期待していた以上に頑張った。直美さんを立ち直らせたのは、君の努力だ。ただその結果、君は自分自身を傷つけたんじゃないかな」

「私……平気です」那奈はなおも強がりを言った。

「自分ではそう思ってる——そう思いたいんだろうな。俺たちから見ても、平気なように見える。でも思い出してみると、けっこう危ない場面があったよ。正常な判断能力を失っていたこともあるし、相当無理しているのは明らかだった。このままだと、壊れるんじゃないかと思ったぐらいだよ」

「私……」那奈の言葉が宙に消える。

「君は直美さんのために頑張った。それで直美さんは立ち直りかけてる。だから今度は、自分のために頑張っていいんじゃないかな——いや、頑張る、はおかしいか。無理しないでいいんだ。泣いていいと思う。ママも許してくれるはずだ」

突然、那奈の目から涙が溢れ出した。低い嗚咽が続き、それが静かな墓地に緊張感をもたらす。

「誰も君を責めないよ。泣くのは、悪いことじゃないんだ。自分のために泣いたっていいんだ」

那奈が声を上げて泣き始める。優里がゆっくりと近づき、柔らかく抱きしめた。那奈の頭が優里の胸にすっぽり収まり、体が震える。優里がゆっくりと背中を撫で、一方那奈の両手は優里の体を、震えるほど力を込めて摑んでいた。

「ママ……」那奈の声が漏れる。どっちのママだろう。産みの母親の美春か、直美か。

どっちでもいい。那奈の心を覆っていた硬い殻は、間違いなく壊れた。傷つきやすい、柔らかい心がむき出しになっている。私たちがこれからすべきことは、那奈に新しい殻を作ってやることだ。それは他人を拒絶するものでもなく、自分を守るものでもなく、もっと柔らかいものであるべきだ——。

少女の、二度目の涙。

私はそれをじっと見つめるしかなかった。

本書は文庫書下ろしです。
この作品はフィクションであり、実在する
個人や団体などとは一切関係ありません。

|著者| 堂場瞬一　1963年茨城県生まれ。2000年『8年』で第13回小説すばる新人賞受賞。警察小説、スポーツ小説などさまざまな題材の小説を発表している。著書に「刑事・鳴沢了」「警視庁失踪課・高城賢吾」「警視庁追跡捜査係」「アナザーフェイス」「刑事の挑戦・一之瀬拓真」などのシリーズのほか、『八月からの手紙』『Killers』『虹のふもと』など多数。2014年8月には、『壊れる心　警視庁犯罪被害者支援課』が刊行され、本作へと続く人気文庫書下ろしシリーズとなっている。

二《に》度《ど》泣《な》いた少女《しょうじょ》　警視庁《けいしちょう》犯罪《はんざい》被害者《ひがいしゃ》支援課《しえんか》3

堂場《どうば》瞬一《しゅんいち》

講談社文庫

定価はカバーに
表示してあります

2016年8月10日第1刷発行

発行者――鈴木　哲

発行所――株式会社　講談社

東京都文京区音羽2-12-21　〒112-8001

電話　出版（03）5395-3510
　　　販売（03）5395-5817
　　　業務（03）5395-3615

Printed in Japan

デザイン―菊地信義

本文データ制作―講談社デジタル製作

印刷―――株式会社廣済堂

製本―――株式会社若林製本工場

ISBN978-4-06-293468-8

講談社文庫刊行の辞

二十一世紀の到来を目睫に望みながら、われわれはいま、人類史上かつて例を見ない巨大な転換期をむかえようとしている。

世界も、日本も、激動の予兆に対する期待とおののきを内に蔵して、未知の時代に歩み入ろうとしている。このときにあたり、創業の人野間清治の「ナショナル・エデュケイター」への志を現代に甦らせようと意図して、われわれはここに古今の文芸作品はいうまでもなく、ひろく人文・社会・自然の諸科学から東西の名著を網羅する、新しい綜合文庫の発刊を決意した。

激動の転換期はまた断絶の時代である。われわれは戦後二十五年間の出版文化のありかたへの深い反省をこめて、この断絶の時代にあえて人間的な持続を求めようとする。いたずらに浮薄な商業主義のあだ花を追い求めることなく、長期にわたって良書に生命をあたえようとつとめるところにしか、今後の出版文化の真の繁栄はあり得ないと信じるからである。

同時にわれわれはこの綜合文庫の刊行を通じて、人文・社会・自然の諸科学が、結局人間の学にほかならないことを立証しようと願っている。かつて知識とは、「汝自身を知る」ことにつきていた。現代社会の瑣末な情報の氾濫のなかから、力強い知識の源泉を掘り起し、技術文明のただなかに、生きた人間の姿を復活させること。それこそわれわれの切なる希求である。

われわれは権威に盲従せず、俗流に媚びることなく、渾然一体となって日本の「草の根」をかたちづくる若く新しい世代の人々に、心をこめてこの新しい綜合文庫をおくり届けたい。それは知識の泉であるとともに感受性のふるさとであり、もっとも有機的に組織され、社会に開かれた万人のための大学をめざしている。大方の支援と協力を衷心より切望してやまない。

一九七一年七月

野間省一

講談社文芸文庫

庄野潤三
星に願いを
ここには穏やかな生活がある。子供が成長し老夫婦の時間が、静かにしずかに息づいて進む。鳥はさえずり、ハーモニカがきこえる。読者待望の、晩年の庄野文学。
解説=富岡幸一郎　年譜=助川徳是
しA13
978-4-06-290319-6

鈴木大拙　訳
天界と地獄
スエデンボルグ著
「禅」を世界に広めた大拙は、米国での学究時代、神秘主義思想の巨人スエデンボルグに強い衝撃を受け、帰国後まず本書を出版した。大拙思想の源流を成す重要書。
解説=安藤礼二　年譜=編集部
すE1
978-4-06-290320-2

室生犀星
我が愛する詩人の伝記
藤村、光太郎、白秋、朔太郎、百田宗治、堀辰雄、津村信夫他、十一名の詩人の生身の姿と、その言葉に託した詩魂を読み解く評伝文学の傑作。毎日出版文化賞受賞。
解説=鹿島茂　年譜=星野晃一
むA9
978-4-06-290318-9

講談社文庫　目録

鳥羽　亮　三鬼の剣
鳥羽　亮　広域指定127号事件〈警視庁捜査一課南平班〉
鳥羽　亮　刑《デ》事《カ》魂〈警視庁捜査一課南平班〉
鳥羽　亮　隠《おぬ》猿《ざる》の剣
鳥羽　亮　鱗光の剣〈深川群狼伝〉
鳥羽　亮　蛮骨の剣
鳥羽　亮　妖鬼の剣
鳥羽　亮　秘剣鬼の骨
鳥羽　亮　浮舟の剣
鳥羽　亮　青江鬼丸夢想剣
鳥羽　亮　双つ龍〈青江鬼丸夢想剣〉
鳥羽　亮　吉宗謀殺〈青江鬼丸夢想剣〉
鳥羽　亮　風来の剣
鳥羽　亮　影笛の剣
鳥羽　亮　波之助推理日記
鳥羽　亮　からくり小僧〈波之助推理日記〉
鳥羽　亮　天狗の塒《ねぐら》〈波之助推理日記〉
鳥羽　亮　遠山桜〈影与力嵐八九郎〉
鳥羽　亮　浮世の果て〈影与力嵐八九郎〉
鳥羽　亮　鬼剣〈影与力嵐八九郎〉
鳥羽　亮　疾風《はやて》剣《けん》谺《こだま》返し〈深川狼虎伝〉
鳥羽　亮　修羅剣雷《いかずち》斬り〈深川狼虎伝〉
鳥羽　亮　狼《ろう》虎《こ》血《けっ》闘《とう》〈深川狼虎伝〉
鳥羽　亮　御隠居剣法
鳥羽　亮　ねむり鬼《き》剣《けん》〈駆込み宿　影始末(一)〉
鳥羽　亮　霞隠れの女〈駆込み宿　影始末〉
鳥越　碧　一葉〈駆込み宿　影始末〉
鳥越　碧　漱石の妻
鳥越　碧　兄いもうと〈子規庵日記〉
鳥越　碧　花筏　谷崎潤一郎・松子　たゆたう記
東郷　隆　御町見役うずら伝右衛門(上)(下)
東郷　隆　御町見役うずら伝右衛門・町あるき
東郷　隆　銃士伝
東郷　隆　センゴク兄弟
東郷　隆　南天
東郷　隆　蛇の王(上)(下)〈ナーガ・ラージ〉
東郷　隆　定吉七番《セブン》の復活
東郷　隆／上田信　絵　【絵解き】戦国武士の合戦心得〈歴史・時代小説ファン必携〉
東郷　隆／上田信　絵　【絵解き】雑兵足軽たちの戦い〈歴史・時代小説ファン必携〉
戸田郁子　ソウルは今日も快晴〈日韓結婚物語〉
とみなが貴和　EDGE《エッジ》
とみなが貴和　EDGE2〈三月の誘拐者〉
東嶋和子　メロンパンの真実
戸梶圭太　アウトオブチャンバラ
徳本栄一郎　メタル・トレーダー
東良美季　猫の神様
堂場瞬一　八月からの手紙
堂場瞬一　壊れる心〈警視庁犯罪被害者支援課〉
堂場瞬一　邪心〈警視庁犯罪被害者支援課2〉
堂場瞬一　傷
土橋章宏　超高速！参勤交代
土橋章宏　超高速！参勤交代　リターンズ
夏樹静子　そして誰かいなくなった
夏樹静子　新装版　二人の夫をもつ女
中井英夫　新装版　虚無への供物(上)(下)
中井英夫　新装版　とらんぷ譚I　幻想博物館
中井英夫　新装版　とらんぷ譚II　悪夢の骨牌《かるた》

講談社文庫　目録

中山康樹　ジョン・レノンから始まるロック名盤
中山康樹　伝説のロック・ライヴ名盤50
永井するみ　防　風　林
永井するみ　ソ　ナ　タ　の　夜
永井するみ　年に一度、の二人
永井するみ　涙のドロップス
永井　隆　ドキュメント 敗れざるサラリーマンたち
中島誠之助　ニセモノ師たち
梨屋アリエ　でりばりぃAge
梨屋アリエ　ピアニッシシモ
梨屋アリエ　プラネタリウム
梨屋アリエ　プラネタリウムのあとで
梨屋アリエ　スリースターズ
中原まこと　いつかゴルフ日和に
中原まこと　笑うなら日曜の午後に
中島京子　FUTON
中島京子　イトウの恋
中島京子　均ちゃんの失踪
中島京子　エルニーニョ

奈須きのこ　空の境界(上)(中)(下)
中島かずき　髑髏《どくろ》城の七人
内藤みか 尾谷幸憲　LOVE※(ラブコメ)
永田俊也　落　語　娘
中村彰彦　名将がいて、愚者がいた
中村彰彦　義に生きるか裏切るか〈名将がいて、愚者がいた〉
中村彰彦　知恵伊豆と呼ばれた男〈老中松平信綱の生涯〉
中村彰彦　幕末維新史の定説を斬る
中村彰彦　乱世の名将 治世の名臣
長野まゆみ　簞笥のなか
長野まゆみ　となりの姉妹
長野まゆみ　レモンタルト
長嶋　有　夕子ちゃんの近道
長嶋　有　電化文学列伝
長嶋　有　佐渡の三人
永嶋恵美　転　落
永嶋恵美　災　厄
永嶋恵美　擬　態
中川一徳　メディアの支配者(上)(下)

永井　均 内田かずひろ 絵　子どものための哲学対話
なかにし礼　戦場のニーナ
なかにし礼　生きる力〈心でがんに克《か》つ〉
中路啓太　火ノ児の剣
中路啓太　裏切り涼山
中路啓太　己惚れの記
中島たい子　建てて、いい？
中村文則　最後の命
中村文則　悪と仮面のルール
中田整一　トレイシー〈日本兵捕虜秘密尋問所〉
中田整一 編／解説　真珠湾攻撃総隊長の回想〈淵田美津雄自叙伝〉
中村江里子　女四世代、ひとつ屋根の下
南淵明宏　異端のメス〈心臓外科医が教える病院のウソを見抜く方法！〉
中野美代子　カスティリオーネの庭
中野孝次　すらすら読める方丈記
中野孝次　すらすら読める徒然草
中山七里　贖罪の奏鳴曲《ソナタ》
中山七里　追憶の夜想曲《ノクターン》
長島有里枝　背中の記憶

長浦　京　赤《セキ》刃《ジン》
西村京太郎　名探偵が多すぎる
西村京太郎　ある朝　海に
西村京太郎　脱　出
西村京太郎　四つの終止符
西村京太郎　おれたちはブルースしか歌わない
西村京太郎　名探偵も楽じゃない
西村京太郎　悪への招待
西村京太郎　七人の証人
西村京太郎　ハイビスカス殺人事件
西村京太郎　炎の墓標
西村京太郎　特急さくら殺人事件
西村京太郎　変身願望
西村京太郎　四国連絡特急殺人事件
西村京太郎　午後の脅迫者
西村京太郎　太陽と砂
西村京太郎　寝台特急あかつき殺人事件
西村京太郎　日本シリーズ殺人事件
西村京太郎　L特急踊り子号殺人事件

西村京太郎　寝台特急「北陸」殺人事件
西村京太郎　オホーツク殺人ルート
西村京太郎　行楽《ロマンスカー》特急殺人事件
西村京太郎　南紀殺人ルート
西村京太郎　特急「おき3号」殺人事件
西村京太郎　阿蘇殺人ルート
西村京太郎　日本海殺人ルート
西村京太郎　寝台特急六分間の殺意
西村京太郎　釧路・網走殺人ルート
西村京太郎　アルプス誘拐ルート
西村京太郎　特急「にちりん」の殺意
西村京太郎　青函特急殺人ルート
西村京太郎　山陽・東海道殺人ルート
西村京太郎　十津川警部の対決
西村京太郎　南　神　威　島
西村京太郎　最終ひかり号の女
西村京太郎　富士・箱根殺人ルート
西村京太郎　十津川警部の困惑
西村京太郎　津軽・陸中殺人ルート

西村京太郎　十津川警部C11を追う
西村京太郎　越後・会津殺人ルート〈追いつめられた十津川警部〉
西村京太郎　華麗なる誘拐
西村京太郎　五能線誘拐ルート
西村京太郎　シベリア鉄道殺人事件
西村京太郎　恨みの陸中リアス線
西村京太郎　鳥取・出雲殺人ルート
西村京太郎　尾道・倉敷殺人ルート
西村京太郎　諏訪《すわ》・安曇野《あずみの》殺人ルート
西村京太郎　哀しみの北廃止線
西村京太郎　伊豆海岸殺人ルート
西村京太郎　倉敷から来た女
西村京太郎　南伊豆高原殺人事件
西村京太郎　消えた乗組員《クルー》
西村京太郎　東京・山形殺人ルート
西村京太郎　八ヶ岳高原殺人事件
西村京太郎　消えたタンカー
西村京太郎　会津高原殺人事件
西村京太郎　超特急《イベント・トレイン》「つばめ号」殺人事件

講談社文庫　目録

西村寿行　異常者
新田次郎　新装版 武田勝頼 (一)陽の巻 (二)水の巻 (三)空の巻《いしぶみ》
新田次郎　新装版 聖職の碑
新田次郎　新装版 風の遺産
日本文芸家協会編　愛染夢灯籠〈時代小説傑作選〉
日本推理作家協会編　零時の犯罪予報〈ミステリー傑作選46〉
日本推理作家協会編　殺人の教室〈ミステリー傑作選〉
日本推理作家協会編　孤独な交響曲《シンフォニー》〈ミステリー傑作選〉
日本推理作家協会編　犯人たちの部屋〈ミステリー傑作選〉
日本推理作家協会編　仕掛けられた罪〈ミステリー傑作選〉
日本推理作家協会編　隠された鍵〈ミステリー傑作選〉
日本推理作家協会編　セブンミステリーズ〈ミステリー傑作選〉
日本推理作家協会編　曲げられた真相〈ミステリー傑作選〉
日本推理作家協会編　ULTIMATE MYSTERY 究極のミステリー、ここにあり〈ミステリー傑作選〉
日本推理作家協会編　MARVELOUS MYSTERY 至高のミステリー、ここにあり〈ミステリー傑作選〉
日本推理作家協会編　Play《プレイ》推理遊戯〈ミステリー傑作選〉
日本推理作家協会編　Doubt《ダウト》きりのない疑惑〈ミステリー傑作選〉
日本推理作家協会編　Bluff《ブラフ》騙し合いの夜〈ミステリー傑作選〉
日本推理作家協会編　Spiral《スパイラル》めくるめく謎〈ミステリー傑作選〉
日本推理作家協会編　Logic《ロジック》真相への回廊〈ミステリー傑作選〉
日本推理作家協会編　BORDER《ボーダー》善と悪の境界〈ミステリー傑作選〉
日本推理作家協会編　Guilty《ギルティ》殺意の連鎖〈ミステリー傑作選〉
日本推理作家協会編　Shadow《シャドウ》闇に潜む真実〈ミステリー傑作選〉
日本推理作家協会編　Junction《ジャンクション》運命の分岐点〈ミステリー傑作選〉
日本推理作家協会編　Question《クエスチョン》謎解きの最高峰〈ミステリー傑作選〉
日本推理作家協会編　Symphony《シンフォニー》漆黒の交響曲〈ミステリー傑作選〉
日本推理作家協会編　1ダースの殺意〈ミステリー傑作選・特別編1〉
日本推理作家協会編　殺しのルート13〈ミステリー傑作選・特別編2〉
日本推理作家協会編　真夏の夜の悪夢〈ミステリー傑作選・特別編3〉
日本推理作家協会編　57人の見知らぬ乗客〈ミステリー傑作選・特別編4〉
日本推理作家協会編　自選ショート・ミステリー〈ミステリー傑作選・特別編5〉
日本推理作家協会編　自選ショート・ミステリー2〈ミステリー傑作選・特別編6〉
日本推理作家協会編　謎001〈東野圭吾選スペシャル・ブレンド・ミステリー〉
日本推理作家協会編　謎002〈宮部みゆき選スペシャル・ブレンド・ミステリー〉
日本推理作家協会編　謎003〈恩田陸選スペシャル・ブレンド・ミステリー〉
日本推理作家協会編　謎004〈京極夏彦選 スペシャル・ブレンド・ミステリー〉
日本推理作家協会編　謎005〈伊坂幸太郎選 スペシャル・ブレンド・ミステリー〉
日本推理作家協会編　謎006〈今野敏選スペシャル・ブレンド・ミステリー〉
日本推理作家協会編　謎007〈桜庭一樹選 スペシャル・ブレンド・ミステリー〉
日本推理作家協会編　謎008〈辻村深月選 スペシャル・ブレンド・ミステリー〉
日本推理作家協会編　謎009〈綾辻行人選 スペシャル・ブレンド・ミステリー〉
西木正明　極楽谷に死す
二階堂黎人　地獄の奇術師
二階堂黎人　聖アウスラ修道院の惨劇
二階堂黎人　ユリ迷宮
二階堂黎人　吸血の家
二階堂黎人　私が捜した少年
二階堂黎人　クロへの長い道
二階堂黎人　名探偵水乃サトルの大冒険
二階堂黎人　名探偵の肖像
二階堂黎人　悪魔のラビリンス
二階堂黎人　増加博士と目減卿
二階堂黎人　ドアの向こう側
二階堂黎人　魔術王事件(上)(下)
二階堂黎人　軽井沢マジック
二階堂黎人　聖域の殺戮
二階堂黎人　カーの復讐

講談社文庫　目録

二階堂黎人　双面獣事件(上)(下)
二階堂黎人　覇王の死(上)(下)
二階堂黎人 千澤のり子　ルームシェア〈私立探偵・桐山真紀子〉
二階堂黎人編　密室殺人大百科(上)(下)
新美敬子　世界の旅猫105
西澤保彦　解体諸因
西澤保彦　七回死んだ男
西澤保彦　殺意の集う夜
西澤保彦　人格転移の殺人
西澤保彦　麦酒《ばくしゅ》の家の冒険
西澤保彦　幻惑密室
西澤保彦　実況中死
西澤保彦　念力密室！
西澤保彦　夢幻巡礼
西澤保彦　転・送・密・室
西澤保彦　人形幻戯
西澤保彦　ファンタズム
西澤保彦　生贄を抱く夜《よ》
西澤保彦　ソフトタッチ・オペレーション
西澤保彦　新装版 瞬間移動死体
西澤保彦　いつか、ふたりは二匹
西村　健　ビンゴ
西村　健　脱出 GETAWAY
西村　健　突破 BREAK
西村　健　劫火1 ビンゴR《リターンズ》
西村　健　劫火2 大脱出
西村　健　劫火3 突破再び
西村　健　劫火4 激突
西村　健　笑い犬
西村　健　ゆげ福〈博多探偵事件ファイル〉
西村　健　はしご〈博多探偵ゆげ福〉
西村　健　完食！〈博多探偵ゆげ福〉
西村　健　残火
西村　健　地の底のヤマ(上)(下)
楡　周平　青狼記(上)(下)
楡　周平　陪審法廷
楡　周平　宿命(上)(下)〈ワンス・アポン・ア・タイム・イン・東京〉
楡　周平　血戦〈ワンス・アポン・ア・タイム・イン・東京2〉
楡　周平　修羅の宴(上)(下)
楡　周平　レイク・クローバー(上)(下)
西村　滋　お菓子放浪記
西尾維新　クビキリサイクル〈青色サヴァンと戯言遣い〉
西尾維新　クビシメロマンチスト〈人間失格・零崎人識〉
西尾維新　クビツリハイスクール〈戯言遣いの弟子〉
西尾維新　サイコロジカル(上)〈兎吊木垓輔の戯言殺し〉／(下)〈曳かれ者の小唄〉
西尾維新　ヒトクイマジカル〈殺戮奇術の匂宮兄妹〉
西尾維新　ネコソギラジカル(上)〈十三階段〉
西尾維新　ネコソギラジカル(中)〈赤き征裁vs.橙なる種〉
西尾維新　ネコソギラジカル(下)〈青色サヴァンと戯言遣い〉
西尾維新　ダブルダウン勘繰郎《かんぐろう》 トリプルプレイ助悪郎《スケアクロウ》
西尾維新　零崎双識の人間試験
西尾維新　零崎軋識《ぜろざききしき》の人間ノック
西尾維新　零崎曲識の人間人間
西尾維新　零崎人識の人間関係 匂宮出夢との関係
西尾維新　零崎人識の人間関係 無桐伊織との関係
西尾維新　零崎人識の人間関係 零崎双識との関係
西尾維新　零崎人識の人間関係 戯言遣いとの関係

2016年6月15日現在